外国文学名著丛书

〔法〕雨果/著

雨果诗选

程曾厚/译

"外国文学名著丛书"编委会

人民文学出版社

Victor Hugo
ŒUVRES COMPLÈTES, ÉDITION CHRONOLOGIQUE
Le club français du livre, 8, rue de la Paix, Paris, 1980

图书在版编目(CIP)数据

雨果诗选/(法)雨果著;程曾厚译.—北京:人民文学出版社,2020
(2023.3 重印)
(外国文学名著丛书)
ISBN 978-7-02-015096-0

Ⅰ.①雨… Ⅱ.①雨…②程… Ⅲ.①诗集—法国—近代
Ⅳ.①I565.24

中国版本图书馆 CIP 数据核字(2019)第 046358 号

责任编辑　刘　彦
装帧设计　刘　静
责任印制　王重艺

出版发行　人民文学出版社
社　　址　北京市朝内大街 166 号
邮政编码　100705

印　　刷　北京新华印刷有限公司
经　　销　全国新华书店等

字　　数　177 千字
开　　本　850 毫米×1168 毫米　1/32
印　　张　13.875　插页 3
印　　数　8001—11000
版　　次　1986 年 3 月北京第 1 版
印　　次　2023 年 3 月第 3 次印刷

书　　号　978-7-02-015096-0
定　　价　55.00 元

如有印装质量问题,请与本社图书销售中心调换。电话:010-65233595

雨 果

好生活的需要,人民文学出版社决定再度与中国社会科学院外国文学研究所合作,以"网罗经典,格高意远,本色传承"为出发点,优中选优,推陈出新,出版新版"外国文学名著丛书"。

值此新版"外国文学名著丛书"面世之际,人民文学出版社与中国社会科学院外国文学研究所谨向为本丛书做出卓越贡献的翻译家们和热爱外国文学名著的广大读者致以崇高敬意!

"外国文学名著丛书"编委会

二〇一九年三月

出版说明

　　人民文学出版社自一九五一年成立起，就承担起向中国读者介绍优秀外国文学作品的重任。一九五八年，中宣部指示中国科学院文学研究所筹组编委会，组织朱光潜、冯至、戈宝权、叶水夫等三十余位外国文学权威专家，编选三套丛书——"马克思主义文艺理论丛书""外国古典文艺理论丛书""外国古典文学名著丛书"。

　　人民文学出版社与中国科学院文学研究所，根据"一流的原著、一流的译本、一流的译者"的原则进行翻译和出版工作。一九六四年，中国社会科学院外国文学研究所成立，是中国外国文学的最高研究机构。一九七八年，"外国古典文学名著丛书"更名为"外国文学名著丛书"，至二〇〇〇年完成。这是新中国第一套系统介绍外国文学作品的大型丛书，是外国文学名著翻译的奠基性工程，其作品之多、质量之精、跨度之大，至今仍是中国外国文学出版史上之最，体现了中国外国文学研究界、翻译界和出版界的最高水平。

　　历经半个多世纪，"外国文学名著丛书"在中国读者中依然以系统性、权威性与普及性著称，但由于时代久远，许多图书在市场上已难见踪影，甚至成为收藏对象，稀缺品种更是一书难求。在中国读者阅读力持续增强的二十一世纪，在世界文明交流互鉴空前频繁的新时代，为满足人民日益增长的美

目　次

《秋叶集》(1831)

《暮歌集》(1835)

《心声集》(1837)

《静观集》(1856)

《历代传说集》(1859,1877,1883)

《林园集》(1865)

《凶年集》(1872)

《祖父乐》(1877)

《精神四风集》(1881)

译 本 序

——诗人雨果百周年祭

一

一九八五年五月二十二日,是法国作家维克多·雨果(1802—1885)逝世一百周年。

雨果的名字是中国人民很熟悉的。雨果是多才多艺的作家,他既是诗人,又是小说家,又是剧作家。雨果是著名的小说家,我国近代文学翻译的先驱林纾就曾译过雨果的《九三年》,他的《悲惨世界》和《巴黎圣母院》也是早期被译成中文的外国文学作品。雨果又是著名的剧作家,他的《欧那尼》等浪漫主义戏剧名著解放前大多已有译本。

迄今为止,我国读者所认识的雨果,首先是小说家,其次是剧作家。相对来说,作为诗人的雨果基本上还没有为我国广大读者所认识。

雨果生前发表了十九部诗集,身后又有六部诗集被整理出版。雨果一生写下的诗句多达十万余行,而这个数字还是粗略的估计。对比之下,一九五四年中国出版的《雨果诗选》篇幅很小。而且,就是这一条开辟出来的路,后继者也并不很多。这三十年来，雨果的诗歌仍然只有一些零星的翻译。如果说，雨果的小说作品，不论篇幅大小，不论价值高低，已基本上全部译成中文，那雨果数量众多的诗集，包括《惩罚集》《静观集》《历代传说集》和《凶年集》在内，却一部也还没有介绍过来。三十年前，茅盾先生就感叹过："可以说，除了诗（因为诗是最难翻译的），雨果的重要作品（小说和剧本），大都有了中文的译本。"应该说，诗人雨果，对中国读者来说，还是一个相当陌生的名字。

从欧洲文学的角度看，体现一个国家文学最高成就的，往往是诗人。古希腊有荷马，意大利有但丁，英国有莎士比亚，德国有歌德。那法国是谁呢？是雨果。就是不喜欢雨果诗歌的人，也不能不接受这唯一的答案。纪德的意见是很有代表性的：一九〇五年，《隐居所》杂志的记者向纪德提问："据你看来，谁是法国最伟大的诗人？"纪德的回答是："唉！是雨果。"

二

纵观雨果一生的创作，他在诗歌上倾注的心血最多，收获也最大，成就也最高。早在少年时代，雨果就是从写诗开始其文学创作活动的；而到弥留之际，又是吐完了最后一句诗才离别人世。雨果在其长达八十三年的一生中，有时他既写小说，又写戏剧和诗歌，有时不写小说，有时不写戏剧，但是没有一个时候不在写诗。

雨果一生都在奋斗，都在前进。他二十岁不到在诗歌方面就已崭露头角。到十九世纪三十年代，他已是诗园中最辛勤的园丁、最负盛名的浪漫主义抒情诗人了。只是在这时,诗人雨果的真正面目才开始显露。到五十年代,浪漫主义作为文学史上的一个重要阶段已经过去,已载入史册。拉马丁、维尼和缪塞等一代诗人已先后搁笔,而雨果却正是生气勃勃、精力充沛的时候,短短十年间,他先后出版了《惩罚集》《静观集》和《历代传说集》(第一卷),接二连三地为自己树起了三座诗的丰碑。在思想方面,雨果从保王主义开始成长为共和主义者,在艺术方面也在不断前进。雨果不仅曾超越过他同时代的诗人,而且首先是不断地超越他自己。

十九世纪是法国诗歌丰收的世纪。五十年代以后,又一批年轻的诗人开始进入诗坛,开出一批批新的花朵。从浪漫派、唯美派、巴那斯派到象征派,新旧更迭,继往开来。每人都有自己的特色,都曾辛勤耕耘,每人都留下一些足迹和影响。但每人又都是来去匆匆的过客,又纷纷退出了诗坛。

唯独雨果的命运和其他诗人不同。从一八二〇年算起,这棵"神童"的幼苗,经过历史暴风雨的雨水浇灌,经过时代新思潮的阳光照射,整整成长了六十年,终于成为一棵树干壮实、枝叶纷繁的参天大木。雨果的诗居高临下,高屋建瓴,代表了十九世纪法国诗歌的最高成就。

十九世纪又代表了法国诗歌的最高成就。法国诗歌经过中世纪的酝酿,到十六世纪才从形式到内容逐渐成熟,并涌现了一批有才华的诗人,形成了第一个高峰。龙沙是第一个使法国诗歌产生革命性变革的诗人,从这一点而论,他是法国诗歌史上可与雨果相提并论的诗人。但龙沙终其一生,毕竟是一个宫廷诗人,他模仿多于创新,流传至今的名篇主要还是些并无重大社会内容的爱情诗。

十七世纪是古典主义的世纪。诗人主要致力于悲剧和喜剧的写作。从狭义的角度而言，当时并没有产生过真正具有个人特色的抒情诗人。诗仅是为别种文学体裁服务的手段而已。而且，古典主义所依据的理性原则，本身就不利于感情的表达和交流。十八世纪则又是哲学家的世纪，哲学家阐发启蒙思想的语言是散文，哲学表述思想，而诗歌才表达感情。

雨果在诗歌形式和诗歌语言上，继承并发扬了法国历史上的民族传统，特别是十六世纪龙沙和"七星诗社"的优秀传统，使法国诗歌，尤其是抒情诗，达到了前所未有的高峰。此外，雨果又把诗歌交还给人民，使诗歌成为人民宝贵的精神财富及有效的斗争武器。

雨果逝世后半个世纪，文学史家蒂博代说过："龙沙死后半个世纪，就出现了《熙德》。但是半个世纪以来，没有任何东西能使雨果的地位幸运地受到这样的影响……正如高乃依的一代曾使龙沙失去光彩，这一代作家也应使雨果失去光彩，但到一九三五年，我们应该承认，这一代作家也应该承认，唉！他们没有使雨果失去光彩。"

时间又过去了整整半个世纪。雨果仍然没有失去光彩。雨果不仅是法国十九世纪最伟大的诗人，也是法国文学史上最伟大的诗人。雨果的光彩永远不会失去，因为，雨果已成为法兰西民族的民族诗人。

三

我们说雨果是法兰西民族的民族诗人，首先是因为雨果是法国文学的"诗史"。

雨果的一生几乎和十九世纪的历史平行。他在一生的各个阶段中,都以自己的诗句描写历史的重大事件,反映历史的进程,歌颂震撼法国历史甚至震撼世界历史的革命。

法国大革命产生了很多革命家、军事家和演说家,但并没有产生自己的诗人。我们只有在雨果的诗中,才能找到诗人对父兄辈英雄业绩的虔诚的回忆:

> 这丰饶的法兰西就是你们的亲娘,
>
> 她高兴时,为了给世界作出个榜样,
>
> 一天等于过了一个世纪!

雨果在《秋叶集》的《朋友,最后一句话》中写道:"我是世纪的儿子!"明确宣告了自己和历史的关系。一八二七年,在雨果摆脱了保王思想后,他的诗中开始出现拿破仑的高大形象。拿破仑从此成了他一生诗歌创作的重大题材。

雨果正面歌颂的第一次革命,是一八三〇年的七月革命。诗人创作了长诗《一八三〇年七月后述怀》(《暮歌集》),把"光荣的三日"看成是一七八九年七月十四日的延续。一场具有重大历史意义的革命,被当代最有才华的诗人如此有声有色地歌颂,在法国历史上还是第一次。"七月革命"成功了,巴黎人民推翻了封建王朝:

> 全体人民像烈火在燃烧,
>
> 三天三夜在火炉里沸腾……

一八五一年,拿破仑三世政变篡权,扼杀了年幼的第二共和国。此时,诗人已不满足于做历史的"史官",而是站在斗争的一方,成为事变的直接参加者。《惩罚集》中的诗篇不仅是历史的见证,更是投向暴君的投枪和匕首。

普法战争以后,祖国在危急中,诗人握起"诗史"的大笔,写出了敌人的可悲、战士的豪情、祖国的屈辱和人民的苦难。雨果以饱满的激情再现了这段历史中法兰西人民的灵魂。

每有重大历史事件发生,不论是历史在大踏步前进还是暂时地后退,诗人总是站在历史的前方,站在人民的一边,向人民指出前进的方向,指出胜利的明天。诗人的眼睛总是向着未来,向着希望,向着胜利。

拿破仑三世政变成功。诗人流亡海岛,在《黑色的猎手》一诗里预言道:

> 雄鸡的一声啼唱惊破了夜空。
>
> 天哪! 露出了太阳!

在蹂躏国土的普鲁士军队铁蹄面前,诗人很有信心地提出反问:《最后的胜利属于谁?》。诗人在《凶年集》中表现的决心也代表了法国人民的决心:

> 我从来就不会有伤心失望的本领。
> 要后退,哭哭啼啼,被吓得战战兢兢,
> 要想做一个懦夫,要想和荣誉绝交,
> 我这个人可永远也没有办法做到。

雨果的诗是自一七八九年法国大革命到一八七一年巴黎公社这将近一个世纪历史的缩影。

四

我们说雨果是法兰西民族的民族诗人,还因为他同时也是一位杰出的爱国诗人。爱国诗人未必一定都是民族诗人，但很难设想一个民族诗人能不是爱国诗人。雨果是法国最伟大的爱国诗人。

一八二七年，奥地利大使馆举行舞会，对在拿破仑时代获得封号的将军都直呼其名。这是违反外交礼节的做法。青年诗人闻讯后，意识到这是对法国的侮辱，气愤之下，写下了长诗《旺多姆广场铜柱颂》。一八二七年是雨果思想开始从保王主义发展到资产阶级民主主义的一年，这转变的契机，就是诗人心中播下的一颗爱国主义的种子。

雨果把一八三〇年"七月革命"中倒下的革命烈士，看成是为祖国而牺牲的英雄：

> 他们都是为祖国虔诚死去的同胞，
> 有权让群众来到他们灵柩前祈祷。

把"革命"和"祖国"看成是同义词，这在当时是新颖的思想，今天则更能加深我们对雨果的认识。

《秋叶集》的最后一首诗是《朋友，最后一句话》。诗人唱道：

> 我虽然看破一切，对你们崇敬依旧，
> 你呀，神圣的祖国！你呀，神圣的自由！

《惩罚集》出版后，拉马丁表示惋惜："六千行仇恨的诗，这太多了！"《惩罚集》的主题仅仅是对一个暴君的仇恨吗？诗人对暴君的恨和对祖国的爱是互为条件的。雨果在泽西岛参加一位流亡难友的葬礼回来，写了一首《歌曲》，歌中的叠句反反复复地唱道：

> ——我们生活不能没有面包，

但我们的生活里也不能没有祖国。——

一八七〇年普法战争爆发，拿破仑三世玩火自焚。在海岛上对祖国思念了十九个春秋的雨果返回祖国。但法国面临亡国的严重关头，老诗人的心几乎碎了，对祖国的爱也到了难以用言辞表达的地步：

> 在你受难的时刻：你在被秃鹰啄咬，
>
> 我希望自己不是法国人，以便相告：
>
> 法兰西啊，我宣布，我已经把你选定，
>
> 你才是我的祖国、光荣、唯一的爱情！

年近古稀的雨果和巴黎人民同甘苦，共患难，分享了祖国的种种苦难和不幸。诗人在《惩罚集》中的爱国感情还可以理解为理想主义的。但现在民族遭难，危在旦夕，国家兴亡，匹夫有责。雨果在整个战争期间，在尽好公民责任的同时，写下了一部充满爱和恨的诗体历史——《凶年集》。这是血和泪的记录，字字句句，耿耿丹心，洋溢着老诗人感人至深的爱国热忱。法国诗歌中的爱国主义感情，在《凶年集》中达到了空前的高度。《致维克多·雨果号大炮》就是其中的一首代表作，《葬礼》是又一首感人肺腑的好诗。《国殇》中，将士僵卧沙场：

> 他们身底下爬着蚂蚁和各种小虫，
>
> 他们的身子一半已经埋进了土中……

战争何其残酷，但老诗人的赤子之心，全在结句里：

> 为国捐躯的人啊，我对你们好妒忌。

雨果既有满腔热血的爱，也有热血满腔的诗。雨果心中的爱国主义感情很诚,诗中的爱国主义感情很浓。

五

　　我们说雨果是法兰西民族的民族诗人,还因为雨果是人民诗人。雨果一生不仅"忧国",而且"忧民"。

　　雨果一生同情穷人,热爱人民,为人民鸣冤叫屈,为人民伸张正义。这是雨果全部创作的基本主题,尤其贯穿在诗歌之中。在《静观集》的《写于一八四六年》一诗中,雨果站在人生的中途,伪托在向一位侯爵做如下的表白:

> 侯爵,我二十年来心中唯一的思想,
> 是为人类的事业服务,如今天一般。
> 生活不过是法院,弱者竟然和坏蛋
> 彼此捆绑在一起,被带上法庭受审。
> 我写作品和剧本,我用诗句和散文,
> 来为小百姓讲话,并为穷苦人辩护,
> 去向富人家恳求,还向狠心人疾呼。

　　雨果同情现实生活中穷人的第一首诗是《秋叶集》中的《救救穷人》。诗中写寒冬腊月,穷人饥寒交迫,富人则大摆宴席,形成了鲜明的对照。

　　就在《惩罚集》大量斥责暴君和奸臣的诗篇里,也有对穷人和弱者的同情,也有对富人和权贵的揭露。《快乐的生活》一诗是对万恶的资本主义社会强有力的控诉:

> 贫穷啊! 男人望着女人却不发一言。
> 　父亲感到无耻的烦恼就在他身边
> 　　搂住了妇女的贞操。

他看见女儿回来,阴沉沉站在门下,
却不敢开口问她:"你是从哪儿回家?"
只看她带回的面包。

…………

里尔的地窖!人们正在石壁下死亡!
我两眼啼哭,目睹他们咽气的情状:
老人家枯瘦的身躯,
眼神惊恐的女儿,只能以长发蔽身,
麻木的母亲怀里,孩子已是个鬼魂!
但丁啊!人间的地狱!

如此惨绝人寰的生活,用现实主义赤裸裸的语言逼真地再现出来,能不叫人愤慨!能不叫人深思!

在反映诗人感情生活的《静观集》里,雨果也有倾吐不完的穷人的苦难。长诗《哀伤》中,雨果勾画了现代社会的八幅苦难图:有在街上悲恸欲绝的妇女,有被贫穷推入火坑的青年女工,有偷了面包被判重刑的穷汉,有备受迫害的天才,还有在工厂里从小创造财富的童工:

这些脸无笑容的儿童在往何处去?
他们都是去上班,去到同一座监狱,
去石磨下劳动十五小时,从早到晚,
做同样的工作,没完没了,没了没完。

雨果对穷人的同情终生不变,而且越老同情越深。三十年代初,《救救穷人》中的穷人,主要只是诗人怜悯的对象。而在四十年代写成的《哀伤》前几首中,诗人已由怨而怒。而五十年代的《快乐的生活》,则对人间地狱的描写更加深刻,揭露更加无情,控诉更加强烈。诗人也在行动上,为捍卫穷人利益而投身政治斗争了。

代表雨果对穷人认识的最后阶段，我们可以举出《历代传说集》中的长诗《穷苦人》来。诗中的渔夫勤劳勇敢，渔妇温柔贤惠。两人穷得都养不活五个孩子，但对别人的不幸充满同情，具有崇高的自我牺牲精神。渔妇瞒着丈夫收留了穷寡妇病死后遗下的一男一女，最后和丈夫分享助人为乐的幸福。在长诗的开头：

> 屋子里黑乎乎的，但感到有些东西
> 透过浓浓的暮色，在暗中闪闪发光。

我们读完全诗，会感到诗人是在告诉我们：在黑夜"闪闪发光"的，是"穷苦人"的精神和道德。富人同情穷人，境界总不会很高，穷人同情穷人，这才真心实意，心灵高尚。

雨果写穷人的不幸，写穷人的苦难，写穷人的斗争，写穷人的希望。所以，雨果的诗受到人民的喜爱，得到人民的传诵。所以，雨果成为人民的诗人。

六

我们说雨果是法兰西民族的民族诗人，还因为雨果的诗歌是法国人民喜闻乐见的诗歌。诗以抒情为重，但只有当诗人抒发的一己之情和群众的人人之情息息相通时，才能引起共鸣，才能为人民喜闻乐见。雨果自己在一八三五年为《暮歌集》写的《序言》中也说，他之所以"在其作品里写个人之情，仅仅是因为这个人之情有时可能是人人之情的反映……"

诗歌历来歌咏的题材，雨果可以说都歌咏过，而且歌咏得都很好。诗人都赞美爱情，雨果的爱情诗写得感情真挚，文辞清丽，而且格调含蓄深沉，没有浮艳之作。诗人写自己在舞会上初遇恋人时激动而复杂的心情：

> 你，你虽然凝视她，你却不敢靠近她，
> 因为，满桶的火药对于火星就是怕。

雨果的诗不少是家庭题材。有对天伦之乐的眷恋，有对亲人朋友的怀念。在诗人眼里：

> 我父亲，一个脸上总笑眯眯的英雄。

而母亲是慈母的形象，法国人民歌颂母爱的名句就是雨果写母爱的诗句：

> 啊！慈母的爱心啊，人人不忘的春晖！
> 这是神奇的面包，由神仙制作分配！
> 父亲家中的餐桌，饭菜永远很丰盈，
> 人人都会有一份，都吃得高高兴兴！

雨果也咏唱自然。大自然的多姿多彩，大自然的神秘莫测，甚至大自然的狰狞可怖，在雨果诗中都有所反映：

> 沉没在黑夜里的水手究竟在何方？
> 你们知道有多少凄惨的故事，波浪！
> 波涛，双膝跪下的母亲害怕的波涛！
> 你们在涨潮时刻把故事相互叙讲，
> 这就是为何每到黑夜你们的声响，
> 在向海边涌来时竟是绝望的哀号！

雨果之所以成为家喻户晓的民族诗人，恐怕还要归功于他是把儿童带进诗歌的诗人。天伦之乐中不能没有孩子,这是人人心中都有的感情。这感情以往在诗歌中几乎没有反映。是雨果的诗发现了这可爱的小生命。

诗人一生都在歌唱儿童。而且不写则已,一写就会忘乎所以,有永不枯竭的灵感。雨果到了晚年,还写了整整一部献给孩子的诗集:《祖父乐》。从此,"老爸爸"的诗人形象在人民中间更加慈祥可爱。诗人从自己的孩子想到普天下的孩子,祈求:

> 别让我们在夏天见不到枝头花俏,
>
> 蜂窝里没有蜜蜂,鸟笼里没有小鸟,
>
> 别让家里没有孩子!

诗人中年痛失爱女,十分伤心。雨果爱母亲,爱妻子阿黛尔,爱情人朱丽叶,但都爱得不如女儿深,母亲、妻子和情人的离世也没有使诗人这样痛断肝肠:

> 我真想在石头上把我的脑袋撞碎;
>
> 于是,我反抗,有时,露出狰狞的面目,
>
> 我死死地注视着这件丑恶的事物……

当代作家和评论家克洛德·鲁瓦认为"雨果是法国抒情诗所能达到的最大限度"。

七

我们说雨果是法兰西民族的民族诗人,还因为雨果是法国想象力最丰富的诗人。

诗重想象。想象力是诗人特有的思维能力。雨果形象思

维发达,任何思想,不论有多么抽象,都能化成具体的形象。

人群像大海:

> 大炮群的炮口从远处把人群轰开,
> 人群合拢,像大海继续又汹涌澎湃……

人民是雄狮:

> 而人民,人民这一只雄狮,
> 对自己的爪子看了又看?

而动人心弦的"钟乐"是一位盛装的西班牙舞女。雨果在这首《题佛兰德的一扇玻璃窗》里,出色地把听觉印象幻化成鲜明的视觉形象,以"色"写"音":

> ……蓦然出现
> 一个西班牙女郎,女郎在起舞翩翩。
> 她走来,在屋顶上对昏沉沉的诸君,
> 不停抖动她盛满神奇音符的银裙,
> 无情吵醒梦中人,再不能安稳睡觉,
> 她蹦蹦跳跳,如同一只欢乐的小鸟,
> 抖抖颤颤,像一支击中目标的飞箭……

诗人无穷无尽的想象力,抓住事物间形体上的相似,从一事物引到另一事物,使读者产生一连串美妙的联想。雨果的想象力可以出神入化,可以穿越时间和空间,在物质世界和精神世界里自由驰骋,在现实生活和历史传说中任意翱翔。

雨果有了想象力这双慧眼,成为"幻视者",能见人所不见:《女人的加冕礼》中创世的欢欣和光明,《罗兰的婚事》里中世纪骑士的格斗。而在长诗《我要去》中,诗人已幻化成一

只搏击蓝天的大鸟,在太空里上下求索:

> 我要走遍蓝天里的栏杆,
> 我在空中行走,
> 借通往群星的长梯登攀,
> 脚步决不发抖!
> …………
> 走到虚无和缥缈的门前,
> 这裂开的深渊,
> 由大群凶恶的黑色闪电
> 加以严密看管,
>
> 走到凡人所不见的宫闱,
> 走到九天重霄;
> 雷声啊,如果你猖猖犬吠,
> 我会大声吼叫。

雨果的想象力,无论在广度上,在深度上,都在其他法国诗人之上,可称之为"诗圣"。雨果是"诗史"和"诗圣"兼而得之。批评家朗松说:"雨果是以形象来进行思维的。"对艺术很苛求的二十世纪诗人瓦莱里,对雨果也深为叹服:"对他来说,没有任何东西是没有生命的,任何抽象的事物,他都能使之讲话,歌唱,呜咽呻吟,或咄咄逼人,但他笔下却没有一行诗不是诗。"

八

我们说雨果是法兰西民族的民族诗人,还因为雨果是法国诗歌语言的革新者。雨果既有丰富的想象,也有表达丰富的想象所需要的丰富的语言。

十七世纪古典主义的诗歌语言优美高雅,清晰明净,但不求绚丽多彩。十八世纪的伪古典主义常常东施效颦,矫揉造作,使诗歌语言日益苍白贫乏。浪漫主义诗歌的第一声春雷是拉马丁的《沉思集》,意境清新,感情真挚,但语言却不乏伪古典主义的陈词滥调。

新的诗歌要有新的语言。新的诗歌语言之出现,本身也是一场革命。雨果就是这场诗歌语言革命的倡导者和完成者。他在《静观集》的《答一份起诉书》中描绘当时的诗歌语言的现状是:

> ……语言
>
> 像是王国,有贵族,有百姓,有贵有贱。
> 诗歌是君主政体,每一个词汇可以
> 是公爵,或是世卿,也可以只是布衣。

原来

> 一七九三年以前,语言是等级森严。

于是

> 我曾经一手制造一场革命的风暴。
> 我给古老的词典头上戴一顶红帽。
> ……………
> 要向修辞学开战,要给句法讲和平!
> 从而爆发了一场九三式的革命。

朗松指出:"维克多·雨果掌握的词汇是诗人所能使用的最丰富的词汇之一。……他熟悉词汇的一切意义,熟悉词汇和词汇之间的一切排列和组合。"

雨果认为语言中每个词都是头脑中有生命的个体,诗人是这样描写他自己满脑袋盛不下的词汇的:

> 各种词撞击脑袋,如礁石被水冲击,
>
> 在我们思想深处,一个个乱爬乱挤,
>
> 有的词张牙舞爪,有的词展翅欲飞。

对雨果诗歌的社会价值,会有彼此不同甚至是彼此对立的评价,但对雨果诗歌语言的丰富,则历来没有任何异议,在任何一部文学史里都是有口皆碑的。文学史家蒂博代说得好:"辞藻的王国,是任何敌人也不会向他提出异议的。就运用辞藻而言,雨果在法国可比之于笛卡儿的理性,伏尔泰的才智,在外国可比之于米开朗基罗的雕刻大理石以及伦勃朗的使用光线。"

九

我们说雨果是法兰西民族的民族诗人,还因为雨果是精于声律的巨匠。雨果的诗歌革命,除了革新诗歌语言外,也革新了诗句的节奏。他笔下的诗句铿锵动人,和谐悦耳,音响加上形象,共同为表达诗人的思想服务。

雨果早年即谙熟音律,诗句以富有音乐性见长。《颂歌集》中的一些"歌行"就是佐证。《东方集》的《奇英》一诗,是雨果"玩弄"节奏的又一杰作。诗中由静而动、由动而静的文字形象,借助由缓而促、由促而缓的节奏,把一群在夜空中飘然而来,又飘然而去的精灵,描绘得惊心动魄,有声有色。

　　雨果一生运用从一音节到十二音节各种不同音节数的诗句,写出由长短诗句组成的各种不同的诗节。据有关专家研究,仅《惩罚集》中使用的不同结构的诗节就有三十八种之多。集中《黑色的猎手》一诗就交叉使用了两种难度都很大的诗节:

　　①8—8—4—8—4(音节数)
　　　a　a　b　a　b(韵脚)
　　②10—5—10—5—10—5
　　　c　d　c　d　c　d

试举原诗第一、第二两节加以说明:

　　"你是谁,过路人? 林中很黑。
　　乌鸦成群结队地在翻飞,
　　　大雨即将临头。"
　　"我这个人在黑夜中来回,
　　　是黑色的猎手!"

　　　树林里的树叶被风吹得乱动,
　　　　呼呼直叫……就好像
　　　巫魔半夜的狂欢,使整个林中
　　　　充满狂乱的声响;
　　　乌云里露出一角明朗的天空,
　　　　冉冉升起了月亮。

　　其他如《黑沉沉的海洋》中诗句如泣如诉,《我要去》中的节奏急促激越,《波阿斯入睡》中的语调从容不迫,节奏可以千变万化,但莫不得心应手,运用自如。

雨果一生写诗,和大多数法国诗人一样,以写亚历山大诗句为多。亚历山大诗句又称十二音节诗。但雨果对这种古典主义诗人经营了两个世纪的传统诗句下了一番加工改造的功夫:

> 我,我是雅各宾党,我是强盗,是土匪,
> 打得亚历山大诗这傻瓜落花流水。

亚历山大诗句的节律要求很严格,一句十二个音节中间一大顿,将诗句"一分为二",每个半句又"一分为二",变成两个节奏段,所以实际上每句四顿,由四个节奏段组成。雨果为了表达复杂多变的感情需要,有时改一句四顿为三顿,每句由三个节奏段组成,取得了古典主义诗句所没有的节奏效果,文学史上称之为"浪漫主义诗句"。

雨果用韵丰富,不仅诗节韵式多变,而且多用"富韵",以便在读者心中留下更多的音响效果,增强节奏感,也便于记忆。

雨果是高度的思想性和高度的艺术性统一的诗人。

十

我们说雨果是法兰西民族的民族诗人,还因为雨果是一贯主张诗歌为社会服务的诗人。为了正确理解雨果的诗歌成就,想正确理解他在法国诗歌史上的地位,也应该了解诗人自己对诗歌的认识。

雨果在致未婚妻的信中给我们留下了他最早对诗歌的理解:"阿黛尔,一言以蔽之,诗言德。"他从小就认为思想是诗

歌的灵魂。"你会问,诗句还不算是诗吗?诗句本身不算是诗。诗在思想中,而思想来自心灵。诗句只是穿在美丽的躯体外面华丽的衣服。诗也可以由散文表达,诗借助优雅庄严的诗句,变得更为完美而已。"

《秋叶集》主要抒发个人感情,但集中的最后几行诗,已预示了雨果作为未来忧国忧民的民族诗人的形象:

> 诗神对被宰割的人民应牢记心中。
> 啊!于是我忘却了爱情、家庭和儿童,
> 忘却健康的情趣,忘却柔和的歌吟,
> 我把青铜的琴弦添加上我的诗琴!

正是这根"青铜的琴弦",五十年代弹奏出《惩罚集》惊天动地的愤怒,七十年代拨响了《凶年集》气壮山河的悲歌。

三十年代,有些浪漫主义诗人把自己禁锢在一己的感情里,也有的人提出"为艺术而艺术"的口号,一心追求"无用的"艺术美。雨果在一八三九年写下的重要诗篇《诗人的职责》中,针锋相对提出了艺术的社会作用,在这场浪漫主义作家的争论中代表了健康的主流:

> 可怜!正当是仇恨和丑闻
> 使不安的人民忧心如焚,
> 谁想穿起便鞋,一走了之。
> 思想家如果是放弃责任,
> 独自走出了城市的大门
> 便成为无用的歌手,可耻!

雨果一生都坚持这条诗人要对社会有用的道路。自己提出的原则,自己首先身体力行。诗人在《秋叶集》中的首篇就

提出,要做时代和社会"响亮的回声",强调要抒国家之情,抒人民之情。我们在《惩罚集》中的《艺术和人民》一诗中读到:

艺术,这是人类的思想,
砸烂一切枷锁的力量。
…………
它使奴隶的人民自由!
它使自由的人民伟大!

雨果从来不喜欢吟风弄月,更不会无病呻吟。雨果是有思想的诗人,常以"沉思者"和"思想家"自称。他一生都能自觉地以诗歌为武器,为民族的解放事业、为人民的进步事业服务。雨果之所以成为法兰西民族的民族诗人,从根本上说,是和他一生坚持进步的诗歌创作原则分不开的。

我们应该看到,雨果倡导诗歌应具有社会作用,这是他发动诗歌革命时的重要依据。雨果在诗歌语言、诗歌节律、诗歌意象、诗歌创作原则等各方面都革新了法国诗歌,从这个意义上说,雨果是法国文学史上最全面的诗歌革新者。

十一

诗人雨果在法国文学史上的地位是独一无二的。近代诗人阿拉贡对雨果最为叹服:"但是,奇迹就在于诗句,法语诗被雨果提高到如此完美的程度,无法超越。"

当然,对雨果诗歌深刻的思想性和巨大的社会意义感到不快的人还是有的。同时代人中间有,当代人中间也有。有人认为雨果的光荣是向人民作出"让步"、向人民"卖身投靠"的结果。当代作家埃登斯对雨果的贬词有一定代表性:"他是我国诗人中最丰富多彩的诗人，但也是最不纯粹、最不深刻、最不含蓄的诗人。"他认为雨果是"媚俗"。

对于有人横加指责雨果，罗曼·罗兰说得很巧妙："有多少评判过他的活人都已经死了，而他死后却还活着，却还在'变化'着！有人否定他，有人激烈地讨论他，只是继续证明他的存在。不论是诋毁他，也不论是颂扬他，雨果不会，也永远不会得到'休息'！"

雨果对法国诗歌的贡献是巨大的。以下所引的波德莱尔的这段话充分证明了这一已被公认的事实："只要大家想一想法国诗歌在他出现以前是什么样子，想一想法国诗歌在他到来以后又是如何面目一新，有多少表达出来的神秘和深刻的感情，否则都会湮没无闻，他显露了多少智慧，有多少靠了他才大放光芒的人，否则就会默默无闻，我们不能不把他看成一个罕见的、是天意派来的人，这种人在文学方面拯救了大家，就如同有的人在道德方面，在政治方面拯救了大家一样。"

雨果是法国文学史中承上启下、继往开来的诗人。他从一八二〇年至一八八三年这长达六十三年之久的文学生涯中，不断创作，不断创新，不断超越自己，不断超越别人。事实上，以后的诗人都自觉或不自觉地受过他的影响。从十九世纪中叶巴那斯派开始，直到十九世纪后期的象征主义，各种诗歌流派的特点，在雨果诗中都或多或少地有所反映。连二十世纪在创作道路上和雨果大相径庭的超现实主义，也认为和雨果的诗歌有一定的师承关系。

二十世纪初年，在一次有不少法国诗人和作家出席的聚会上，谈话谈到了十九世纪最优秀的作家问题。据说诗人弗朗索瓦·科佩发表了如下的意见:"在拉马丁和雨果之间,如果我只依从我的感情,那大诗人就是《湖》和《耶稣受难像》的作者;但是,如果我想到我们大家这些工于叶韵的诗匠,对现代诗歌最得力的倡导者所欠的恩惠,那我们就要怀着激动的心情感激浪漫主义的领袖。"对科佩的看法,席上没有一人表示异议。

十二

雨果留给后人的诗歌遗产是巨大而丰富的。在世界文学宝库里,雨果的诗也是一颗光彩夺目的明珠。诗人雨果是欧洲诗坛上最后一位巨匠。到雨果的晚年,法国诗歌和其他西方国家一样,开始进入了现代时期。

雨果一生都是时代、社会和历史的"响亮的回声"。雨果自己在某一首诗里说过:

一个诗人的身上蕴藏着一个世界。

正是这样,雨果一生的诗歌创作,像社会一样丰富,像历史一样深远,像世界一样辽阔。雨果在《威廉·莎士比亚》一书中,把世界文学史上的天才比成是大海。雨果自己也是这样的大海,我们读雨果的诗,会感到他的诗深沉博大像大海,千变万化像大海,绚丽多姿像大海,汹涌澎湃也像大海。

雨果的诗,在法国上至文人雅士,下至普通百姓,无人不知,无人不读。可是诗人阿拉贡却又编了一部雨果诗选,出人意料地题为《你读过维克多·雨果的诗吗?》。可见,雨果对法国人民来说，是一个既十分熟悉又很少被真正理解的诗人。

对于中国读者来说，情况还有所不同。雨果对我们是一个十分熟悉的小说家，但却是一个十分陌生的诗人。诗人雨果还有待我们去介绍，有待我们去翻译，有待我们去理解，有待我们去欣赏，有待我们去学习。

雨果是一个有待我们去发现的诗人！

程曾厚于南京
一九八四年四月初稿
一九八四年十月删定

《颂 歌 集》

（1828）

我 的 童 年

> 这一切都成往事……童年已经不再，可以说，虽然我还活着，但我的童年已经死了。
>
> 圣奥古斯丁[①]：《忏悔录》

I

我不安的心灵中战争梦壮丽雄奇；

如果我不是诗人，我早就穿上征衣，

我喜欢军人战士，你不必感到奇怪！

我有无声的痛苦，时常为他们哭泣。

战士的松柏[②]要比诗人的桂冠可爱。

一名士兵要缝制我摇篮里的褓襁，

就从一面破旗上撕扯下几茎布条，

他让我在枪架的荫庇下安然入睡。

---

① 圣奥古斯丁（354—430），神学家，天主教会的主要理论家之一。《忏悔录》是其带文艺性质的回忆录，用拉丁文写成。

② 原文作柏树，是墓前栽植的树种。

一面战鼓上放下我幼年时的马槽①。
　　钢盔里盛我洗礼的圣水。

战车是风尘仆仆，刀剑在挥舞铿锵；
是一位诗神把我带进行军的篷帐，
我在致人死命的大炮炮架上睡觉；
我爱马刺把马镫踢得噔噔地作响，
我爱鬃毛飞扬的战马神气又骄傲。

我爱攻而不克的堡垒有炮声隆隆，
我爱长官的利剑出鞘，队伍就服从；
我爱在孤树林中消失的巡逻哨兵；
我爱东征西战的老战士戎马倥偬，
　　举着破旗在城市里巡行。

我是多么地羡慕轻骑兵奔驰飞快，
他大无畏的胸前挂满金黄的饰带，
而机灵的枪骑兵头戴白色的翎毛，
而龙骑兵头盔上虎毛的斑驳色彩，
和军马的乌黑的鬃毛相配得真好。

我恨自己年纪小——唉！别人热血沸腾，
我却让年轻纯洁的血液变得冰冷，
我是在无声无息之中生活和成长！

〰〰〰〰〰〰〰〰〰

①　马槽源出《圣经·新约》，耶稣出生在马厩内，即盛于马槽中。

我殷红的血只要能有殊死的斗争，
　　也会抛洒在铁甲之上。

我祈求发生场面令人骇怕的战争！
我希望平原之上能有震天的杀声！
看到左翼和右翼压上去，两军相交，
厮杀得难解难分，彼此都陷阵冲锋，
　　人声多嘈杂，马声在嘶叫。

我听到铙钹声在颤抖而声声清脆，
战车声隆隆而来，子弹声呼啸相追；
我看到远处一排一排的人在搏击，
交锋的都是金光闪闪的骑兵纵队，
　　留下斑斑血渍，尸体山积！

Ⅱ

我还不懂事，就在被制服了的欧洲
随着我们得胜的营帐而东奔西走。
当我还乳臭未干，老人们不胜喜悦，
倾听我侃侃叙讲自己虽十分年幼、
　　却已经度过轰轰烈烈的峥嵘岁月！

我从小在征服的民族间随意穿行，
他们胆怯的尊敬叫我这孩子吃惊；
在受怜悯的年龄，我似乎当了靠山。

连亲爱的法兰西还牙牙说得不清，
　　我就使异族人闻声丧胆。

我访问的这岛屿①有黑色矿石出产，
后来是这位大将陨落时的第一站。
雪崩轰然的巢穴有雄鹰展翅高翔；
被我幼小的双脚登上的塞尼高山②，
听到千年的冰雪被压得吱吱作响。

我从罗讷河③河边来到阿迪杰河畔④。
我见到了西方的巴比伦⑤，气象不凡，
罗马城在墓穴里仍然是生机兴旺，
宝座可以断了腿，紫锦袍已经破烂，
　　但仍然是全世界的女王。

而都灵，佛罗伦萨，这寻欢作乐之乡，
那不勒斯的海岸春光明媚花飘香，
维苏威火山⑥却把热灰向空中播撒，
犹如妒忌的战士来到庆宴的中央，

① 指厄尔巴岛，有丰富的金属矿。拿破仑逊位后，曾软禁于此。
② 塞尼山，阿尔卑斯山的高峰之一，海拔三千一百七十米。从法国去意大利要经过塞尼山口。
③ 雨果诞生于贝桑松，靠近罗讷河上游。
④ 阿迪杰河为意大利第二大河，流入威尼斯湾，从法国去罗马一般不会经过此河。
⑤ 巴比伦是古代两河流域的大城，这里借指罗马。
⑥ 维苏威火山位于那不勒斯东南方仅十公里处。七九年大爆发时，火山灰将庞贝等三座古城埋入地下。

把他血污的翎毛摔向一丛丛鲜花。

被占领的西班牙也接待我的来到。
贝尔加尔山①被我跨越时狂风呼啸；
远望埃斯古里亚②，我以为是座坟墓；
我走过神态高贵威严的三层水桥③，
    却还要低下自己的头颅。

我看到孤城之中摇摇欲坠的断墙，
在行军做炊时候被黑烟熏得够呛；
军旅的帐篷已经涌进教堂的门槛；
在圣洁的寺院里，通过一阵阵回响，
士兵的笑声仿佛是对亡灵的呼喊。

III

我回来了。我曾在远方的国土游逛，
我似乎带回一束迷迷糊糊的闪光。
我常发遐想，仿佛逝去的年华似水，
途中遇见神奇的泉水真令人难忘，
    这泉水呀永远使人沉醉④。

---

① 贝尔加尔山在法国和西班牙交界处的巴斯克地区。
② 埃斯古里亚，西班牙古王宫，建于十六世纪，离马德里四十公里。
③ 指建于罗马时代的西班牙中部城市塞哥维亚的引水渠。
④ 古希腊有以泉水比喻诗歌灵感的传统。

西班牙有修道院和城堡让我熟悉；
布尔戈斯①教堂有哥特式尖顶竖起；
维多利亚有塔楼，伊伦②为木瓦自豪；
巴利亚多利德城③城中望族的府邸
为庭园里的铁链④锈得发黄而骄傲。

我兴奋的心灵里回忆在不断翻滚；
我一边走路，一边把诗句低声咏叹；
母亲暗中注视着我的一举和一动，
她含着眼泪笑道："仙女在和他交谈，
　　但是这仙女却无影无踪！"

一八二三年

[题解] 雨果的童年是在兵荒马乱的战争年代度过的。雨果的父亲莱奥波特·雨果是拿破仑手下的将军。诗人一两岁时随父亲去过科西嘉岛和厄尔巴岛，六岁时去意大利，九岁时全家来到了西班牙。雨果从小记忆力惊人，童年时代的回忆对诗人一生的创作都有影响。这首诗中对童年的不无夸张的追忆，反映了新兴的浪漫主义诗歌喜欢自我暴露、倾吐衷肠的特点。虽然雨果当时还是一个保王党人，但诗中流露了诗人对拿破仑武功的怀念。

---

① 布尔戈斯，卡斯蒂利亚王国的古都，其哥特式大教堂建于一五六九年。
② 维多利亚和伊伦都是西班牙巴斯克地区的城市。
③ 巴利亚多利德，西班牙西部城市，古代曾繁荣一时。
④ 据雨果父亲的《回忆录》载：古代卡斯蒂利亚的国王准许贵族在接待国君时用铁链锁庭园。

鼓手的未婚妻

热恋的时候,死也死得甜蜜。

德波尔特①:《十四行诗》

"布列塔尼②的公爵大人,
为了浴血拼搏的争战,
召集全体将士和藩臣,
从南特③到莫尔塔尼④镇,
包括平原,也包括高山。

"各位男爵家都有碉堡,
士兵在周围挖了壕沟;
勇士们在警报中衰老,
掌盾兵在骑士前奔跑;
我的未婚夫也是下手。

① 德波尔特(1546—1606),法国十六世纪的神甫兼诗人。
② 布列塔尼,法国西部地区名,又是古省名,旧时设省。
③ 南特,布列塔尼南面的城市。
④ 莫尔塔尼,法国西部小城,在布列塔尼之北。

"他出征阿基坦①那地方，
他是鼓手。但请别奇怪，
看到他神气多么轩昂，
紧身上衣有金饰闪光，
会以为他是一位统帅。

"从此以后，我心惊胆战，
我俩的命运系在一起。
我向娘娘圣碧姬②祝愿：
'请保护天使好好照管，
让天使对他寸步不离！'

"我对我们神甫说：'老爷，
请为我们的战士祈祷！'
对圣吉尔达③灵位祝谢，
点了三支大蜡烛，而且，
神甫需要，这大家知道。

"当我愁眉苦脸的时刻，
就对罗莱托圣母许愿④，
要让我领饰上的皱褶，

---

① 阿基坦，法国西南部行省，与西班牙接壤。
② 圣碧姬，十四世纪女圣人，原籍瑞典。
③ 圣吉尔达，苏格兰人，六世纪渡海来布列塔尼传教。
④ 罗莱托，意大利海滨朝拜圣母的圣地。

佩戴香客佩戴的贝壳①，
戴了领饰免得人偷看。

"他出征在外，无法写信，
安慰我们的忧心忡忡。
要情书往返，心儿连心，
男陪臣身边无人值勤，
女的没有自己的侍从。

"今天，他随公爵的征尘，
应该从战场返回家园；
他不再是平庸的情人；
抬起往日低垂的眼神，
我感到骄傲，幸福美满！

"公爵已经凯旋，他带回
饱经战火的军旗一幅。
大家过来，门下站成堆，
观看亮晃晃的仪仗队，
看殿下，看我的未婚夫！

"这大喜日子，请看分明，
他骑的战马盔甲齐全，
载着他嘶鸣，走走停停，

————〰〰〰〰————

① 香客朝圣回来，胸前佩戴圣地出产的贝壳，以示纪念。

马头插着红色的羽翎，
马走时，马头甩个没完。

"姐妹们，你们打扮太慢！
我的情郎身边，请看清：
一面面战鼓，金光灿烂，
总在他手下抖抖颤颤，
鼓声一响，将士就拼命！

"首先，请把他本人看清，
他穿的是我绣的外套。
他多美！我只对他钟情！
他的头盔像王冠一顶，
头盔上下缀满了鬃毛！

"昨天，亵渎的埃及女人①，
把我拉到柱子的背后，
对我说（上帝保佑我们！）
把军乐队的乐师细认，
就会发现少一名鼓手。

"老太婆的眼睛像蝮蛇，
她指着一座坟对我讲，
这是她那藏身的黑窠：

---

① 古时流浪的埃及女人常从事占卜，被认为懂得巫术。

'你明天来我那儿做客!'
我不停祈祷,我有希望!

"快去! 不吉利的事不提!
我听到鼓声咚咚敲响。
瞧这些夫人你推我挤,
紫红色帐篷搭得整齐,
鲜花香,旗帜迎风飘扬。

"队伍拐过来,排成两行。
步伐沉重的矛兵先到。
舒展的军旗也已在望,
男爵们穿丝绣的戎装,
戴无边的天鹅绒软帽。

"教士穿祭帔,各就各位;
传令官骑着白马从容。
人人举着主人的盾徽
画在钢铁胸甲上生辉,
是为了纪念先人祖宗。

"圣殿骑士①们所向无敌,
欣赏他们的波斯甲胄。
而把长戟高高地举起,

① 圣殿骑士,十字军东征时组织的宗教兼军事团体。

身佩利剑,穿水牛胸衣,
都是洛桑来的弓箭手。

"公爵快来了,他的军旗
飘扬在骑士们的前后;
几面缴获的旗帜一起,
走在最后,都低声下气……
姐妹们! 后面就是鼓手! ……"

她说着,唉! 张望的目光,
往急走的队伍里直钻,
倒在冷漠的人群中央;
气息奄奄,已全身冰凉……
鼓手一个个先后走完。

一八二五年十月八日

[题解] 这是一首"歌行体"的名作:有中世纪的历史情节,有爱情
故事,又是悲剧结局。诗人对中世纪的民俗和服饰都有具体的描写。
每节五句,ABAAB 的韵式是对点点鼓声的模仿。中世纪贵族没完没了
的征战,给人民带来无数痛苦,在诗中有生动的揭露。

《东　方　集》

（1829）

卡 纳 里 斯 *

不要说,只要干。

古老的格言

　一艘战败的舰船张着方方的篷帆,
　　在海面上漂流摇摆,
　船帆已被铁的炮弹打得破破烂烂,
　　顺着桅杆倒了下来。

　船上只看见尸体狼藉,又东倒西横,
　　铁锚、船帆、索具混杂,
　主桅一根根折断,挂着散乱的缆绳,
　　仿佛是垂下的长发。

　船上是硝烟弥漫,船上又人声鼎沸,
　　船在打转,像个车轮;
　人群像潮水,时而涌来,时而又退回,
　　从船尾向船首逃遁。

---

* 卡纳里斯(1790—1877),希腊民族独立战争中的民族英雄,擅长火攻。

长官下达的命令再没有士兵服从。
　　大海咆哮，不断上涨。
大炮变成了哑巴，在中舱里面游泳，
　　在海水里互相冲撞。

只见沉重的巨人露出巨大的伤口，
　　迎接涌上来的海浪，
只见巨型的战舰透过钢铁的甲胄，
　　有血在往下面流淌。

像是抽动的尸体，听天由命的战舰
　　船体已经裂成两半，
如大鱼已经死去，漂浮的鱼肚朝天，
　　使碧波中银光闪闪。

光荣归于胜利者！他用黑色的铁钩，
　　把敌舰狠狠地钩住。
如同刚健的雄鹰，经过了一场格斗，
　　用利爪攫取了猎物。

于是，他爬上主桅，把飘动的旗挂上，
　　像挂在塔楼的顶端，
水中金色的旗影，一会儿变得很长，
　　水一晃，又变得很宽。

现在,可看到各国纷纷把国旗挂起:
　　　紫红,银白,以及蔚蓝;
这一面一面好不骄傲的彩色国旗,
　　　都在迎风徐徐舒展。

这些荒唐的骄傲要有豪华的排场,
　　　才得到满足和慰藉,
倒仿佛滚滚流逝不完的黑色波浪,
　　　方能留下一些痕迹。

马耳他有十字架;威尼斯①,一代天骄,
　　　在那摇晃着的船后,
却在纹章上举起雄狮,这雄狮吼叫,
　　　真的母狮吓得发抖。

那不勒斯的国旗是多么鲜艳夺目,
　　　当旗帜飘扬在天空,
人们以为在船尾看到海上有一束
　　　金色的丝光在舞动。

西班牙派遣来的舰队很少,但旗帜
　　　轻轻飞舞,旗上出现
卡斯蒂利亚②银塔,还有莱昂的金狮,

---

① 十九世纪初,意大利的政治统一运动尚未开始,所以各城市均以自己的
名义参战。
② 卡斯蒂利亚、莱昂和纳瓦拉都是西班牙的大区名。

以及纳瓦拉的铁链。

罗马①旗上有钥匙;米兰是孩子一个,
　　被吞婴蛇②咬得哀号;
法兰西的战舰有朵朵金色的百合,
　　身披着铜铸的战袍。

伊斯坦布尔③则在可恶的新月旗中,
　　挂上三条白色尾巴。④
已自由的美利坚展出金色的天空,
　　撒满蓝色星星一把。

奥地利的国旗上是怪鹰,翼端上翻,
　　纹锦闪烁,很有气派,
对着地球的两端是那么虎视眈眈,
　　还弯着黑色的脑袋。

另有一只双头鹰,这奥地利的宿敌,
　　是历代沙皇的帮手,
紧盯着两个世界,和奥国一般目的,
　　并紧抓着一个地球。

<hr>

① 罗马当时属教皇国,"钥匙"是权力的象征。
② 指画在纹章上的蛇。
③ 伊斯坦布尔,土耳其奥斯曼帝国的首都。
④ 指土耳其军舰挂出白旗求降。

英吉利得胜而归,向着滔滔的大海
　　　亮出长条军旗一面,
映在浪里的反光是何等绚丽多彩,
　　　真像是水中的火焰。

正是这样,各国的君王在船桅顶端,
　　　飘扬起自己的王旗,
他们迫使在海上已被占领的舰船,
　　　要改变自己的国籍。

他们拖带着这些船只向归途出发,
　　　这些船的命运不好,
看到挂有纹章的舰队回港时更大,
　　　君王心里多么自豪。

在被俘获的船上,他们高高地悬挂
　　　起自己胜利的旗帜,
为显示自己光荣,在败者额头刻画
　　　下败军蒙受的羞耻。

卡纳里斯这好汉,他那勇敢的舟楫
　　　如同一道火光划过,
他在攻下的每艘船上挂起的大旗,
　　　是一片熊熊的大火。

　　　　　　　　　一八二八年十一月七日

[**题解**] 这是一首以真人真事为依据写成的名诗。诗人热情洋溢地歌颂了希腊独立战争中的英雄人物。希腊人民在独立战争中常用小型火船进行火攻。卡纳里斯即是以火攻闻名的传奇式英雄。

月　光

在寂静的月光的包庇之下。

維吉尔①

月色明净而皎洁，月光在水上嬉戏。
窗子终于被打开，迎进习习的凉风，
苏丹的贵妃一看，海浪似乱雪纷纷，
远处有银涛涌起，向黑色小岛拍击。

手指间流出的吉他声颤颤悠悠，
她听着……那低沉的声音是又低又沉。
是不是土耳其船回航，沉重的船身
曾划着鞑靼②船桨，在希腊群岛漫游？

是鸬鹚纷纷跳入海水中，咕咚咕咚，
劈开水面时，翅膀溅满了水珠晶莹？
还是天上有一个厉声鸣叫的奇英③，

① 維吉尔（前70—前19），罗马诗人。引诗出自他的史诗《伊尼特》。
② 土耳其人和鞑靼人同出土耳其斯坦。
③ 参阅本书《奇英》的题解。

把塔楼上一座座雉堞推入了海中？

是谁惊扰后宫水，闺阁就在水附近？
不是黑色的鸬鹚在水浪之上浮沉，
不是城墙的石头，不是沉重的船身
以有节奏的声音在划桨徐徐行进。

这是沉重的口袋，袋中有声音抽泣。
如果仔细看，口袋在海里随波漂行，
看得见袋里动的东西似乎像人形……
月色明净而皎洁，月光在水上嬉戏。

一八二八年九月二日

　　[**题解**] 这首小诗是《东方集》的名篇之一。雨果取材巴黎报刊上一则报道苏丹把囚禁的基督徒投入海中的逸闻，也参考了英国诗人拜伦的长诗《邪教徒》。拜伦在诗中记述哈桑苏丹溺死妃子莱伊拉的故事。

希腊孩子

噢,可怕! 可怕! 可怕!

莎士比亚:《麦克白》

土耳其军队一到,一片瓦砾和哭叫。
希俄斯岛①产美酒,已成凄凉的海礁,
　　希俄斯昔日千金榆青青,
水中照出岛上的座座宫殿和小山,
照出高大的树林,而有的时候夜晚,
　　是一队少女婆娑的舞影。

满目荒凉。不,一个希腊孩子孤零零
坐在焦黑的墙边,长着一双蓝眼睛,
　　他低垂脑袋,受尽了屈辱;
孩子紧紧依偎着一朵山楂的白花,
一朵和他同样被灾难遗忘的山楂,
　　现在成了他仅有的保护。

---

① 希俄斯岛,希腊爱琴海中的岛屿,东面和土耳其隔海相望。

可怜的孩子！你的光脚下岩石狰狞！
唉！为了从你眼中把泪水抹擦干净，
　　眼睛蓝得像天空，像大海，
为了让你哭泣的碧眼能破涕为笑，
让欢乐和喜悦的光芒在眼中闪耀，
　　为了抬起你金发的脑袋，

你要什么？好孩子，要给你什么才行？
你才能在白皙的肩头上高高兴兴，
　　高高兴兴地整理好鬈发，
你的头发并没有经受铁剪的凌辱①，
却飘撒在美丽的额头四周在哀哭，
　　仿佛是柳树的柳叶飘下。

又有谁能够驱散你的愁云和惨雾？
是要这朵百合花，蓝得像你的眼珠，
　　生长在伊朗的深井旁边。

是突巴树②的神果？那树呀高大无比，
有一匹快马向前跑呀跑，马不停蹄，
　　一百年跑出突巴树树荫？

　　为了你对我一笑，可要林中的翠鸟，

──────────

① 指被俘的囚犯要被剃成光头。
② 突巴树，伊斯兰教天堂里的神树。

小鸟的歌声要比双簧管更加美妙，

　　响亮得能和铙钹声一般？

要什么？要花？神果？奇鸟的歌声悠悠？

　　那蓝眼睛的希腊孩子告诉我："朋友，

　　我只要火药，我还要子弹。"

一八二八年六月八至十日

[**题解**] 一八二二年，希腊爱琴海中的希俄斯岛爆发了民族独立斗争，遭到土耳其的残酷镇压。经过一场血洗，全岛九万人中二万五千人被杀，五万人作为奴隶被出卖。欧洲为之震惊。一八二四年，浪漫主义画家德拉克洛瓦创作《希俄斯岛的屠杀》，影响很大。

等　待

她绝望地在等待。①

向上爬,松鼠啊! 爬上橡树,
爬到树枝上能高瞻远瞩,
树枝弯曲、抖动,像灯芯草。
白鹤啊! 你爱在古塔逗留,
噢! 飞吧,向上飞,展翅昂首,
从教堂飞到高高的城楼,
再从钟楼飞到那古城堡。

老鹰啊! 请飞出你的窝巢,
飞向山峰,山峰又老又高,
山上终年寒冬,白雪皑皑。
还有你,云雀,活泼的小鸟,
你睡在床上,不安又胆小,
黎明一到,你就放声啼叫,
向上飞吧,飞到九霄云外。

---

① 引文为西班牙语。

现在,从高大的橡树树巅,

从那大理石塔楼的顶尖,

从山顶上,从火红的天外,

在地平线上,你们可看到

烟霭迷漫处,有羽毛轻飘?

看到冒气的骏马在奔跑?

看到我的情郎正在归来?

一八二八年六月一日

[题解] 这首小诗的主题,是写"思妇"等待情人归来的焦急心情。诗句不长,节奏明快,比喻生动,形象夸张,具有民歌色彩。但诗中的景物,平心而论,很少东方色彩,而且城楼、云雀和橡树之类具有西方情调。

阿拉伯女主人的告别

10.请和我们同住。土地可以归你,由你耕种,由你经商,占有这土地吧!

《圣经·创世记》第二十四章

既然幸福的国土留不住你的脚步,
不论是金黄玉米,是遮阴的棕榈树,
　　不论是富足,不论是休息,
还是看到我们的姐妹听到你声音,
年轻的心头怦跳,到晚上相随登临
　　山岗,翩翩起舞,欢欢喜喜。

别了,白皮肤客人! 你的马炯炯有神,
我怕你在旅途中从马背落地翻身,
　　我已经亲手备好了马鞍。
马蹄在翻踢土地,这马的臀部真是
像被急流冲刷得光光的黑色岩石,
　　多么漂亮,又结实,又滚圆。

你不停地向前走,你像他们有多好!

他们到哪儿停下，全凭懒惰的双脚，
　　树枝加上帆布就是屋顶！
他们只想听，爱听别人把故事叙讲，
到晚上坐在自己家门前胡思乱想，
　　想去看看天空里的星星！

啊，年轻人！当初你愿意，我们的姐妹
本来会在好客的茅屋里双膝下跪，
　　也许会为你殷勤地伺候。
她本会歌声悠扬，为让你进入梦乡，
本会用绿叶做成扇子，从你的额上
　　把讨厌的蝇子轻轻赶走。

可你还是走！——白天黑夜，你踽踽独行。
马蹄铁踩上卵石，卵石非常地坚硬，
　　敲打起星星点点的火光。
你的长矛经过时会在黑暗里闪烁，
一个个瞎眼恶鬼正在夜空中飞过，
　　常常刺破了它们的翅膀。

如果你回来，为了找到这小小村庄，
请爬上远看像个驼峰的黑色山岗，
　　我忠实的茅屋就在旁近，
请记住它的屋顶，像蜂房尖而又尖，
茅屋只有一个门，大门口开向蓝天，
　　燕子能从这儿出出进进。

如果你不再回来,你有时不妨想想,

沙漠里的少女是声音温柔的姑娘,

　　　在沙丘上跳舞,光着脚底。

漂亮的白人青年,美丽的过路小鸟,

噢! 健步的异乡人,请想想,也许必要,

　　　不少姑娘留下你的回忆!

别了! ——请你朝前走。当心太阳的光芒

灼伤白皮肤,但却把我们晒成金黄;

　　　当心走进阿拉伯大沙漠;

当心有的人拿了白色小棍,到夜晚,

在沙子上面画着一个一个的圆圈;

　　　当心孤单摇晃的老太婆。①

　　　　　　　　　　　　　一八二八年十一月二十四日

　　[**题解**] "东方"是西欧浪漫主义抒情诗常见的主题。这首诗不仅具有"东方"色彩,而且情调也很"浪漫"。

---

　　① 指巫师和巫婆。

奇 英

长长的列队,仿佛是鹤群,
横空飞过,发出阵阵哀鸣;
我看到了有成堆的黑影,
拖着声声呜咽迎面飞临。

但丁①

高墙,城市,
以及港口,
现在都是
死的范畴,
大海昏冥,
微风消停,
万物入静,
长夜悠悠。

平原的上空,
传来了声息。

---

① 引诗出自但丁《神曲·地狱篇》。

这可是一种
黑夜的呼吸。
声音在哀鸣，
仿佛是精灵，
有火身后盯，
盯得紧又急！

声音渐渐高起，
好像铃铛轻摇。
又像脚步轻移，
这是矮人在跳。
矮人又逃又冲，
站在波涛之中，
舞步叮叮咚咚，
一只小脚高翘。

吵闹声开始临近，
听见有回声荡漾。
像妖魔寺院使劲
把钟声当当敲响；
又像是人群嘈杂，
又是轰鸣又喧哗，
一会儿声音不大，
一会儿更加高扬。

主呀！是奇英的声音！……

有多么地阴森可怕！
让我们快快地躲进
螺旋形的楼梯底下。
灯火已灭，昏昏冥冥，
瞧那栏杆上的黑影，
正顺着墙角在爬行，
一直向天花板升爬。

大群的奇英赶路前进，
嘘嘘有声，并上下滚翻！
紫杉像着了火的松林，
哗啦啦作响，纷纷折断。
急奔快走的大批精灵，
在空旷的天空里飞行，
像一团乌云，面目狰狞，
怀中夹带着电光闪闪。

奇英已经逼近！——快快应付，
把藏身的大厅关得紧紧。
外面什么声音？吸血蝙蝠
和凶龙的丑恶大军入侵！
屋顶已裂开，大梁已倾倒，
像是一茎湿漉漉的小草；
古老的大门虽锈得很牢，
快要挣脱铰链，摇晃频频！

地狱的喊声！是嗥叫，也是哀鸣！
北风呼啸，把这支可怕的队伍，
天啊！大概吹落在我家的屋顶。
墙在乱军的践踏下弯腰屈服。
屋子在呼叫，踉踉跄跄要摔倒，
像是大风要把房子连根拔掉，
把房子当成枯叶使劲地抽扫，
并一起在精灵的旋涡里飞舞！

先知啊！如果你伸出贵手，
把我从这些恶煞中救出，
我一定到你圣炉前叩头，
我的光脑袋要叩头无数！
请把奇英喷火星的气息，
在我们信徒的门前浇熄；
让翅膀的爪子徒然拍击，
无法把黑黑的大窗抓住！

奇英过去了！——这伙精灵
一飞就飞走，神出鬼没，
双腿已不再乒乒乓乓，
在我的门上乱踢乱跺。
空中充满铁链的声音，
奇英曳着火光正飞临
四周一片一片的森林，
高大的橡树都在哆嗦！

它们正远去的翅膀，
拍击声已渐渐模糊，
在远处的平原上方，
声音又微又弱，似乎
听得见有蝗虫在叫，
这鸣叫声又细又小，
又像屋顶上落冰雹，
噼噼啪啪，听得清楚。

我们还可以听到
稀奇古怪的音响；
当阿拉伯人号角
吹起，的确是这样，
在沙滩上面有时
会传来歌曲一支，
做梦的孩子已是
进入金色的梦乡。

阴森森的奇英，
是死亡的儿女，
夜色无止无境，
急急向前奔去；
队伍还在喧闹：
如深深的波涛，
我们无法见到，

还在窃窃私语。

这模糊声音
已淡而又淡，
是碧波粼粼，
轻拍着边岸；
是一名修女，
在低声唏嘘，
又断断续续，
为死者哀叹。

人们怀疑，
夜深人静……
我听仔细：——
无踪无影，
一切告终；
声音种种，
都在空中，
被抹干净。

一八二八年八月二十八日

[**题解**] "奇英"是阿拉伯民间传说中的一种精灵,诞生于火,级别低于天使,有善恶两种。据考证,雨果笔下的"奇英"与《古兰经》中的"奇英"很少相似之处。《奇英》是以声律技巧闻名的"奇"诗,节奏变化,出神入化。

幻　想

太阳西沉,阴暗的天色解除了地底下灵魂的痛苦。

但丁①

噢！留下我！这时分,天边有暮烟缭绕,
一团轻雾下又把歪斜的额头笼罩;
这时分,金乌满脸通红,正慢慢西沉。
剩下发黄的树林给山岗披上金装:
在眼前这段时光,秋色已老将消亡,
阳光和雨水似乎使森林锈满全身。

正当我独自凭窗,头脑里思绪万种,
正当走廊深处的暗影正越积越浓,
噢！是谁,是谁会从天边突然地升起
一座摩尔人②城市,新奇而光彩夺目,
许多金色的塔尖刺破了这层薄雾,
仿佛一朵朵烟火在盛开,绚丽无比！

---

① 引文源出《地狱篇》。
② 摩尔人,北非的一支阿拉伯人。

我的歌像秋天的天空般没精打采，

噢，精灵①！愿这幻景让歌声笑逐颜开，

在我的眼中投下不可思议的光芒，

化作低沉的喧闹慢而又慢地消散，

宫殿上有千百座高塔，像仙境一般，

影影绰绰，耸立在紫红的天幕之上。

一八二八年九月五日

［**题解**］《幻想》反映了诗人追求新奇的灵感，对神奇世界的向往和憧憬。

---

① 阿拉伯神话故事中精灵常有制造幻景的能力。

出　神

我听到一个巨大的声音。

《圣经·启示录》

星光灿烂的夜间，我独自站立海边。
天上没有云一片，海上没有帆一点。
我正极目眺望着现实世界的前方。
重重森林和山峦，整个浩大的乾坤，
都似乎唧唧哝哝，都在小声地询问
　　天上的星光，海上的波浪。

金光闪闪的繁星多得数也数不清，
此声高而那声轻，和谐地遥相呼应，
星星在回答，并把闪光的冠冕压低；
蓝色的滚滚波浪，无拘无束而逍遥，
波浪在回答，浪花从浪尖向下弯腰：
　　"是主呀，主呀，我们的上帝！"

一八二八年十一月二十五日

[**题解**] 这是雨果写自然的第一首诗。诗人没有描写自然本身，只

是描写自然在诗人心中唤起的感情。雨果赋予大自然以某种神秘的生命,反映了不少浪漫主义作家具有的泛神论思想。

《秋 叶 集》

(1831)

本世纪正好两岁！罗马替代斯巴达

我顺从给我安排的命运。

圣约翰①家族座右铭

本世纪正好两岁②！罗马替代斯巴达③，

拿破仑脱颖而出，本来只是波拿巴④，

首席执政的冠冕已经显得太窄小，

多处已经被戳穿，露出皇帝的头角。

这时候在贝桑松⑤，一座西班牙古城，

有个布列塔尼和洛林⑥的孩子诞生，

有风刮起，他像颗种子便落地安身，

孩子脸上无色，嘴里无声，眼中无神；

他简直是个怪物，这般萎弱和羸瘦，

人人见了都摇头，只有母亲肯收留，

---

① 圣约翰，英格兰的贵族世家。引语源自维吉尔的史诗《伊尼特》。

② 雨果诞生于一八〇二年二月二十六日。

③ "罗马"指罗马帝国的政制，象征拿破仑帝国的时代；"斯巴达"是古希腊的城邦，象征法兰西大革命后建立的共和政体。

④ 西俗帝王用名。波拿巴将军一八〇四年称帝，成为拿破仑皇帝。

⑤ 贝桑松历史上曾被西班牙占领。

⑥ 雨果父母亲分别是布列塔尼人和洛林人。

小脖颈东倒西歪,细得如芦苇一般,
无奈只好一边做棺材,一边做摇篮。
这个已被命运从大书上勾掉名字,
这个甚至连明天都活不成的孩子,
就是我。——

　　　　　我有一天也许会对你讲明,
对于我刚出世就注定夭折的生命,
她倾注多少乳汁,多少祝愿和爱心,
给我两次生命的,是我固执的母亲,
天使脚边拖着的三个儿子①都很小,
母亲播撒爱心时,可从不计较多少!
啊!慈母的爱心啊,人人不忘的春晖!
这是神奇的面包,由神仙制作分配!
父亲家中的餐桌,饭菜永远很丰盈,
人人都会有一份,都吃得高高兴兴!

有朝一日,我成了老人,会喜欢闲聊,
外面的夜色沉沉,我说个没完没了,
皇帝所到处,世界跟着他地覆天翻,
威风凛凛的命运,使人人心惊胆战,
毫不费力地把我挟走,如狂风呼啸,
将我的童年随风在各处颠簸飘摇。
因为,当北风吹起阵阵急促的波澜,

～～～～～～～

① 雨果母亲生有三子,阿贝尔、欧仁和维克多。雨果是幼子。

骚动的大海,不问大船有三层甲板,
不问岸边飘下的树叶是又轻又小,
都一一卷进波涛,一起翻滚和咆哮。

现在,我虽然年轻,却有严峻的考验,
我思绪纷繁,额头有条条皱纹出现,
皱纹深处刻印着许许多多的回忆,
从中还可以看见以往不少的经历。
要知道,几多老人头发已秃得光光,
他们都心灰意冷,他们都饱经沧桑,
如有人见到我的心像海中的深渊,
是个住满了形形色色思想的大院,
看到我百般挣扎,看到我苦难尝遍,
看到像烂果子的谎言曾对我欺骗,
看到我虽是未来向我微笑的年华,
看到我内心的书每一页密密麻麻,
看到我大好时光已一去不复再来,
青春有喜怒哀乐,他准会脸色发白!
如有思想和歌曲从我的胸中飞升,
思想会有人附和,歌曲会有人应声;
如果,我喜欢借助嬉笑怒骂的小说①,
作为藏匿爱情和痛苦的某个场所;
如果我驰骋想象,动摇了当今舞台②,

① 雨果一八二三年发表小说《冰岛之汉》。
② 一八三〇年二月,雨果上演剧本《欧那尼》,这是法国浪漫主义胜利的标志。

如果在为数不多的有识之士看来，
我会是与我同声相应、并借我声音
向人民说话的人相互争斗的原因；
如果我的头颅是点燃思想的火炉，
炼出青铜的诗句，不断地翻腾飞舞，
加上深沉的节奏是铸模，奇妙无穷，
出来的诗行张开翅膀，就飞向天空；
这是因为：爱情和坟墓，光荣和生命，
前浪被后浪推着，一个个奔流不停，
任何声息和闪光，也不论是吉是凶，
都使我这颗水晶之心闪耀和颤动，
崇敬的上帝把我铿锵有声的灵魂，
如同一个响亮的回声，放进了乾坤！

再说，我已度过的苦日子光明磊落，
我如不知道去向，我知道来的线索。
党派之间的纷争，可真是如火如荼，
我灵魂虽被触动，却没有受到玷污。
我心中没有肮脏，所以也没有污泥
在风吹草动之时搅乱明澈的心底。

我曾经歌唱，现在，我要倾听和思考，
我为下野的皇帝暗中把庙堂建造，
我爱自由，是因为自由已开花结果，
我爱国王，是因为他不幸失去王座；
我忠于父母的血，血在我身上流淌，

我父亲是个老兵,母亲是个保王党!

一八三〇年六月二十三日

[**题解**] 本诗是《秋叶集》的首篇。所有为雨果写传的作者都要引证诗中的有关诗句。"一个响亮的回声"是诗人对自己的总结。雨果年届三十,成家立业,在文坛确立了浪漫主义领袖的地位。诗人抚今追昔,回忆自己从诞生到事业有成的过程,也表露了自己从保王党思想向共和思想过渡时的思想矛盾。

山上听到的声音

噢,深邃呀!①

有时候,你有没有内心平静而轻松,
登上高山的顶峰,面对茫茫的天空?
这是在松德海峡②,是在布列塔尼海岸?
你在高山的脚下是否有大海浩瀚?
你在山顶上俯视海浪和碧波万顷,
内心轻松而平静,你是不是在倾听?

听到如下的声音:——至少,一天在梦中,
我思想张开翅膀,向一处海滩俯冲;
我站在峰顶,下临深渊,很令人惊骇,
看到一边是大地,而另一边是大海。
我听着,我听到了。这声音奇异莫辨,
口中没有人喊出,耳中没有人听见。

---

① 语出《圣经·新约》,原文为拉丁文。
② 松德海峡,在瑞典南端和丹麦西兰岛之间。

开始是个辽阔的声音，又模糊不清，
比丛丛密林中的风声更捉摸不定，
甜蜜的低语很多，响亮的和音也有，
像夜歌一般温柔，又如混战的时候，
骑兵队越战越勇，号角在阵阵吹响，
这种声音清脆得和铁甲碰击一样。
这又是首深沉的乐曲，它飘飘忽忽，
变幻无常，围绕着世界在此起彼伏，
在茫茫的天宇里又前后连绵不断，
像水的波纹，一圈又一圈，越传越远，
直到音浪行将在黑暗中隐去为止，
无形，无数，和时间，和空间一起消失。
如新的大气，虽然飘散，却到处涌流，
永恒的颂歌盖满一片汪洋的地球。
整个世界被这曲交响乐紧紧相抱，
在和声之中沉浮，犹如在空中飘摇。
我沉思，听着这种太空的琴声悠扬，
我淹没在乐声中，像淹在海里一样。

不久，我把交混的这两个声音分清：
大地和大海倾吐衷情，并直达天顶，
两个声音一般地含糊，一般地低沉，
但又同时唱出了宇宙的歌声阵阵。
我在嘈杂喧闹中把它们分得清楚，
犹如看清两条河在水中汇成一股。

这声音来自大海,光荣、幸福的颂歌!
这是波涛彼此间相互交谈又唱和。
那声音起自大地,我们所在的区域,
悲悲又戚戚,正是人们在窃窃私语。
这样盛大的合唱,日日夜夜唱不尽,
每个人都在说话,每个波浪有声音。

而那壮丽的海洋,正如我已经说明,
发出的声音充满欢乐,也充满和平,
仿佛锡安①圣庙里的竖琴在歌唱,
在将天地万物的美丽称颂和赞赏。
这闹声被风一吹,更加上狂风刮起,
不停地飞向上帝,越唱就越是得意,
这些只有上帝才驯服得了的波浪,
前浪刚低下,后浪又涌起,接着歌唱。
海洋犹如但以理②曾经制服的雄狮,
有时候也会压低高亢吼叫的声势,
我相信看到:西天红得像火在燃烧,
上帝的手在抚摸海洋金色的鬣毛。

不过,在这庄严的乐声齐鸣的旁近,
另有一个像战马受惊嘶叫的声音,
像是地狱的锈门,门臼在吱吱咯咯,

① 锡安,耶路撒冷城中的山名,是犹太教圣殿的所在地。
② 但以理,《圣经》人物,相传公元前六世纪被巴比伦王投入狮笼,力战群狮,屡创奇迹。

又像是铁琴上的铜弦在叽叽嘎嘎，
滚滚而来的都是那人世间的喧嚣：
有啜泣，也有诅咒，有辱骂，也有喊叫，
有的人拒绝受洗，或拒绝临终圣体，
有咒骂，还有叹息，还有人哭哭啼啼，
纷至沓来，如晚上能在山谷里看到
成群结队飞过来一堆黑色的夜鸟。
这可是什么声音，颤抖的回声四起？
这是大地和人类，唉！正在同声哭泣。

各位兄弟，这两种闻所未闻的声音，
又在不断地产生，又在不断地消隐，
上帝在冥冥之中倾听着，听个没完，
一个声音说"人类"！一个声音说"自然"！

我于是低头沉思，而我忠诚的思想，
唉，从来没有如此高高地展翅飞翔；
我的愚昧也从来没如此大放光明；
我沉思很久很久，我先后静静看清：
浪花之下藏着的深渊是令人晕眩，
我灵魂里却有着另一个无底深渊。
我思忖着：为什么我们生存在此地？
这一切到底又是为了个什么目的？
灵魂有何用？什么更好？存在或生活？
为什么主独自把命运的大书定夺，
在永恒的颂歌中，永远不会有尽期，

把自然的歌、人的呼喊交混在一起?

[**题解**] 这是雨果早期的哲理诗之一。对宇宙万物的思考,对人间疾苦的关怀,一生都困扰着诗人。诗人二十年代末《秋叶集》中向自己提出的问题,至六十年代的《静观集》里,才作出了回答。雨果写本诗时,并未见过大海。

致一位旅行者

这一半世界不知道那一半世界如何生活？如何
治理？

菲利普·德·科米恩①

朋友,你做了一次远游,回来才不久。
远游催人老,却使我们在童年以后,
　　长了学问,思路大开。
你跋山涉水,走遍世界各地的海洋,
你船后的一条条浪花,唉! 简直就像
　　给地球围上了腰带。

东西南北的大海使你的生活成熟。
你到处浪迹,你的愿望不知道餍足,
　　你到处捡,又到处撒,
你像个先是播种后又收获的农民,
你从各地方带走东西时漫不经心,
　　又自己把它们留下;

---

① 菲利普·德·科米恩(1447—1511),法国作家,有《回忆录》传世。

你朋友没你幸运,也没有你的学问,
他坐等夏至冬至,也不管春分秋分,
    厮守着同一个天空,
他好像长在门外可以远望的绿树,
也在自己家门口牢牢地扎下基础,
    日子过得天天相同。

你累了,你见过的人真是成千上万!
你终于返回家乡,对人世感到厌烦,
    想向上帝寻求安息。
你向我哀叹,东奔西走,却无所作为,
新旧大陆的尘埃也和我家的炉灰,
    在你脚上混在一起。

现在,高深的道理充满了你的胸怀,
你抚摸着孩子们长满金发的脑袋,
    一边谈话,我在倾听,
你向我提出问题,这关怀叫人伤心:
"你父亲呢? 儿子呢? 还有你那位母亲?"
    "他们三人也在旅行!"

在他们的旅途中没有太阳和月亮;
谁富有黄金万两,又不肯让人分享,
    也带不走一分一毫!
他们所作的旅行无边无际而幽深,

人人都踽踽而行,脸上都死气沉沉。
　　　　这旅行谁都会轮到!

你走之后他们走,这两次我都在场,
三个人一个接着一个都飞向天上,
　　　　有前有后,季节不同。
唉! 我曾亲手,也是在此崇高的时刻,
安葬了我这三个亲人,虽然我吝啬,
　　　　却把财宝埋入土中。

我看着他们出发。我软弱,感到恐怖,
我三次看见一块泪痕斑斑的黑布,
　　　　挂上我们这条走廊;
他们的手已冰冷,我哭得像个女人。
灵柩一盖,我灵魂看见他们的灵魂
　　　　张开了金色的翅膀。

我看着他们出发,如同是三只飞燕,
为了在远方寻找更加温暖的春天,
　　　　为了夏天更加美好。
我母亲飞到天上,是她第一个旅行,
她弥留之际,眼中洋溢的一种光明
　　　　别的地方从未见到。

接着是儿子,最后是父亲,这个老兵
驰骋沙场,已经有四十余年的军龄,

军装都缀满了饰条。
现在，他们三人在幽冥中长眠不醒，
但是他们的亡灵正在九泉之下旅行，
　　　去我们要去的目标。

如果你愿意，可在月色西沉的时分，
我们两人就登上山岗去看看祖坟。
　　　夜色朦胧，我们一到，
我将请你十分友好的眼睛去辨认，
在夜城的旁边还有座死城，并想问
　　　哪座城市睡得更好？

请过来，我们一声不响地伏在地上，
当巴黎已听不见它的喧嚣和叫嚷，
　　　我们就会不约而同，
听到千百万死人，如今已都是亡灵，
从墓穴里冒出来，这声音模糊不清，
　　　像是田沟里的麦种。

多少人理应要为亲人们永远哭泣，
这些兄弟姐妹却生活得欢欢喜喜，
　　　时光的威力真厉害！
死者是倏忽即逝，让他们墓中安休，
唉！他们很快会在棺材里化为乌有，
　　　但在我们心中更快！

旅行者呀！旅行者！我们有多么荒唐！

谁知道,每天有多少死者会被遗忘?

都是亲人,都是好人。

谁知道,痛苦如何被淡忘,云散烟消?

谁知道,每天地上会长出多少野草?

又盖掉了多少荒坟?

一八二九年七月六日

[**题解**] 这是一首悼念双亲及长子的抒情诗。雨果母亲死于一八二一年,父亲死于一八二八年。诗人一八二二年结婚,翌年七月生下第一个儿子,三个月后夭折。诗人当年的心情即使不是轻松的,至少也是平静的。所以,诗中对父母亲及长子的追忆,情真意切,但笔调还是平和的。

唉！我一封封情书，贞洁、青春的书信

啊！春天是一年的青春！
啊！青春是生命的春天！①

唉！我一封封情书，贞洁、青春的书信！
正是你们！你们的醉意还使我醉心，
　　　　我读你们，跪下双膝。
请让我恢复青春，哪怕是一天时间！
我幸福，我也明智，请让我躲在一边，
　　　　让我捧着你们哭泣！

我当时年方十八，充满迷人的梦想！
希望用谎言哄我，嘴里还歌声荡漾。
　　　　我头上有明星照空！
我曾是你的神明！我心中把你招呼！
我正是那孩子，唉！今天的大人几乎
　　　　在这孩子面前脸红！

---

① 引诗第一句源出意大利诗人卦利尼（1538—1612）著名的悲喜剧《忠实的牧羊人》；第二句似由雨果自作。

啊！幻想的年代里善良而年富力强！
每天晚上等待着裙袍飘过的声响！
　　　亲吻她扔下的手套！
对生活祈求一切：爱情、名望和地位！
很纯洁，又很骄傲，而且心灵很高贵！
　　　相信事物都很美好！

现在，我有了感受，我见过，我也知晓。
有什么关系，如果幻想已不常来敲
　　　我呜咽转动的门扉！
想起现在的幸福给予我多少关怀，
愿当年看似沉闷、其实火热的年代，
　　　啊！现在能大放光辉！

我对你们就不好？啊！我青春的年华，
你们以为我心满意足，就把我丢下，
　　　离我而去，逃之夭夭。
唉！既然你们无法带着我远走高飞，
却又回到我身边，并显得如此完美！
　　　唉！我对你们就不好？

啊！这甜蜜的往事，无瑕的青春少龄，
她那白色裙袍上系有我俩的爱情，
　　　都在我们身边回归；
叫人多留恋！面对你们青春的迷梦，
如今手上只剩下枯萎的残片一捧，

有多少辛酸的眼泪！

忘了吧！就忘了吧！青春一去不停留！
把青春吹走的风，也请把我们吹走，
　　吹到海角，吹到天涯，
我们没留下什么；连成绩也是问题。
人是游荡的幽魂，他经过时连墙壁
　　也没把他的影子留下！

一八三〇年五月

[题解] 一八三〇年五月的雨果应该是幸福的。三个月前，雨果为了《欧那尼》的演出成功，和传统势力作了艰苦的斗争，一时无暇顾及家庭。这期间，雨果文学事业上的挚友圣伯夫和雨果夫人的关系逐渐超越了友谊的界限。诗人重睹当年写给未婚妻的信，不禁感慨系之。但事实上，雨果的家庭生活始终没有破裂。雨果一八二〇年至一八二二年写给阿黛尔的情书有一百五十封左右，一九〇一年出版，题为《写给未婚妻的信》。

只要孩子一出现，全家的大大小小

合家欢笑。

安·舍尼埃①

　　只要孩子一出现，全家的大大小小，
　　大声地拍手欢叫。他的小眼睛一笑，
　　　　大家也都喜笑颜开。
　　伤心屈辱的脸容，愁眉苦脸的额头，
　　看到孩子一出现，天真活泼看不够，
　　　　会把烦恼统统忘怀。

　　不论是时当六月，家门口葱葱茏茏，
　　还是在寒冬腊月围着这炉火熊熊，
　　　　椅子被排成了一圈，
　　孩子一来，欢乐也到。人人精神饱满，
　　又笑又叫，大家呼宝宝，而母亲一看
　　　　孩子走，吓得直发抖。

---

① 安·舍尼埃(1762—1794)，法国抒情诗人。

有时，我们拨弄着炉火在高谈阔论，
谈祖国，也谈上帝，谈诗人，也谈灵魂
　　　　在祈祷时飞升轻轻。
孩子一出现，别了，老天，而祖国，再见！
再见，神圣的诗人！一本正经的谈天，
　　　　在笑声中说停就停。

夜深人静的时候，神思进入了梦乡，
听得见芦苇丛中水浪叹息的声响，
　　　　仿佛是哭泣的声音；
如果曙光像灯塔照耀，出现在天际，
黎明的光辉会在各地的田野唤起
　　　　鸟语嘤嘤，钟声不尽。

孩子，你就是黎明，我的心灵是原野；
你们亲一亲原野，原野借红花绿叶，
　　　　会熏香自己的气息。
我的心灵是森林，为了让你们喜欢，
林中的枝叶虽然幽深，现在却充满
　　　　金光灿烂，细语甜蜜。

因为，你们有无限柔情的美丽眼睛，
因为，你们的小手没做过坏的事情，
　　　　天真活泼，纯洁可爱。
你们的小脚未受我们污泥的侵蚀，
金发的儿童！戴着金色光轮的天使！

啊！神圣的小小脑袋！

你们在大人中间，是方舟①里的白鸽，
你们纯洁的嫩脚未到行走的时刻，
　　　　一对翅膀其蓝无比。
你们望着这世界，对世界一片茫然。
身体是干干净净，灵魂是一尘不染，
　　　　白璧无瑕，无瑕白璧！

孩子轻轻地一笑，孩子是多么可爱：
他什么都信，说话没有一点点掩盖，
　　　　他才哭，又马上开心；
惊讶入迷的神情浮现在他的眼窝，
他把童稚的心灵献给周围的生活，
　　　　他的嘴谁都可以亲！

主啊！千万别让我，别让我爱的人们，
兄弟、亲戚和朋友，主啊！甚至我敌人，
　　　　扬扬得意做着坏事，
别让我们在夏天见不到枝头花俏，
蜂窝里没有蜜蜂，鸟笼里没有小鸟，
　　　　别让家里没有孩子！

　　　　　　　　　　　一八三〇年五月十八日

〰〰〰〰〰〰〰

① 据《旧约·创世记》载，洪水退时，挪亚从方舟放出鸽子，衔回橄榄枝，知
陆地已近。

65

[**题解**] 雨果一生写儿童的诗很多。这首诗是诗人早期写孩子的名篇。一八三○年,雨果已是三个孩子的父亲。本诗应是见到第三个孩子弗朗索瓦–维克多一岁半时学走路产生的灵感。有人说:云雀之于雪莱,鲜花之于彭斯,和儿童之于雨果,都是诗人心中最美好的事物。

救济穷人

谁给穷人施舍，就是借钱给上帝。

维·雨果①

富人，幸运儿，你们在冬天大摆宴席，
舞会上灯光缭乱，而旋律又快又急，
随着舞步看到的景象是多么奇绝：
雕梁画栋，闪光的明镜，玲珑的水晶，
大烛台蜡烛齐明，吊灯是一圈星星，
来宾们翩翩起舞，脸上充满了喜悦；

在你们的邸宅里，时钟正叮当敲响，
低沉的报时变成你们欢乐的歌唱，
噢！你们是否想过，有穷人衣食无着，
他也许在昏暗的十字街头停下步，
看见金碧辉煌的客厅在窗口映出
　　你们的舞姿正影影绰绰？

---

① 这种思想和提法源出《圣经》，并非雨果独创。

你们可想过，正当冰霜是刺骨寒心，
他没有工作，是个饥寒交迫的父亲？
他低声自语："此人财产可真是不少！
盛大的酒宴席上，这么多朋友欢呼！
儿女在对他微笑，这财主多么幸福！
他们的玩具是我儿女的多少面包？"

他把你们的宴会在心中加以对比；
可从来没有火光闪耀在他的家里，
他的孩子在挨饿，孩子母亲穿破布，
祖母躺在小堆的干草上，一声不吭，
唉！正是寒冬腊月，她身上已经冰冷，
　　　　冷得简直可以送进坟墓。

因为，上帝使人类命运有喜也有悲。
有些人在苦难的重压下弯腰曲背，
在幸福的宴会上，赴宴者极为少数。
宾客也并非同样都有满意的神色。
这条对穷人似乎极不公正的法则，
对这些人说："享受！"对那些人说："羡慕！"

这是个凄惨、辛酸而又严酷的思想，
正在穷人的心里不声不响地酝酿。
富人，今朝的宠儿，你们图享乐痛快，
但愿不是由穷人自己从你们手中
把他眼睛盯着的这无用财产拿空；——

噢！但愿这是你慈悲为怀！

大慈大悲,会受到穷人的热烈欢呼！
谁受到命运虐待,慈悲是他的慈母,
谁被踩在脚底下,慈悲扶起他的手,
慈悲紧跟着受苦受难的上帝一起,
如果有需要,可以完全奉献出自己,
慈悲说:"喝吧！吃吧！这是我的血和肉。"

但愿这是慈悲,噢！是的,是慈悲,富人！
为了穷人有饭吃,拯救你们的灵魂,
从你们孩子手中,从你们妻子胸前,
大把大把地拿走摆设、缎带和钻石,
花边、珍珠和青玉,金银财宝和首饰,
　　这都是虚幻的过眼云烟！

施舍吧,富人！施舍正是祈祷的姐妹。
唉！如果你们门前出现有老人一位,
他全身已经冻僵,白白地跪下双膝；
如果在你们脚边,手被冻红的小孩,
在捡拾你们大吃大喝的剩饭剩菜,
天主对你们背过脸去,天主在生气。

施舍吧！为了让使家庭幸福的上帝,
给你们女儿妩媚,给你们儿子勇气,
为了让你们家的葡萄能永远香甜；

为了让你们谷仓堆满丰收的粮食；

为了能成为善人；为了能看到天使

　　夜里在你们的梦中出现！

施舍吧！总有一天，我们会闭上双目。

你们的施舍就是你们天上的财富。

施舍吧！好让人说："是他怜悯了我们！"

为了别让穷人在风雨中冷得发抖，

别让穷人在你们宴席边饿得难受，

别在你们宫殿前露出羡慕的眼神。

施舍吧！为了得到耶稣基督的爱情，

为了让坏人在叫你们时恭恭敬敬，

为了让你们家庭能平安，和睦亲切，

施舍吧！好让你们最后的时辰来临，

天上有个乞丐在祈祷，有力的声音

　　能为你们消除一切罪孽！

　　　　　　　　　　　　　　一八三〇年一月二十二日

　　[题解] 这是一首应景而写的诗。一八二九年至一八三〇年的冬天，巴黎奇寒，社会上有人呼吁募捐。雨果的这首诗在鲁昂售价一法郎，收入用来救济穷人。二月三日，《环球报》又刊出此诗。雨果一生以描写穷苦人为主题的诗篇不少，本诗可以说是小说《悲惨世界》及其他一系列诗作的一个起点。

落　日

视觉在思想里发现的绝妙图画。

夏尔·诺迪埃①

I

我喜欢黄昏,我爱美丽宁静的夜晚,

湮没在树丛中的一座座古老庄院,

　　额头上闪现出一片金黄;

有时,暮霭在远处延伸为火的沙洲;

有时,蓝天上阳光万千条,又密又稠,

　　和一座座云的群岛相撞。

啊! 请你仰望天空! 行云朵朵不停歇,

经风儿阵阵吹拂,便堆得层层叠叠,

　　变幻出种种怪状和奇形;

① 夏尔·诺迪埃(1780—1844),法国作家,在创作上曾是雨果的良师和益友。

云层似波浪，射出一条苍白的电光，
仿佛空中突然有某个魁梧的天王，
　　从云端里抽出宝剑一柄。

太阳透过层层的浓云依然在照耀，
时而使茅屋屋顶亮得仿佛在燃烧，
　　像又大又圆的金色屋顶；
时而和晚雾争夺迷迷茫茫的天际；
时而却又垂落在颜色深暗的平地，
　　划出的大湖里浸满光明。

现在，扫除干净的天空里似乎看到
挂着宽背有纹的巨大的鳄鱼一条，
　　三排尖牙利齿，排得紧紧；
铅灰色腹下露出一条黄昏的光线；
无数燃烧的云在鳄鱼的黑色腰间，
　　亮得像一片片金色鱼鳞。

又耸起一座宫殿，空气一抖又模糊。
这座云霞建成的大厦，这庞然大物，
　　转眼倾覆，化为残壁断墙，
使天空狼藉不堪，一块块鲜红碎片，
悬挂在我们头上，头朝下，而脚朝天，
　　和一座座倒置的山一样。

这些浓云的颜色如铜如金如铁铅，

云层里睡着狂风暴雨和地狱雷电，
　　发出的打鼾声又沉又低；
这是上帝把它们一一悬挂在穹苍，
如同一名武士在屋顶的梁上挂放
　　铿锵作响的盔甲和征衣。

霞飞云散！这太阳下沉时匆忙行走，
好像一颗巨大而烧得通红的铁球，
　　被扔进沸滚的熔炉之中，
大火球扑通一声，掉进铁水的波涛，
云霞燃烧的飞沫溅起一阵阵火苗，
　　又向着高高的天顶直冲。

啊！请你静观天空！当日色一旦西沉，
不论何时和何地，请透过夜幕深深，
　　请怀着欣喜的心情看清：
夜幕是肃穆壮美，其中有一个奥秘，
冬天的时候，夜幕黑得像一件殓衣，
　　夏天，被夜晚绣满了层星。

一八二八年六月

VI

今晚，太阳已经在浓浓的云中落下。
明天将会有雷雨，还有傍晚和黑夜，
接着是黎明，曙光交织着点点飞霞，

又是黑夜和白昼,时光永不会停歇!

日子一天天流逝,日子会纷纷前进,
跨过巍巍的高山,跨过茫茫的海洋,
跨过银波闪闪的江河,还跨过森林,
林中有我们亲人亡灵的颂歌飘响。

在那大海的脸上,在那高山的额头,
纵有皱纹不衰老,树木都常绿可爱,
越活会越是年轻;乡间的江河水流,
不断向高山取来波涛,再交给大海。

而我呢,岁月流逝,我就会背曲腰弯,
我在阳光普照下发冷,不久的将来,
周围是一片欢乐,我一去不再复返,
而世界依然广阔,依然是多姿多彩!

一八二九年四月二十二日

[题解] 一八二八年前后,雨果和一些诗人、艺术家常去巴黎南郊的蒙鲁日和旺弗等地观看落日,并先后写了六首《落日》。这里选译了其中两首。诗人在前几首中主要着眼于落日的绚丽色彩,而最后一首从外在印象转入内心沉思,发出"人生易老"的感叹。

朋友,最后一句话

你呀,美德,如我死去,请你哭泣!

安德烈·舍尼埃

朋友,最后一句话——我要永远地合上
这和我思想今后并不相关的篇章。
我不听闲人会有什么议论和嘲笑。
因为,这对涓涓的水源有什么重要?
因为,这与我何妨? 我一心想着未来,
未来刮起的这阵秋风会干燥难耐,
秋风过处,就用它焦急不安的翅膀
吹走树上的落叶,吹走诗人的诗行。

不错,我是还年轻,虽然我额头正中
将会有许多激情和许多作品萌动,
如同我处在这一动荡不安的年代,
我这思想的犁刀把一条田沟挖开,
每天都会有一条皱纹刻印上额头,

可是毕竟还没有度过三十个春秋①。

我是世纪的儿子！每年有一个错误

从我思想里消失，错得自己也糊涂。

我虽然看破一切，对你们崇敬依旧，

你呀，神圣的祖国！你呀，神圣的自由！

我十分憎恨压迫，憎恨得无以复加。

因此，当我一听到酷烈的天宇底下，

在被残暴的国王统治的世界一角，

有被扼杀的人民正在呼喊和哭叫；

当我们母亲希腊被基督教的国王

让土耳其刽子手肢解得濒于死亡；

当流血的爱尔兰在十字架上咽气；

当条顿②在十王的铁链下挣扎不已；

当昔日的里斯本③欢天喜地又漂亮，

如今被米古埃尔④踩着，吊在刑架上；

而当加图⑤的国家由阿尔巴尼⑥治理；

当那不勒斯又吃又睡；而当奥地利

用胆怯者才尊为神圣的可耻节杖，

狠狠打断威尼斯这头狮子的翅膀⑦；

---

① 雨果作此诗时二十九岁。
② 条顿，日耳曼民族的古称。
③ 里斯本，葡萄牙首都。
④ 米古埃尔（1802—1866），葡萄牙国王，一八二八年篡权执政。
⑤ 加图（前234—前149），罗马政治家，以清正和反对腐化著称。
⑥ 阿尔巴尼（1750—1833），一八三一年时是意大利权势显赫的红衣主教。
⑦ 请参阅《东方集》中《卡纳里斯》第十一节对威尼斯狮旗的描写。

当摩德纳①大公国被掐得奄奄一息;

德累斯顿②在老王床上挣扎和哭泣;

当马德里又呼呼大睡得不省人事③;

维也纳攫住米兰④;当比利时的雄狮⑤

弯腰曲背,不得不像耕牛耕地犁沟,

现在都没有牙齿咬断自己的辔头;

正当穷凶极恶的哥萨克⑥丧心病狂,

强奸披头散发的华沙⑦,她已经死亡,

他玷污了她贞洁神圣的破烂尸布,

还趴在处女身上,脚边是她的坟墓;

于是,我诅咒兽窟、宫中的这些国王!

连他们的马匹上也都有鲜血直淌!

我感到诗人就是审判他们的法官!

感到愤怒的诗神以强有力的手腕,

可以把他们绑上当作刑柱的王座,

他们怯懦的王冠就是他们的枷锁,

还可以赶走这些有人祝福的国王,

在额头印上一句抹擦不掉的诗行!

①　摩德纳,意大利北部城市,奥地利弗朗索瓦四世曾镇压摩德纳公国在一八三一年争取自由的革命运动。

②　德累斯顿,德国东部的城市。

③　指西班牙国王斐迪南七世借助法国军队从一八二三年起恢复绝对君主制的统治。

④　奥地利从一八一五年起占有米兰公国。

⑤　比利时用狮旗,一八一〇年至一八三〇年隶属荷兰王国。

⑥　指沙皇俄国。

⑦　波兰于一八三〇年十一月二十九日爆发反抗沙皇统治的革命斗争,因孤立无援,一八三一年九月被残酷镇压。

诗神对被宰割的人民应牢记心中。

啊！于是我忘却了爱情、家庭和儿童，

忘却健康的情趣，忘却柔和的歌吟，

我把青铜的琴弦添加上我的诗琴！

一八三一年十一月

[题解] 雨果在《秋叶集》的序言中表示，《秋叶集》"写家庭的诗，写家园的诗，写私人生活的诗，写心灵深处的诗"。其实不尽然。法国一八三〇年"七月革命"对整个欧洲产生广泛而深刻的影响。《秋叶集》以政治抒情诗告结束，下一册《暮歌集》以政治抒情诗开始，证明诗人是"世纪的儿子"，是时代"响亮的回声"。

《暮 歌 集》

（1835）

一八三〇年七月后述怀

I

兄弟们！你们一样,也有你们的节日！

有你们缀满鲜花和橡树叶的胜利,

也有公民的战功,有死者被埋入土,

也有你们的凯旋,在生命之初多美,

也有年轻的军旗却已经弹痕累累,

    奥斯特里茨①也感到忌妒!

自豪吧！你们也和父辈们一般高低。

全民族历尽战争才能赢得的胜利,

被你们从尸布里救出,才安然无恙。

七月为拯救你们家园的男女老少,

给你们三个骄阳②,可以把城堡焚烧,

① 奥斯特里茨在今捷克境内,一八〇五年十二月二日,拿破仑在此大败俄奥联军。

② 指一八三〇年七月二十七日、二十八日和二十九日三天。

你们父辈只有一个太阳①!

作为他们的子孙,父兄的血和灵魂
造就你们钢铁的臂膀和火的眼神。
一切由他们开始,你们轮到了自己。
这丰饶的法兰西就是你们的亲娘,
她高兴时,为了给世界作出个榜样,
　　一天等于过了一个世纪!

从妒忌的英吉利,直到荷马的希腊,
整个欧洲在赞美,年轻的阿美利加
站起来,在大洋的彼岸拍手和喝彩。
你们砸烂了桎梏,仅仅用三天时间,
你们是勇士们的先锋,已一马当先,
　　你们是巨人生下的后代!

他们是为了你们,才洒热血,抛头颅,
在战场上开辟出一条胜利的道路,
这条凯旋的道路,这一神奇的业绩,
为了能钳住地球,是从法兰西出发,
经过莫斯科、开罗、加的斯以及罗马,
　　从热马普直到蒙米拉伊②!

① 指法国大革命爆发的一七八九年七月十四日。这两个重大的历史事件
都发生在盛夏的七月。
② 莫斯科等六个地名,都是法国大革命中,尤其是拿破仑东征西伐时法国
取胜的地方。

你们是尚武的学校培养的儿童，
你们曾对昔日的胜利鼓掌和称颂！
你们曾在飘扬的军旗下嬉戏相逐。
拿破仑头脑充满伟大的思想，经常
又着手，走过你们匆匆列队的操场，
　　　他一眼把你们牢牢吸住！

他们应该追随你，鹰啊！我军的雄鹰！
你血淋淋的羽毛飘洒在各国国境，
你的吼鸣某一天已在波涛中消失，①
你呀，你在鹰巢里已经把他们孵化！
你看，拍翅欢呼吧，心里应乐得开花！
　　　你的小鹰们已破壳出世！

II

早上，当我们的城市醒来，②
已被一套不公正的法律
捆住手脚，吓得目瞪口呆，
巴黎吃惊不小，好不恐惧。
你们每个人在心中感叹：
"这可是一场卑鄙的背叛！

---

① 拿破仑于一八二一年在大西洋的圣赫勒拿岛逝世。
② 一八三〇年七月二十六日早上，查理十世的"四项敕令"公布。

各国的人民都前途无量。
难道只要可耻的手一揩，
把路名牌上的路名一改，
就可以使人民迷失方向？

"字字句句在爆发，在摧毁
这一切胆大妄为的阻拦。
真理呀，你知道怎样才会
把一切塞嘴的布团嚼烂！
国王把卢浮宫对你关闭，
你真理的烈火被人压抑，
并叫走狗扑灭你的火焰。
谁敢碰火焰，就会烧到谁！
谁也堵不住你真理的嘴，
如宫殿的大门无法关严！

"什么！父辈所创造的事物，
什么！时代给我们的报酬，
这人类生产的一切财富，
要从我们手中统统拿走！
什么！法律！宪章①！虚无缥缈！
夏天一天内，我们要看到
自由四十年取得的成就，

---

① 被查理十世抛弃的宪章是路易十八于一八一四年复辟后制定的，规定
法国是君主立宪国家。

如一座好景不长的大厦，
在他们猛烈捶击中倒下，
啊！来之不易的宝贵自由！

"正是为了他们，剑刺刀劈，
从北到南，一片刀光剑影！
为了他们，脑袋纷纷落地，
在石砌的路上滚个不停！
是为了这些帮凶的暴君，
我们的父兄，英勇的一群，
所作所为，都是前无古人！
多少城市成了残壁断垣！
昔日一块块葱绿的平原，
如今白骨累累，遍地荒坟！

"这般胡思又乱想的蠢材，
难道没有睁开眼睛看看，
自从他们掌权上台以来，
天底下又有多么地黑暗！
他们疯狂时就没有看清：
酒杯已经满满，恶贯满盈，
有人眼睛盯着他们盘算，
远方的电光给我们指示，
而人民，人民这一只雄狮，
对自己的爪子看了又看？"

III

于是，人人都奋起。儿童、妇女和男人，
只要你能有拳头，只要你能有灵魂，
大家都来，冲过来。全城都震耳欲聋，
日日夜夜向重兵进行猛攻和猛冲。
枪林弹雨中，各式各样的子弹、炮弹，
把这古老的旧城都炸翻也是枉然：
马路开花，而墙壁因为冲撞而倒塌，
家家户户的门前，尸体堆积如高塔；
大炮群的炮口从远处把人群轰开，
人群合拢，像大海继续又汹涌澎湃，
并且声嘶力竭地对市郊进行鼓动，
塔楼里一阵阵地响起急促的警钟！

IV

全体人民像烈火在燃烧，
三天三夜在火炉里沸腾，
用耶拿①长矛的枪尖一挑，
便把贝亚恩②的肩带刺崩。
十支增援的军队也徒然

① 德国城市，拿破仑一八〇六年在此大败普鲁士军队。
② 法国古行省名。"贝亚恩的肩带"象征波旁王朝，被"七月革命"推翻。

猛扑上来,一边大声呐喊,
向一大盆熊熊炉火挺进;
大批的军队,步兵加战马,
像枯枝在火中噼噼啪啪,
在炉子里扭曲,化作灰烬!

你三天取得胜利,请问你到底如何,
巍巍的大城,才又平息了你的愤怒?
请问你到底如何,人民你这条长河,
才重新返回河床,恢复本来的面目?
啊!扫荡着的风暴!啊!震怒着的大地!
群众咬牙切齿地在狂笑:此仇必报!
请问你到底如何,才办事合情合理,
才会一边挑选,一边挥刀?

因此,全城儿女,你们中间
有许多勇士,能牺牲忍受;
因为,有临危不惧的青年,
在你们的身边并肩战斗。
从今以后,命运凶吉不论,
你们所具有的共同灵魂,
是你们建立功勋的原因。
光荣归于那流逝的年岁!
昨天,你们只是人群一堆,
今天,你们已经成为人民!

那些颓丧、变节的顾问们，胆大妄为，

他们攻击的人民现在有多么坚硬！

他们是老天爷在关键的时刻，送给

倒霉的王朝的末代君王的一批灾星！

可悲！可悲！他们在大错特错的时候，

（上帝要他们失败，使他们鬼迷心窍，）

相信一早上就能取走大家的自由，

　　　像从网里抓走一只小鸟！

　　什么也别擦掉。——剑痕留下，

　　能使士兵的额头更美丽。

　　让战斗的一个一个伤疤，

　　留在曾备受打击的城里！

　　接受牺牲者，更接受英雄。

　　让这些死者，都高贵光荣，

　　在先贤祠①的墓室里安顿。

　　别让回忆压在我们心头：

　　要把坟墓还给路易十六，②

　　还要把铜柱③还给拿破仑！

V

啊！这已经覆灭的王朝从流放中来，
又流放而去,让我为他们哭泣致哀！
命运之风已三度①把他们吹到外地,
至少,让我们带领这几位先王回家。
弗勒吕斯②的旗啊！请你鸣礼炮数下,
　　向离去的王旗致以军礼！

我对他们说的话不会使他们伤心。
希望他们别抱怨这把告别的诗琴！
不要羞辱流亡时蹒跚而去的老人③！
对废墟手下留情,要有尊敬的习惯。
不幸已经给皓首白发戴上了荆冠,
我不会再把荆冠在头上按得深深！

再说,我对这一些不幸者们的苦难、
没完没了的苦难刚刚把颂歌唱完。
在我的歌里流亡和坟墓受到祝福。
当大家赞美新的王朝④正曙光初照,

---

① 指一七八九年大革命、一八一五年三月拿破仑"百日政变"及一八三〇
　 年七月后,波旁王朝三度流亡。
② 比利时城市,一七九四年法国军队在此大败奥军。
③ 一八三〇年查理十世被推翻时已七十三岁。
④ 指路易–菲利普的"七月王朝"。

我沉痛哀伤的诗要为圣赫勒拿岛,

　　要为圣德尼①久久地啼哭!

在祖国土地上的外国人,这些侏儒,

使国王们的统治为他们野心服务,

使一切事物僵化,依靠留下的驻军②,

他们还蹲着身子,并以虚弱的气息,

给革命还红火的火种猛烈地吹气。

愿他们永远记取无法逃避的教训!

VI

年轻的朋友,年轻的同胞,

啊! 未来是多么壮丽瑰奇!

迈开你们更坚定的双脚,

前面是纯洁、和平的世纪。

每一天都会有新的成就。

自由! 那不可抗拒的自由!

我们可以看到,多么壮观!

像大海边上的汹涌波涛,

由下往上涨,并越涨越高,

一层一层地向高处发展。

①　圣德尼在巴黎城北,其教堂为法国历代国王的墓葬地。

②　一八一五年《巴黎条约》规定,共有十五万欧洲封建国家的军队驻扎法国各地。

你们的父兄都奇伟魁梧，
他们当年又坚强，又慷慨。
被吓得惶恐不安的民族，
都由你们父兄留下关怀。
他们的战争都深得人心，
所以，大地上的各国人民，
都对法兰西的雄名欢呼，
都辞别土崩瓦解的往昔，
纷纷来找拿破仑的羽翼，
要在他的身边寻求庇护！

洋溢在你们火热的心胸，
是更加崇高的雄心壮志！
要让一切思想自由运动，
要让一切民族独立自治。
漫漫的长夜里还有人在，
向他们昭示自由的光彩！
去吧，照亮道路，共同出发，
要让我们以一致的步调，
并朝向一个崇高的目标，
加快全人类前进的步伐！

让思想随心所欲地奔驰，
让思想自由自在地飞翔，
或者喜爱艺术，或者吟诗，
或者是科学在沉思默想！

要王座让人人可以接近，
王座能听到响亮的回音，
为了使国王能更加贤明，
把一切充满智慧的忠告，
把一切充满不幸的哀号，
不断地加以放大和反映！

教士们！请回到墓前祈祷，
请问，你们还有什么害怕？
在金碧辉煌的王家墓道，
你们去那儿有什么牵挂？
来吧！——不过，不要再有主教，
不要再讲排场，虚妄无聊，
不要再在圣地安放宝座！
只要靠施舍，只要靠祈祷！
对人对上帝，有什么才好？
木头十字架，石头的供桌！

VII

而且，只要你们的肩膀上只有灵魂，
和人民一般贫穷，和妇女一般温顺，
　　什么也别怕。教堂就是你们的港口！
当维苏威火山口已长时间地喷火，
当熔岩像葡萄酒在酒窖泛起泡沫，
　　通红通红地出现在山头。

那不勒斯在恐慌，又哭泣，却又淫荡，
全城奔跑，抓住了痉挛的大地不放；
那不勒斯向大发雷霆的火山求饶；
绝不饶恕！一长条灰烟滚滚的火柱，
如同秃鹜的脖颈从巢里高高伸出，
正从烧得发红的山顶上越喷越高。

突然间，电光一亮！火山口奇大无比，
阵阵阴森的喷发，发狂地奔向大地。
永别了！希腊建筑，托斯卡纳①的神庙！
火光熊熊把帆篷映照得一片紫红。
熔岩正在火山的肩头上四处流动，
　　仿佛长长的头发在轻飘。

熔岩来了，流来了，又深又厚的熔岩
使田野变得肥沃，到海里修堤筑堰；
海滩、海洋和海岛，一切都摇摇欲坠；
熔岩滚滚，红红的直冒烟，严酷无情；
那不勒斯全城的宫殿在战战兢兢，
比暴风雨来临时一枚树叶更可悲！

乱作一团！火山灰把街道马路掩埋，
大地把被吞噬的房屋又吐了出来；

―――〰〰〰―――

① 意大利地区名。

93

屋顶都慌慌张张,和左邻右舍相撞;

大海在海湾沸腾,平原被烧得通红;

座座巨大的钟楼,从楼基开始晃动,

　　正无人独自把丧钟敲响!

但是——上帝的意愿——当火山摧毁城市,

把山谷填得满满,让岛屿从此消失,

用发作的熔岩流把塔楼一一冲倒,

还把大海和大陆搅得个覆地翻天,

但维苏威总是在自己的火山口边,

留下那小屋①:有个老教士跪着祈祷!

一八三〇年八月十日

　　[题解]　本诗是《暮歌集》的首篇,可见雨果赋予此诗的重要性。一八三〇年七月二十六日,国王查理十世发表"四项敕令",取消新闻自由,撕毁君主立宪宪章。二十七日、二十八日和二十九日三天,巴黎人民起义,史称"光荣的三日"。一八三〇年的"七月革命"是一七八九年法国大革命的继续。雨果正是在这个意义上歌颂"七月革命"的。本诗成稿于八月九日,离"七月革命"仅十天时间。十九日先在《环球报》刊出,题为《致年轻的法兰西》。手稿上的诗题为《致三所学校》,诗人注明为"综合工科学校、法科学校和医科学校",因为这三所学校的大学生起义时最英勇,最能代表"年轻的法兰西"。

---

① 　维苏威火山脚下,有一孤独老人隐居的小屋,当时是真实情况。老人靠
　　肥沃的火山灰种植水果,招待来参观火山的游客。

颂　歌

他们都是为祖国虔诚死去的同胞，
有权让群众来到他们灵柩前祈祷。
他们的名字要比最美的名字更美，
任何伟人和他们相比是昙花一现；
　　如同母亲在摇篮的旁边，
全体人民在他们墓畔正同声安慰。

　　光荣归于不朽的法兰西！
　　归于为她而战死的兄弟！
　　归于烈士们！归于英雄们！
　　归于受他们榜样的激励，
　　想在庙堂内有一席之地，
　　和他们同样捐躯的子孙！

正是为这些灵魂在受悼念的兄弟，
巍峨的先贤祠在城楼重重的巴黎，
这能与巴比伦和提尔①匹敌的皇后，

① 提尔，古代地中海东岸繁荣昌盛的大城市。

向云天碧霄献上这铜柱上的花环，

　　每天的早上，当阳光灿烂，

是铜柱上的花环重又金黄的时候！

　　光荣归于不朽的法兰西！

　　归于为她而战死的兄弟！

　　归于烈士们！归于英雄们！

　　归于受他们榜样的激励，

　　想在庙堂内有一席之地，

　　和他们同样捐躯的子孙！

所以，当这些死者已经长眠在墓中，

遗忘是沉沉黑夜，万物都在此告终，

但在我们致哀的墓前却无所作为；

每天清晨，光荣这不断更新的黎明，

　　为永远照亮他们的英名，

为他们流芳百世放出忠实的光辉！

　　光荣归于不朽的法兰西！

　　归于为她而战死的兄弟！

　　归于烈士们！归于英雄们！

　　归于受他们榜样的激励，

　　想在庙堂内有一席之地，

　　和他们同样捐躯的子孙！

一八三一年七月

[**题解**] 一八三〇年七月,巴黎人民起义,推翻波旁王朝,史称"七月革命"。一八三一年七月,路易-菲利普在先贤祠举行纪念"七月革命"的隆重仪式,悼念在"七月革命"中死难的烈士。路易-菲利普政府邀请雨果作此颂歌,由作曲家埃罗尔特谱曲,在纪念仪式上颂唱。

拿破仑二世

I

一八一一年①！那一年，——噢！有无数的人民，
匍匐在地，盼望着老天爷已经答应，
　　　　而头上有乌云滚翻，
他们感到脚下的千年古国在摇晃，
他们望着卢浮宫②满是雷声和电光，
　　　　仿佛是西奈山③一般！

他们低下头，像马感到有主人走近，
彼此在窃窃私语："大人物即将降临！
偌大的帝国等着明天会后继有人。
他比恺撒、比罗马创建更大的功勋，
他把人类的命运卷进自己的命运。
主对这个人到底要给他什么子孙？"

---

① 拿破仑之子生于一八一一年三月二十日。
② 拿破仑二世诞生在卢浮宫旁的杜伊勒里宫。
③ 据《圣经》载，犹太人领袖摩西在西奈山上于雷电声中接受上帝的律法。

他们话没有讲完,彩云又亮又高深,
豁然开朗,只见那身负重任的伟人,
　　　　在世界之上站起来,
各方人民都目瞪口呆,都屏息静气,
因为他伸出双臂,向大地高高举起
　　　　一个新生的小男孩。

巍巍的荣军院①呀! 孩子他稍一呼吸,
你辉煌的穹顶下俘获的敌人军旗,
瑟瑟地抖动,犹如麦穗在风中飘摇。
他一哭,轻轻一哭,有奶妈前来安抚,
我们大家都亲眼目睹,这一声啼哭,
使蹲在大门口的巨炮欢跳和吼叫②!

而他呢! 他刚强的鼻翼鼓满了傲意,
他那往日始终是叉在胸前的双臂,
　　　　现在终于大大张开!
孩子睡在父亲的大手里紧紧依偎,
浸满了父亲眼中桀骜不驯的光辉,
　　　　满脸都闪耀出光辉!

帝国的各个宝座如今已后继有人,

----

① 荣军院是巴黎著名历史建筑物,拿破仑的骨灰安葬于此。
② 拿破仑二世降生时,曾鸣礼炮一〇一响。

他让四方的君臣把孩子看得出神。
他盯住那些国王,露出激动的神色,
仿佛雄鹰飞上了高山之巅的云霄,
他豪情满怀,发出一声欢乐的呼叫:
"未来啊! 未来! 未来一定是属于我的!"

II

不对,未来不属于任何人!
陛下,未来只是属于上帝!
每当敲响起最后的时辰,
人世的一切把我们遗弃!
未来! 未来! 未来神秘难卜!
在这世界上的万事万物,
赫赫的军功,光荣和幸福,
帝王们的王冠,华美精巧,
和火光熊熊的胜利,以及
雄心壮志成为丰功伟绩,
我们头上的这一切东西,
只是我们屋顶上的小鸟!

不,不论势力大小,不,不论是哭是笑,
无人能叫你开口,只要时间还不到,
　　　你的手心无法看见,
噢! 你缄默的幽魂,你是我们的主人,
戴着面具的幽灵,在我们身后紧跟,

你的名字就叫明天!

噢!明天,明天是莫测高深!
明天到底会有什么含义?
今天播下原因的是凡人,
明天产生结果的是上帝。
明天,是帆篷后面的闪电,
又是星光下的乌云一片,
明天,是叛徒的巧语花言,
是羊头撞锤把城堡撞开,
是明亮的星星也会倾覆,
是巴黎走巴比伦的道路。
今天,在王座上坐得舒服,
明天,王座的杉木做棺材!

明天是战马满口吐着白沫子栽倒。
征服者呀,明天是莫斯科熊熊燃烧①,
　　　　如同黑夜里的火把;
是你的禁卫军在旷野上尸体横陈。
明天就是滑铁卢②! 明天是一座孤坟!
　　　　明天就是圣赫勒拿③!

① 拿破仑一八一二年入侵俄国。俄军于同年九月自己焚毁都城。
② 滑铁卢,比利时地名。一八一五年六月十八日,拿破仑军队在此被英国和普鲁士联军击败,从此退出历史舞台。
③ 圣赫勒拿,大西洋中英属小岛,拿破仑一八一五年至一八二一年被囚禁于此。

你可以走进各国的城门，

策马而行，步履从容缓慢；

你可以用你钢刀的利刃，

去解决各个国家的内战，

你还可以呀，噢！我的统帅，

把高傲的泰晤士河堵塞①；

每当战役眼看就要失败，

你军号一响，就反败为赢；

你把一切关上的门冲垮；

你的赫赫英名，人人争夸；

你能把马刺踢出的火花，

给大军作为引路的明星！

上帝给了你空间，可没有给你时间，

你能占有全世界任何地方的据点，

你在天底下要有多伟大就多伟大，

你能把查理大帝②的欧洲据为己有，

随心所欲地夺下穆罕默德的亚洲③；

"可你从主的手中拿不走明天，陛下！"

〰〰〰〰〰〰

① 拿破仑曾对英国实行"大陆封锁"政策。
② 查理大帝(742—814)，九世纪初的西罗马帝国皇帝，版图纵贯欧洲南北。
③ 拿破仑远征埃及，并有征服阿拉伯半岛的企图。

Ⅲ

噢，挫折呀！噢，教训！——当他的孩子一哭，
就拿罗马的王冠①当作戏耍的摇鼓；
当赋予这孩子的名字响亮和荣耀；
当有人把这未来国王摇晃的脑袋，
使惊喜的老百姓一个个看得发呆：
　　　一个这样大，一个这样小；

当父亲为他建立这样赫赫的军威；
当他给正在床头欢笑的婴孩周围
筑起了百万大军组成的铜墙铁壁；
当这个懂得如何创业的伟大工匠，
抡起大斧，几乎是按照自己的梦想，
　　　来塑造未来世界的天地；

正当父亲的双手把一切准备就绪，
想给小小的孩子无限显赫的荣誉；
当继承他的霸业，现在已有了幼芽；
当人们把宫殿的许多大理石石桩，
为了给这个王位继承者建造新房②，
　　　深而又深地打进了地下；

～～～～～～～

① 拿破仑二世诞生时即被封为罗马王。
② 拿破仑曾计划给儿子建造大理石宫殿，打了基石，没有完成。

当人们给他解渴，在法兰西的门口，
捧出了一坛盛得满满的希望美酒，
他来不及把这杯金色的毒液品尝，
他来不及用嘴唇触碰一下这酒杯，
哥萨克骑兵①一到，把孩子放上马背
　　带走，孩子吓得惊恐万状！

Ⅳ

对，一天晚上，雄鹰正在天穹下翱翔，
一阵强劲的狂风折断了它的翅膀。
老鹰落下，划出的火光在空中辉映；
大家马上向鹰巢扑上去，欣喜若狂。
每个人龇牙咧嘴，战利品分得精光：
老鹰被英国抢走，奥地利抢走雏鹰②。

你们知道，历史的巨人是什么下场？
六年间，我们看到远离非洲的海上③，
　　一代天骄被锁进了樊笼，
这是各位谨慎的国王设下的牢房。
——"不要流放任何人！噢！流放多么肮脏！"
　　他蹲坐在地上，双膝抱拢。

---

① 此非史实，仅有象征意义。"哥萨克骑兵"指拿破仑侵俄失败。
② 拿破仑二世的母亲是奥地利公主。拿破仑失败后，拿破仑二世随母亲
　回奥地利。
③ 圣赫勒拿岛距非洲西海岸一千八百公里。

这流放者在世上没什么牵挂多好！
但只有雄狮的心才有父爱的情操。
　　这位胜利者也爱着儿子！
在无聊的笼子里，他只有东西两样：
一是世界的地图，二是孩子的肖像，
　　他的天才和爱尽在于此！

夜晚，他在注视着床边的黑暗角落，
他脑袋里有什么念头在不断闪过，
当他的眼睛在向幽邃的过去找寻，
——他牢房里的看守其实是一些哨兵，
为了日夜窥视他有什么思想飞行，
当他们看见他的额头上掠过愁云，

陛下，这并不都是你借用你的刀剑
写下的那一首首气壮山河的诗篇，
　　如奥斯特里茨、蒙米拉伊；
不是重现一座座那古老的金字塔①，
不是开罗的帕夏②和他的努米底亚③马，
　　它们当胸咬过你的坐骑；

①　拿破仑于一七九八年至一七九九年曾率军远征埃及，攻占开罗及大小
　　金字塔。
②　帕夏，奥斯曼帝国总督的称号。
③　努米底亚，北非古地名，古时以骑兵闻名于世。

这不是二十年来东西南北的征战，
在他脚边开花的炮弹有硝烟弥漫，
　　　子弹呼啸声中你争我夺，
那时，他向混乱的海洋吹上一口气，
能让混乱中此起彼伏的各种军旗，
　　　像舰队的桅杆直打哆嗦；

不是埃及的灯塔①，克里姆林的宫墙
不是黎明时分的号角在嘟嘟吹响，
露营部队在瞌睡，听篝火噼噼啪啪，
龙骑兵翎子长长，掷弹兵丰功伟绩，
长矛密密麻麻中枪骑兵穿着红衣，
仿佛是小麦丛中一朵一朵的紫花；

不！这是半张小嘴安睡的漂亮小孩，
金发红腮的面影萦回在他的脑海，
　　　孩子有曙光般美的面容，
而着迷似的奶妈，她情意十分深切，
用一滴停在奶头不滚下来的奶液，
　　　微笑着把他的红唇逗弄。

于是，父亲把两肘搁在椅子的背上，
他伤心欲绝，长吁短叹，又无限神伤，
　　　他在哭泣，心里十分难过……

---

① 指埃及亚历山大港前的大灯塔。

"祝福你,你多可怜,额头如今已冰凉,
仅仅只有你,孩子,才能使他的思想
　　　不牵挂失去的世界宝座!"

V

父子已双亡。主啊! 你可怕,叫人发抖!
你从战无不胜的这位霸主先下手,
　　　从凯旋的将军开刀;
紧接着,你又终于填满墓穴的空缺,
父子两人的尸布,你用十年的岁月①,
　　　就已经完全地织好!

光荣、青春和骄傲,被坟墓一一吞吸!
父亲很想在墓前留下点什么东西,
　　　可是死神却说不行!
万物从何处而来,万物回何处而去。
烟是被空气吹走,灰是被大地吞取。
　　　名字也被遗忘干净。

VI

　　　噢,革命呀! 一场场的革命!
　　　我不知道,借革命的洪流,

---

① 拿破仑父子分别于一八二一年和一八三二年去世,相隔十一年。

上帝在准备着什么事情？
而我只是个渺小的水手。
人群对革命憎恨和嘲笑，
上帝怎么工作，谁又知道？
谁又知道，这战栗的波涛，
这无底深渊发出的呜咽，
这龙卷风张开铁爪恐怖，
这雷鸣和这闪电的震怒，
主呀，大海为了制造珍珠，
就不是必不可少的条件！

可这场风暴对各国宫廷，
各国百姓，都有很大损害；
噢！正在进行革命的人民，
是既不看、又不听的大海！
噢，诗人！你的歌声有何用？
你的天才向着波浪汹涌，
唱出这些歌声，反复吟咏，
可波浪什么也没有听见！
可怜的小鸟，你歌声袅袅，
你在沉船的桅顶上啼叫，
在海雾中唱得嗓子哑掉，
你的羽毛被风撒向天边！

长夜漫漫！刮不完的风暴！
天上没有一角碧天晴空。

不管人和物,都乱七八糟,

被卷进幽暗的深渊之中,

一切随波逐流,听凭风浪,

世界的君主,吃奶的国王,

光秃的额头,金发的脸庞,

两代拿破仑,一大和一小,

一切都在解决,都在消失,

后浪盖过前浪,取而代之,

那滚滚的波涛,奔流不止,

忘却利维坦,忘却大海鸟!①

一八三二年八月

[题解] 拿破仑和奥地利公主玛丽亚-路易莎于一八一〇年结婚,次年得子,封罗马王。拿破仑被黜,母亲再醮。孩子由外祖父扶养,从小郁郁寡欢,一八三二年七月二十二日,二十一岁时患肺病去世。"七月王朝"政治腐败,引起大家对拿破仑的怀念。拿破仑二世夭折,激起法国和欧洲普遍的悲痛。雨果同样深为震动,振笔疾书,很快写出这首缅怀拿破仑武功、哀伤拿破仑之子早逝的长诗。这首诗是雨果歌颂拿破仑的几首名诗之一,也是他咏史诗的名篇。

---

① 利维坦是《圣经》中的恶兽,大海鸟是吉祥鸟。

市政厅舞会有感

是这样,市政厅的屋顶上灯火辉煌。
亲王,每一把火炬,上上下下在发光,
晚会将在明亮的顶楼上大放光彩,
如同神圣的诗人脸上闪耀出文采。
不过,朋友们,这个舞会可没有思想,
法兰西所急需的并不是什么宴飨,
这一大堆的苦难,人们称之为城市,
现在需要的不是开舞会,真的不是!

权贵们! 我们最好把某些伤口包扎,
沉思的哲人此刻正为之感到害怕;
最好是撑住地下通往上面的楼梯,
最好是减少绞架,扩大工场的场地,
最好是想想孩子没有面包和阳光,
对忧伤、不信神的穷人还他以天堂,
不是点亮华丽的吊灯,也不是夜间
让疯子们围着一点声音彻夜不眠!

城里的名媛淑女,啊! 是圣洁的女人,

又是一朵朵鲜花,熏香我们的家门。

你们呀,幸福规劝你们要保持节操,

你们没有为对付罪恶而受到煎熬,

这无耻的害人精——饥饿从未对你们

说过:"肉体卖给我。"——即卖你们的灵魂!

你们的心里天真而纯洁,充满欢喜,

你们的羞耻心会包裹上层层外衣,

裹得比戴面纱的女神伊希斯①更多,

晚会对你们像是黎明,有星光灿烂!

你们笑着去赴会,但却有人在哀哭!

你们美丽的心灵并不知道有痛苦;

出于偶然,你们的地位才至高无上;

你们幸福和娇媚,眼前是一片光亮,

直看得眼花缭乱,甚至都没有看见

踩在脚下的东西就躺在你们下边!

不错,是这样。——亲王,富人和上流社会,

只求让你们快乐,你们有荣华富贵。

你们有天生丽质,打扮得花枝招展;

晚会嘈杂的闹声使你们都飘飘然,

你们扑向洞开而金碧辉煌的大门,

像是轻盈的飞蛾向着灯火处飞奔!

你们参加今晚的舞会,就不会想到,

大群的行人站在马路两边看热闹,

---

① 伊希斯,古代埃及的女神,是温柔的妻子的象征。

他们赞叹车马和号衣,中间还站着
别的女人,打扮得也不比你们逊色,
给抹上脂粉,陈列在路边等候主顾。
这群幽灵,青春的心在流血和啼哭,
和你们赴会一样,美丽而袒胸露肩;
她们特意走来看你们经过的容颜,
并以嘲弄的叹息,掩饰可怕的悲哀,
头上鲜花,脚下污泥,仇恨充满胸怀!

一八三三年五月

[题解] 一八三〇年"七月革命"后,代表金融资产阶级的路易–菲利普亲王上台。雨果在这首诗中,如同在中篇小说《死囚末日记》第二版序言中,也如同同一时期创作的另一篇中篇小说《克洛德·格》,提出了社会的贫富问题。七月王朝初期曾对雨果做过拉拢工作,但诗人对权贵们纸醉金迷的生活提出了警告。

噢！千万不要侮辱一个失足的妇女

噢！千万不要侮辱一个失足的妇女！
谁知道什么压力才使她受此委屈！
谁知道她和饥饿斗争了多少时间！
这些憔悴的妇女，我们谁没有看见，
灾难的风一阵阵动摇她们的贞操，
她们疲惫的双手把贞操紧紧握牢！
如同枝头有一滴雨水，晶莹而可爱，
雨水在闪闪发光，映出天空的光彩，
摇摇树，雨滴一抖，挣扎着不肯下坠，
落下以前是珍珠，以后成污泥浊水！
错误在我们；在你，富人！你为富不仁！
这一滴污泥浊水所包含的水很纯。
为了让水珠能从尘埃中脱身而出，
重新变成最初时容光焕发的珍珠，
如同万物少不了对于光明的依赖，
只要有一线阳光，有一点温暖的爱！

一八三五年九月六日

[题解] 这首小诗使我们想起《悲惨世界》的芳汀，也使我们想起

113

雨果的情人朱丽叶·德鲁埃。她在和雨果结合以前,私生活不够检点。据路易·巴尔杜在其《一个诗人的爱情》中称,朱丽叶"在自己身上贴胸藏着一张纸,上面由诗人为她写着如下动人和宽容的诗句:噢!千万不要侮辱……"

可怜的花儿在对天上的蝴蝶说道

可怜的花儿在对天上的蝴蝶说道：
　　　　"请你不要走！
我们的命运多么不同,瞧,我跑不掉,
　　　　你却不肯留！

"可我们彼此相爱,生活里没有外人,
　　　　远离了大家；
我们又彼此相似,大家都在说我们
　　　　像是两朵花！

"唉！空气把你带走,大地却把我拴牢。
　　　　我命真太苦！
我真想给你芬芳,让你能一路香飘,
　　　　再一边飞舞！

"不行,你飞得太远！你飞进花海一片,
　　　　可随便摘取；
我独自留下,看着我的身影在脚边
　　　　转来又转去。

“你飞去而又飞回，又到别处的地方
　　　　去炫耀美丽。
曙光初照时，你会发现我总在一旁，
　　　　在哭哭啼啼！
啊！让我们的爱情变成幸福的生活
　　　　我爱的情郎，
请学我扎下根来，或和你一样，给我
　　　　一小对翅膀！”

寄赠×××

玫瑰花和花蝴蝶，坟墓迟早使我们
　　　　永远不分离。
你说，干吗等？你就不想找地方安身，
　　　　两相紧偎依？

如果，你要去天空飞翔才心情舒畅，
　　　　那就去天空；
如果，你的花萼往田垄里倾注琼浆，
　　　　那就去田垄。

你去哪儿？无所谓！也不管你是色彩，
　　　　或者是芬芳，
是花冠盛得半满，是蝴蝶绚烂多彩，
　　　　是花！是翅膀！

首先生活在一起！这可是财富一笔，

最现实有用！

以后呢，大家可以随便选，可选大地，

也可选天空！

一八三四年十二月七日

[**题解**]《暮歌集》中除一些结合当时社会生活的诗外，雨果也喜欢试着写些形式风格活泼多变的小诗。

这是一首抒情的寓言诗，笔调有意写得天真而带几分稚气。上半首里，"花儿"通过自怨自艾，表达了对"蝴蝶"的爱慕和眷恋。下半首则是诗人告诫大家，追求美好的生活不能耽于空想而忘了现实。评者认为，诗中清新优美的诗句，大有古希腊抒情诗人阿那克里翁的遗风。有说"可怜的花儿"系指朱丽叶·德鲁埃，她和雨果结识后，独处幽居，羡慕诗人自由自在的生活，雨果即以此诗寄赠。

既然繁花似锦的五月向我们召唤

既然繁花似锦的五月向我们召唤，
来吧！请你和良辰美景要朝夕相伴，
乡村里的小树林，美妙迷人的绿荫，
月色溶溶，流泻在更深夜静的水滨，
走完大路的尽头，便是通幽的小径，
春天的空气新鲜，地平线没有止境，
谦卑而又欢乐的世界借助地平线，
如同是一片嘴唇，吻着茫茫的蓝天！
来吧！愿眨着眼睛而羞答答的星星，
星星透过重重的面纱向大地照映，
愿树林里有鸟声婉转，有花香四溢，
愿中午田野上空赤日炎炎的气息，
浓荫和绿草如茵，流水和阳光灿烂，
愿有那容光焕发整个美丽的自然，
愿万物让两朵花能开得欣欣向荣：
美丽开在你脸上，爱情开在你心中！

一八三五年五月二十一日

〔**题解**〕 这首美丽的爱情小诗是献给朱丽叶的,并有手稿赠她,但诗句不尽相同。雨果这几年的每年夏天,经常陪朱丽叶在乡野的大自然里散步。

《心 声 集》

（1837）

致 维 吉 尔

啊！维吉尔！啊！诗人！啊！我神圣的老师！
来吧，我们离开这怪声怪气的城市。①
这座巨大的城市眼睛从来不阖上，
滚滚的热流不断发自石头的胸膛，
吕泰斯②，早在恺撒时代是何等渺小，
今天却车水马龙，今天又多么热闹，
比罗马更加嘈杂，比雅典更加灿烂，
全世界以响亮的名字在把她叫唤。

你让林中的片片绿叶飘下，就成为
神秘的诗行，犹如天上洒下的雨水，
你，正是你的思想占有了我的梦想，
我在阴凉的地方，欢笑的草木喷香，
在布克、默东③之间，能远离市喧人烟，
——当我说默东，诗人，请把蒂沃利④思念！——

我为你找到一处河谷,清白而干净。
一座座山坡错落其间,都宜人幽静,
对于相爱的恋人,真是藏身的福地,
这儿流水静无声,这儿枝柯垂得低,
中午虽阳光无情,不照洞窟和森林,
在清凉的幽境里,处处是密密浓荫!

清晨,我为你寻找这河谷,十分庆幸,
我心中怀有爱情,我眼中迎来黎明;
我由心上人陪伴,为你把此地寻找,
她熟悉我隐藏在心中的所有奥妙,
她独自和我一起,树上有万缕千丝,
如果我是加卢斯,她就是莉各丽思。①

因为,她心中拥有这朵纯洁的鲜花:
隐隐爱着古代的大自然美如图画!
她也和你我一样,喜爱温柔的声响,
和暗林中欢乐的鸟巢里鸣声悠扬,
而在狭小的河谷尽头,当天色已暝,
也爱湖光水色中群山粼粼的倒影,
而当落日已暗淡,褪尽鲜红的颜色,
也爱游人走过时怒不可遏的沼泽,
也爱寒碜的茅屋,绿草封口的山洞,
它公然张开大口,叫我们好不惊恐,

---

① 加卢斯是维吉尔的友人,莉各丽思是加卢斯追求的女友。

也爱溪水和草地，山顶的小屋好看，
爱开阔的地平线是一片光辉灿烂！

老师！既然长春花花季现在已到来，
如果你愿意，我们每晚把树枝撩开，
我们大家共三人，就是说我们一双，
可不要惊醒回声，当心别随便乱闯，
我们会忽发遐想，在这荒野的山谷，
会悄然发现孤独究竟是什么面目。
褐色的林中，树上尽是疙瘩的虫瘿，
到了晚上仿佛是奇奇怪怪的人影，
我们会让篝火在金雀花一旁冒烟，
火灭了，因拨火的牧羊人已经不见，
在月光下，暗影中，我们正穿过荆棘，
伸长耳朵聆听着林神①的歌声低低，
我们可能会津津有味地偷偷看到
阿斐齐贝②模仿的林神放肆的舞蹈。

一八××年三月二十三日

[题解] 雨果幼年饱读拉丁诗文，其中尤以维吉尔对雨果的思想影响最大。这首诗受维吉尔《牧歌》的启发，写出大自然的静谧和柔美，更歌颂以大自然为背景的牧歌式爱情。诗中的"她"当然指情人朱丽叶。

----

① 罗马神话中的森林之神，人身羊足，头上长角，行为放荡轻佻，以追逐林中仙女为乐。
② 阿斐齐贝是维吉尔《牧歌》中的人物。

致阿尔贝特·丢勒[*]

在古老的森林里,树液滚滚地流注,
从黑色的桤树身流进白色的枫树,
啊!沉思的老画家!啊!丢勒,我的老师!
你常常匆匆穿过林中空地,可不是?
苍白而心惊胆战,更不敢回头张望,
你步履疯疯癫癫,走起路摇摇晃晃。

在你备受尊敬的画幅前,可以猜出,
在黑黑的树丛间有暗影充满各处,
你那双幻觉者的眼睛却看得很清:
农牧神①指间长蹼,林神有绿的眼睛,
潘神②给你默祷的洞穴缀满了花朵,
古代的林中仙女手捧着树叶很多。

一座森林,这对你是个丑陋的世界。

这儿,梦想和现实相混杂,难分难解。
松树老而榆树高,但都在低头沉思,
它们扭曲的枝杈,古怪得百态千姿。
这一堆暗影,风声一动,便哆哆嗦嗦,
没有东西完全死,没有东西完全活。
水薸菜正在喝水,小溪水正在流动,
坡上的桦树长在杂乱的荆棘丛中,
树脚渐渐地变得又黑又疙疙瘩瘩。
借湖水照镜的是颈如天鹅的鲜花。
一旦你正好走过,你已把怪兽唤醒,
许许多多的怪兽,鳞片盖满了脖颈,
蹲在暗洞的深处,紧握粗大的树桩,
张着闪光的眼睛,盯着你凝神观望。
一草一木是精神,又是物质,是精力!
盖着粗糙的皮肤,或有生命的树皮!

我和你一样,每当我在树林里徘徊,
老师呀,恐惧总是会溜进我的胸怀,
看到草茎在颤抖,总把紊乱的思想,
经风儿一吹,挂在每一条枝杈之上。
上帝才是奥秘的伟大见证,他知道,
也只有上帝知道:我在荒野处感到,
我,一股隐秘的火使我在心中激动,
我感到,怪吓人的橡树遍布在林中,
和我一样,有心儿在跳,也有个灵魂,

也会笑,在阴影下彼此轻轻地答问。

一八三七年四月二十日

[**题解**] 这首诗反映了雨果对自然界的一种新认识。雨果在《致维吉尔》里把自然看成是田园牧歌式的自然。诗人在丢勒的画中看到另一种自然,奇幻古怪,甚至狰狞可怕,大自然是有生命的,体现在一草一木之中,这不是万物欣欣向荣的生机,而是咄咄逼人、阴森可怖的神秘生命。

致奥×××*

诗人啊！我要在你受过创伤的心中，
把你心底深处的思想兜底地翻动。

当时，你还并没有见过她；那个傍晚，
正当星星开始在天幕上金光闪闪，
她鲜艳美丽，突然出现在你的近旁，
那地方虽然辉煌，有了她黯然无光。
她的头发里，但见万千颗钻石闪耀；
她的一举和一动，使乐队慌了手脚，
年轻，高大，白皮肤，黑眼睛，满面春光，
令大家目瞪口呆，使人人如醉似狂。
她全身都是热情在笑，是热火在烧。
有时，她说一句话，她的话机智美妙，
像拾穗者袋子里掉下的金黄麦穗，
又像明亮的烟雾，离开她那张小嘴。

<hr/>

* "奥×××"指"奥林匹欧"。这是雨果自拟的化名，源出希腊众神的居
住地奥林匹斯山。"奥林匹欧"的含义是要表明诗人已摆脱琐碎而无谓
的烦恼，达到了某种大彻大悟的至高境界。"奥林匹欧"的名字，现已成
为抒情诗人雨果的别名。

人人都在对她的额头惊叹和赞赏，
额头上充满了先爱情而开的思想，
她嫣然一笑，如同曙光在大放光明，
她那光亮的肩膀，更加光亮的眼睛，
仿佛光彩夺目的大楼里两扇小窗，
眼睛里能看见她火热的心在闪光。
她走过来，走过去，如同是一只火鸟，
在多少心里播下火种，自己不知道，
大家随她迷人的舞步忽东又忽西，
人人盯着的眼睛都看得目眩神迷！

你，你虽然凝视她，你却不敢靠近她，
因为，满桶的火药对于火星就是怕。

一八三七年五月二十六日

[**题解**] 雨果在这首爱情诗里回忆初次见到朱丽叶·德鲁埃的情景和感受。朱丽叶和雨果在一八三二年五月的一次舞会上相遇，诗人深为这位女演员的美貌所震动。经过一番波折，两人终于结合。

母　牛

在白色的农庄里,经常是中午时分,
暖洋洋的门槛上坐下来一位老人。
母鸡成群在嬉戏,红鸡冠连成一片。
狗是睡眠的守卫,大公鸡颜色鲜艳,
却是清醒的卫士,阳光下金袍闪耀。
狗趴在自己窝里,听着公鸡在啼叫。
有一头母牛刚刚停下步,站在前面,
美丽,高大,棕色的皮毛上白斑点点,
她温柔得和守护幼鹿的牝鹿相同。
母牛的肚子下面聚着有一大群儿童,
他们头发像乱柴,牙齿却是像珍珠,
活泼可爱,但脏得比旧城墙都不如。
孩子们吵闹,一边召唤更小的小孩,
小宝宝摇摇晃晃,急得都蹒跚而来。
大家把牛奶偷喝精光,这群淘气鬼,
嘻嘻哈哈,张开了也会伤人的小嘴,
用手挤捏牛妈妈取之不竭的奶头,
牛奶就从无数的小孔里往外喷流。
她和颜悦色,身强体壮,又奶汁无穷,

腹部被孩子摸着,不时轻轻地抖动。
漂亮的腹部有比花豹更多的黑影,
她心不在焉,随随便便在闲眺风景。

自然呀! 正是这样,万物生长的源泉!
啊! 你是众生之母! 宽宏大量的自然!
正是这样,苦修的僧徒,世俗的人民,
在你永生的腹部寻求乳汁和庇荫。
我们是学者、诗人,都从四面和八方,
乱哄哄,争着吊上你那结实的乳房!
当我们在你能让心中解渴的源头,
大口地吸吮你的光亮、火焰的时候,
随后化成我们的灵魂,我们的血液,
大家是饥肠辘辘,却又是兴高采烈,
林木,山峦,蔚蓝的天空,葱绿的草地,
你呀,你若无其事,思量着你的上帝!

一八三七年五月十五日

[**题解**] 这是雨果早期用象征手法写的名篇。第一段是田园风景,
第二段才是主题。诗人从慷慨提供乳汁的母牛联想到孕育人类的大自
然。大自然不仅提供肉体的粮食,更为我们提供心灵的食粮。

致一位富人

年轻人，我可怜你，然而我又很欣赏
你那巨大的林园，使我们心情舒畅。
从你屋前望去，远处见不到地平线，
随着季节的不同，面貌欢愉或庄严，
被草原和活水隔离，绵延六十余里，
有丘岗此起彼伏，并还有浓荫遍地。

我欣赏你的庄园，但你又叫我可怜，
因为，在充满高干大木的密林里面，
春暖花开时，园中花团锦簇春意浓，
失去憧憬的人那萎靡憔悴的面容，
是花园里的破砖和烂瓦，最煞风景，
富有而不得满足，年轻而没有热情，
在阴暗衰败的心的一角藏着一堆
空空如也的酒杯，陈旧而已经被毁，
这些破碎的酒器，如今只剩下忧愁，
爱情、欢乐和天真烂漫都已经流走！

是的，你让我可怜，还以为让人羡慕！

你的心，你的生活，被这华丽的住屋
蒙上一层嘲弄的阴影，被它在讪笑，
绝妙的景色照着你的脸又白又小。

这真是个万紫千红和浓荫的世界，
树木都修得很圆，和圆球没有区别，
池塘是白银，又被落日照成了黄金，
小径像是黝黑的走廊，没入了绿荫，
还有塔楼俯视着森林，守卫在山顶，
这一切在心灵的眼中是良辰美景，
在宇宙间，在草丛，在山谷，或在水中，
谁能看到永恒的面影，人脸是虚空，
对他来说，这真是好一个洞天福地。
告诉我，你可真的以为拥有这华邸？

你在这儿干什么？每当一天的黎明
染白一角覆盖着旧石板瓦的屋顶，
从没人见你出行、沉思和采撷花卉
——这个为小鸟盛满露水的彩色酒杯，
当风声把水泉中飘来的不尽歌声，
化成断断续续的诗行，淙淙琤琤，
也没见你停下步，伫立小径在出神，
手中还握着一卷没有读完的书本。

你从未沿优美的山坡地款款而行，
从此山爬到那山，一路迷人的山景，

你从未去到水边看过奇曲的杨柳，
形状像竞技者，使你有欢乐的感受，
你生性就并不想知道神秘的奇妙，
你从未向低头的那棵老榆树请教，
它望着脚下的整个平原熙熙攘攘，
像一位哲人俯在书本上沉思默想。

夏天的中午时分，酷热的骄阳当头，
此刻，美人在小憩，而小鸟正在午休，
正当困慵倦怠统治着一切的时分，
胆小的孔雀正在土筑的洞穴藏身，
孔雀从未看到你避开俗人的纠缠，
在可爱而幽暗的森林里流连忘返，
庄重地慢步轻走，生怕是惊醒了谁，
寂静已在软软的青苔上安然入睡。

这对你有何意义？飘着白云的晴天，
绿树和碧空，只能使你的眼睛讨厌。
你可不是这种傻子，去吹自己一定
会对处处欢唱的歌声在洗耳恭听；
会去感激天主把春天送给了人世，
或会去拾取鸟窝，或会久久地凝视
一个黑色的蘑菇，这草类中的怪物。
你呀，你看到麦束，只看见钱和财富。
你的大树到四月伸出更多的胳膊，
仿佛在请求情人快快来卿卿我我，

请求有人来沉思，请求有人来叹息。
你对茂密的枝丫也感到沾沾自喜，
你想着柴林如何生长，心里在盘算：
巴黎这是个老头，到冬天特别畏寒，
在装了新栏杆的那些老码头底下，
正等着这些顺流而下的长长木筏。
当我们向着远处眺望，你只是看到
金黄麦子是面粉，翠绿牧场成干草；
农夫对你是个乡巴佬，要付给他钱；
在清澈的景色里，袅袅上升的炊烟，
不论黑或淡，对你只是肮脏的炉火，
主人在破墙一角，正煮着肉汤一锅。
当傍晚来临，空中波形的火云成堆，
晒黑脸的牧童们坐在骏马的马背，
摇晃着双腿，膀子有力地频频挥舞，
揍你高大的牛群。顺着崎岖的大路
牛群就加快步子，乱哄哄返回牛槽。
面对此情和此景，你呀，你只是想到：
卖掉粮食，你要拿收入去填补漏洞。
你听到堂·卡洛斯①走近，心里就惊恐。

到薄暮时分，经过长而单调的白昼，
你把自己关在家。而秋夜多么温柔，

---

① 堂·卡洛斯(1788—1855)，西班牙王子，为争夺王位自封卡洛斯五世，
蛮横好战，一度搞得人心惶惶。

山坡上芳草萋萋,飘来纯正的气息。
你一无所知。再说,这又有什么关系?
几位眉清目秀的佳人坐在你旁近,
她们一头棕色的头发散披在两鬓,
玫瑰色的脸蛋儿被灯光染成通红,
这一群姑娘交谈轻轻,又做着女红;
她们在言谈之中都不敢吐露衷情,
人人藏起自己的芳心、灵魂和憧憬,
她们是你低头时扑鼻而来的幽香,
是无人采的鲜花,但似有春心荡漾。
你一无所知。你和一曲曲哀歌相处,
仅仅冷漠地一笑,或点起四支蜡烛,
你就和别的男人坐在屋子的一角,
围着绿色的赌台,高声喧哗和争吵,
争惠斯特、勃尔朗或昂勃莱①的输赢。
窗前是一片月色,窗前有一抹月影!

啊! 可笑的笨蛋呀! 我可对你说清楚:
这土地,这些牧场,这些圆圆的山谷
像草叶铺的鸟窝,有村庄叽叽喳喳,
这些麦子,欢乐的麻雀在逞凶糟蹋,
这些到冬天仍有朴素魅力的田野,
并不属于你所有,你一点都不了解!

---

① 惠斯特、勃尔朗和昂勃莱,三种纸牌戏的名称。

你看见吗？所有的过客、孩子和诗人，
你的树林摇曳着浓荫在欢迎他们，
贫穷年轻的画家酷爱空气和天宇，
严厉的智者、念叨一人名字的情侣，
他们到此是希望寻求孤独和宁静，
唉！有人为了学问，有人则为了爱情，
他们人人品尝着此地的大好风光，
他们想离开凡人，来到上帝的身旁，
他们在这儿留下尘世的喧嚣吵闹，
他们在这儿留下心中的愁闷烦恼，
而在造化永恒的静谧中得到安慰。
这些人没有金钱，也不求名誉地位，
双脚沾满了尘土，或者被青草湿透，
惹你坐在华丽的马车上笑上眉头。
你给森林装上了栅栏，砌上了围墙，
虽然能霸占树荫，出售林中的音响，
就在你说了算的花园中，平心而论，
他们比你更富有，更自在，更是主人！

这清凉世界无处对他们没有收益。
事物都有神秘的禀赋，只要你注意。
处处都有充足的智慧在涌流出来。
思想只要和盛气凌人的激情分开，
就会对着枯树和破残的古桥沉思。
组成树林的种种事物，虽各不相似，
却与心的森林中等同的事物呼应。

牧人熄灭的篝火召来燃烧的爱情。
沉思者不论老小，处处都受到启发。
谁碰上刺蓟，像给嫉妒者刺了一下；
绿叶在邀人成长；水波在滚滚东流，
告知时光在离去，提醒我们要快走。
万物对他们说话，是温暖，又是生命。
一支带血的羽毛，勾起他们的反省，
水泉在潸潸流泪；临江渴饮的花朵，
"可怜人，好好记着！"这样对江水述说。
对他们深洞是个藏有星光的美梦；
碧空湛蓝，满天星斗，正是半夜三更，
树木俯在树丛上，似乎正拨开枝条，
把金星以及白鸽在指给他们细瞧，
这两样事物可以安慰伤痛的苦心，
因为，鸟儿在说："相爱！"星儿在说："相信！"

瑟瑟细语的树枝留下贞洁的浓影，
就在你家里这样宽慰受苦的心灵。
而你，你什么态度？你说。——月月又年年，
这些细语和绿荫，是多么值得留恋，
这些风飘树摇的声音，都变成金银，
向你打着哈欠的钱柜里滚滚流进；
你把使爱情如痴似醉的林木花香，
把这大自然，变成歌剧院里的包厢！

要是音乐能进入你的心灵，那也好！

在你和艺术间，金钱把墙筑得高高。
能懂得艺术的人，也懂得其他一切。
你在歌剧院就要睡觉；你就不了解，
如你不了解被你挥霍的绿色金银，
莫扎特是条流泉，格鲁克①是座森林。

你睡了；而当时装，常常充满了笑意，
对你说："富人，看吧！"那你就一跃而起，
高高兴兴嚷着问设计者姓甚名谁，
真但愿诗的女神也是个凡人才对；
因为，晚上如有人献给你哀乐一阕，
其中倾注了一个女人的全部心血，
其中盛满了那位作者火热的思想②，
可你却神态傲慢，并睡得又直又僵。

啊！让无能的老爷占有这一片胜地！
闪光的红宝石里镶嵌进一颗沙砾！
这主人，田野对你充满无声的仇恨！
这寄生植物靠了橡树的汁液生根！
活着吧！既然生活对于你就是这样，
可怜的富人！没有感情、思想和信仰。
活着为了卑劣的金钱、虚幻的傲慢。

① 格鲁克（1714—1787），德国歌剧作曲家。晚年在巴黎从事歌剧改革。
② 这几行诗可能影射歌剧《拉·爱斯梅拉达》的失败。雨果把自己的小说
《巴黎圣母院》改编成歌剧，由好友贝尔坦的女儿路易丝·贝尔坦谱曲，
于一八三六年十一月在歌剧院上演，但不受观众欢迎。

醉生梦死地活吧！血流在你的血管，
你感觉不到上帝借芦苇瑟瑟颤抖，
借曙光向下观望，借小鸟放开歌喉！

因为——虽然你这人对美女眉开眼笑，
而晚上又对新的浪漫曲怪声叫好——
但在炊烟升起的茅舍所在的斜坡，
在湖畔和花丛里，在大树丛下经过，
在你自己的花园里，你却蠢得可怜，
贪婪的本性使你什么都视而不见，
对生活、和音、一切歌声都听而不闻，
像大森林里一只野狼在落魄丧魂！

一八三七年五月二十二日

[题解] 这是一首诗简体的作品，在《心声集》付印前不久写成。手稿上又题为《致×××勋爵》。雨果在十九世纪三十年代，代表了浪漫主义文学的主流，对社会问题表现出明显的关心。《致一位富人》便是诗人关心社会问题的一个证明。雨果没有正面提出和描写社会的穷富问题，但以大自然的诗情画意，以穷苦人的朴素和善良，来反衬和烘托有钱人的无知和庸俗、愚蠢和贪婪，层层揭露，痛快淋漓，表现了雨果巨大的讽刺才能。此外，这首诗对大自然本身的描写和歌颂也很精彩动人。

你们来看,孩子们围坐成一个圆圈

你们来看,孩子们围坐成一个圆圈……
孩子母亲在一旁,她的脸年轻柔婉,
　　大家会以为她就是大姐;
当孩子们天真的游戏正玩得起劲,
她却很不安,她在为每个孩子担心,
　　在担心未来命运的一切。

到她的身边,孩子嬉笑,再没有哭叫,
她的心和孩子们同样纯洁和美好,
　　她的品格如此玉洁冰清,
生活里不断操劳,关怀得无微不至,
母亲的日日夜夜,母亲的夜夜日日,
　　都一一变成不绝的诗情!

她围着孩子打转,对孩子处处当心,
不论是冬月炉火熊熊的壁炉旁近,
　　孩子们在玩得高高兴兴,
也不论是五月的轻风吹皱了溪水,
在孩子们的头上摇曳着满树青翠,

　　　　飘落下一片又一片树影。

有时候，有个穷人在孩子前面过去，
他羡慕地注视着美丽的银质玩具，
　　　饥肠辘辘，更加欣赏不已，
母亲在一旁；只要对母亲轻轻一笑，
可使孩子变天使，能把玩具施舍掉，
　　　这一切是以上帝的名义！

我呢，母亲和孩子，我亲眼望着他们，
小家伙在我身边一个个高兴万分，
　　　如同沙滩上的小鸟一样，
我心中沸腾翻滚，我感到我的脑袋
在被热气腾腾的暖流慢慢地掀开，
　　　从中冒出来无穷的遐想。

　　　　　　　　　　　一八三七年六月十二日

　　[**题解**] 雨果已是四个孩子的父亲，雨果夫人三十四岁。诗中通过
孩子来描写母亲。雨果的家庭生活曾经有过阴影，但诗人对妻子始终
保持着良好的感情。

《光 影 集》

（1840）

欣悦的景象

万物是欢欣,万物是光明。
蜘蛛的小脚有多么勤劳,
把银色的圆网,又薄又轻,
在纤嫩的郁金香上系牢。

有一只哆哆嗦嗦的蜻蜓,
正对着壮丽辉煌的水池,
照看自己圆鼓鼓的眼睛,
水中大千世界正在繁殖。

玫瑰已恢复了青春,仿佛
正在和红红的花蕾交尾;
树丛间的太阳光彩夺目,
小鸟啼唱,歌声多么清脆。

鸟声正祝福心灵的上帝,
他永远活在纯洁的心中,
他创造黎明——火红的眼皮,
是为了天空——蔚蓝的瞳孔。

树林里的声音越传越轻，
胆小的小鹿在边玩边想；
金龟子就是金子在爬行，
在青苔的绿鬃毛里发亮。

白天的月亮温和而苍白，
像大病初愈的人很高兴；
月亮把乳白的眼睛张开，
传来了一种上天的柔情。

紫罗兰把旧墙亲吻抚弄，
和蜜蜂闹着玩，故作姿态；
被小不点儿的萌芽一拱，
暖洋洋的裂缝欢然醒来。

阳光照上了打开的门槛，
水影闪过，如流逝的涟漪，
蓝天衬映着绿色的坡岸，
万物多姿多彩，充满生机。

幸福纯洁的平原很温暖，
青草在发花，绿树在闲聊。
"人啊！什么也别怕！大自然
可是胸有成竹，正在微笑。"

一八三九年六月一日

［**题解**］这是一首歌唱生命的小巧玲珑的颂歌。诗人故意不从大处着笔,偏从小处着眼。雨果似乎带了"放大镜",虽然在大自然中捕捉到的只是些"花草虫鸟",但把大自然生机勃勃、欣欣向荣的景象写得生动活泼,跃然纸上。诗人敏锐的感触,欣悦的心情,发之为诗,诗情浓郁。"万物是欢欣,万物是光明。"大自然如此,人还有理由不积极乐观吗?

题佛兰德*的一扇玻璃窗

我爱你古色古香城里特有的钟乐，①
古国的古风遗俗，历经悠久的岁月，
高贵的佛兰德啊！你懒洋洋的北方
在卡斯蒂利亚②的阳光下拥抱南邦！
钟乐声响，是突如其来的疯狂时分，
眼前仿佛能看到空中打开了天门，
在清晰而明亮的缺口处，蓦然出现
一个西班牙女郎，女郎在起舞翩翩。
她走来，在屋顶上对昏沉沉的诸君，
不停抖动她盛满神奇音符的银裙，
无情吵醒梦中人，再不能安稳睡觉，
她蹦蹦跳跳，如同一只欢乐的小鸟，
抖抖颤颤，像一支击中目标的飞箭；
她从纤巧的水晶楼梯，为人眼不见，

---

* 佛兰德是欧洲北海沿岸的平原，北部属比利时，南部在法国境内。

① 佛兰德从中世纪开始，钟楼和教堂有设置排钟的传统。排钟通常有四
架钟组成一套，可以奏出和谐响亮的钟声，是谓钟乐。

② 佛兰德在一五五八年至一七一三年曾被西班牙占领过，因此具有西班
牙文化色彩，所以诗中把钟乐比作西班牙女郎。

跳着舞从天而降,慌慌张张的神态,

跳去跳来,一忽儿上去,一忽儿下来,

这不寐的人睁大眼睛,在洗耳恭听,

她的脚步声正在楼梯上咚咚叮叮!

一八三七年八月十九日

作于马林—卢万①

[题解] 一八三七年八月十日,雨果偕朱丽叶·德鲁埃历游法国北部及比利时各城市。诗人半夜闻钟乐醒来,被钟乐带进一个美妙神奇的幻想世界。诗人发挥想象力,把接二连三的听觉效果化为一个个色彩缤纷的视觉形象。原诗节奏富有音乐性。

---

① 马林和卢万是两座比利时城市,均以钟乐闻名于世。

一八一三年斐扬派修道院*纪事

孩子们①,你们天真美丽,凑在我周围,
"为什么?"问不完的是有贝齿的小嘴。
你们向我问到了一个个重大问题,
对于每一件事情,有的我都不熟悉,
你们要一清二楚,问一个水落石出,
这纷纭的思绪中什么问题都接触。
——所以,孩子们,你们一走,我愁眉苦脸,
在心灵深处思考,这一想就是半天,
重新整理我计划考虑的种种事物,
重新整理我沉思默想的永恒题目:
上帝,人类和未来,理智,荒唐和妙计,
一大堆东西,层层叠叠,又庞大无比,
只为一个幼稚的问题,提得又偶然,
这也不是你们的过错,马上被打乱!——
既然你们现在要问我已往的经历,

<hr>

* 斐扬派修道院,一六二二年创建的女修道院,大革命时废除,改为私人
宅邸。

① 一八三九年时,雨果有四个孩子,长女十四岁,长子十二岁,幼子十岁,
幼女八岁。

既然你们要和我谈我童年的一页，
我最初有的禀性和希望也都谈到，
什么都想要知道，乖乖们，那请听好！

在我满头金发的童年，唉！可惜太短！
有三个老师：母亲，老神甫①，一个花园。

花园深邃而神秘，简直又大得无边，
围着高墙，挡住了好奇者们的视线。
园中有花朵开放，就像眼睛在张开，
红色的小甲虫在石头上跑得飞快，
充满嗡嗡声，充满模糊的声响一片。
花园深处像树林，中间就像是农田。
神甫饱读荷马和塔西佗②，博古通今，
老人家和蔼可亲，母亲——就是我母亲！

我就在这三方的关怀下成长、学习。
有一天……啊！戈蒂耶③如能借给我画笔，
我能一笔给你们把他的丑脸画好，
他那天走进我们家里，倒霉的预兆！
一个秃顶的学者，他举止庄重威严。
我会看到在你们没有恶意的嘴边，
你们无忧无虑的心灵大门的一角，

① 指拉里维埃尔神甫，当时在斐扬派修道院附近主办一所小学。
② 塔西佗（55—120），罗马历史学家，著有《历史》及《编年史》等。
③ 戈蒂耶（1811—1872），法国作家，雨果的挚友，早年曾是画家。

浮起这种美妙的使我着迷的微笑!

正当此人进来时,我在花园里玩耍,
一看见他,我马上把一切事情放下。

这个人乃是某某中学的一位校长。

夸贝①笔下的鱼尾海神在海螺两旁,
华托②人身羊足的牧神在林中迷路,
伦勃朗③画过巫师,而戈雅④画过侏儒,
形形色色的鬼怪,都是僧侣的噩梦,
卡洛⑤笑着借鬼怪将圣安东尼⑥戏弄,
这些东西都很丑,但可爱,虽是丑鬼,
而且还有使脸上神采奕奕的光辉,
使两眼炯炯有神,使目中灵光闪闪。
我们这位也很丑,但他却是个笨蛋。

真对不起,我说话像小学生在淘气。
这不好,刚才的话,请你们全都忘记。
你们这年纪幸福,这教书先生烦人,
我有当年的愤怒,没有当年的天真。

① 夸贝(1628—1707),法国画家。
② 华托(1684—1741),法国画家。
③ 伦勃朗(1606—1669),荷兰画家。
④ 戈雅(1746—1828),西班牙画家。
⑤ 卡洛(1592—1635),法国雕刻家,有名作《圣安东尼的诱惑》。
⑥ 圣安东尼(251—356),基督教隐修士。

此人穿一身黑衣,秃发,很叫我害怕,
连我母亲一开始也有点恐惧,但她
忙不迭恭恭敬敬,一大套繁文缛节。
他带来了如下的一些意见和关切:
"孩子以前没有人指导;而有的时候
胡思乱想,夹着书在树林子里逗留。
他在这样的孤独之中盲目地成长;
这应该好好思量,要有深院和高墙,
要暗一点,才会使学习变得很刻苦。
要使满屋的学生快写字,又快阅读,
只有把孤灯一盏挂上阴暗的屋梁,
才能把贺拉斯和维吉尔更好照亮,
能把更美的光辉洒向孩子的心灵,
比在花丛嬉戏的太阳会更加光明。
总而言之,孩子要远离自己的母亲,
要枷锁,功课繁重,要他们哭得伤心。"
话说到这儿,校长很得意,又很客气,
他轻轻地笑一笑,提议给喜欢游戏、
喜欢玫瑰,及渴求自由空气的小孩,
沉闷的长廊一条,硬木的板凳一排,
上了闩的教室里,每一根木柱完全
被学生用生锈的钉子刻满了厌倦,
教师在废纸堆里,用罚不完的作业,
把游戏时间吞噬干净和彻底消灭,
铺了石板的大院,又围着高墙四垛,

没有水,也没有草,没有树,没有野果。

母亲打发走这人,对他的话很吃惊,
她变得愁容满面,整天都心神不定。
怎么办呢? 怎么办? 到底谁更有道理?
还是阴沉的学校? 还是幸福的家里?
是爱吵闹的学生? 还是孤独的小孩?
谁更善于把生活大事妥善地安排?
都是些难题! 都是问号! 她犹豫万分。
现在事情很严重。她是谦逊的女人,
教育她的并不是几本书,而是命运,
怎么好意思拒绝这预言者的教训?
他举止何等自信,语调像在下命令,
和母亲谈话,口口声声是希腊拉丁。
神甫也许有学问;不过,我怎么知道?
要有知识,到底靠师长? 还是靠学校?
终于——我们常常是这样取得了胜利! ——
最粗的男人也会说出深刻的道理:
"这个少不了! 这个可以! 这个很重要!"
使最坚强的女人思想也产生动摇。
可怜的母亲,两条道路中如何选取?
儿子的命运正在她手里掂来掂去。
她发抖的手握着这杆沉重的天平,
她不时以为看到天平静静地已经
倒向了学校,唉! 她把我未来的幸福
和我现在的幸福看成对立的事物。

156

她想得废寝忘食,她日夜都在思量。

这是在夏天,正当即将要升起月亮,
那一天傍晚,黄昏和白昼一般美丽,
光线要暗些,但却充满了诗情画意。
她还是那么发愁,她还是那么犹豫,
在光和风嬉戏的花园里走来走去,
她低声地询问着池水、天空和森林,
听着任何能传进耳朵里来的声音。

此时此刻,大花园在一片寂静之中,
有看不见的甲虫拱来拱去的树丛,
金龟子喜欢能与绿叶交友,而蜥蜴
月光之下在旧的枯井里奔跑不息,
栽粗壮植物的是蓝花图案的陶盆,
军医学院①东方的圆屋顶昏影森森,
修道院里的回廊虽然残破,还是好景,
一株株栗树,花蕾金黄的绿色小径,
树影在上面无声无息摇曳的石像,
雏菊是白得可爱,旋花则苍白心伤,
荆棘丛中、树枝上及芦苇里的百花,
正用各自的花香对鸟儿诉说情话,
有的花藏身草丛,有的花池水照镜,

---

① 军医学院建于十七世纪,靠近斐扬派修道院。

或者挂满金雀花树上高贵的脖颈，
在明净的池水边和枫树打成一片，
成一串串金花在水波中时隐时现，
还有在树丛后面闪闪烁烁的天空，
还有屋顶上吐出袅袅炊烟的烟囱，
正如我已经说明，此时此刻这地方，
整个美丽的花园，这座绚丽的天堂，
这些新开的玫瑰，这些古老的墙基，
这些沉思的事物，这些温柔的东西，
都借着水声、风声在和我母亲谈论，
向她轻轻地说道："把孩子留给我们！

"把孩子留给我们，心事重重的母亲！
这双发亮的眼睛，天真而星光隐隐，
这个纯洁的额头，没有哀伤的阴影，
母亲，请留给我们他还幼小的心灵！
别把他随随便便往人群里面一推，
人群是滚滚激流，卷进去会被压碎。
孩子们如同小鸟，也会害怕和发抖。
请把他从来没有说过谎话的小口，
请把他出自孩子天真稚气的微笑，
留给我们明净的空气和烟波缥缈，
留给我们如梦般翅膀轻盈的呻吟，
把孩子留给我们，啊！你仁慈的母亲！
我们给他的只有善良健康的思想；
我们会把他初现的黎明变成太阳；

上帝会在他惊异喜悦的眼前出现；
因为我们是花朵、树丛和阳光洒遍，
因为我们是自然，是源泉永远流淌；
可以止任何饥渴，可以洗任何翅膀，
而森林以及田野，只有智者能领悟；
造就古往今来的每一个伟大人物！
让这孩子在我们天籁声声中成长。
天国的呼吸会在美好的地方飘荡，
化成幽幽的馨香，可以使人人产生
希望、爱情和祈祷，如同诗琴的歌声，
如同炉中的香烟，直达上帝的身边！
我们以此幽幽的馨香把孩子熏遍。
我们要他的眼睛看清人间的流弊，
看着他脚边略见端倪的一切秘密。
我们使孩子长大，使大人成为诗人，
使他的感情成为待放的花蕾新嫩。
选择应该选我们，我们会使他知晓：
生命有千姿百态，在绿草丛中欢笑，
从黎明直到傍晚，从飞虫直到橡树，
都是生命：闪光和色彩，气息和烟雾。
我们会使他单纯，对苍天赞叹不已。
我们将使他不论观看到什么东西，
全身上下透发出这种怜悯的感情，
可怜的人被多少问题蒙住了眼睛！
把孩子留给我们！我们将使他的心
会很好理解女人；将使他从不骄矜，

梦想和幻想也就很容易——萌发，
以上帝作为书本，以田野作为语法。
心灵是深情厚意涌流的清澈源泉，
又会在每个沉思默想的额头闪现，
心灵把阵阵光辉洒向每一个思想，
如照耀在受孕的花朵之上的太阳！"

在城市静下来的时分，草木和星星
在这样诉说——而我母亲在仔细倾听。

它们对神圣诺言是不是言而无信？
孩子们，我不知道。但我敬爱的母亲
相信了它们，免了我去监狱的厄运，
让我的童心接受它们愉快的教训。①

从此以后，每一天夜晚，我思想集中，
规规矩矩坐下来准备学习和用功，
而白天，我独自在天宇下快活自由，
我可以在迷人的花园里随便闲游，
对急流或对池水，或对金黄的水果，
树林，草地，灿烂的星星，欢笑的花朵，
都看得出神；晚上，是维吉尔的诗集
使我像在镜子里又看到这些东西。

① 事实上，一八一四年十月，雨果和二哥还是被送进了寄宿学校。

孩子们,要爱田野,要爱水泉和山谷,
要爱晚上那人声隐隐约约的小路,
要爱流水,爱田沟,它从来不要安睡,
在田沟里萌动的有思想,也有麦穗。
你们要手携着手,一起在草中行走,
观看农夫们抱着金色麦束在丰收;
你们拼读满天的字母都又亮又大,
只要有鸟儿啼叫,请听上帝在说话。
人生,以及生活里对立情绪的斗争
在等着你们,要善,要真,要兄弟相称;
要团结一致,反对思想堕落的小人,
要彼此头挨着头,阅读同一册书本,
可千万不要忘记,谦恭高尚的心灵
生来是为了诗歌,生来是为了光明。
神秘意义激发的声音,有各种各样,
上帝在我们心中都有认真的回响,
每听到一声鸣叫,一个模糊的叹息,
就是整个大自然一个一个的建议!

一八三九年五月三十一日

[题解] 雨果的父亲戎马倥偬,常年不在巴黎。雨果母亲带了孩子
两次住在斐扬派修道院,第一次从一八〇九年五月至一八一一年三月,
第二次从一八一二年四月至一八一三年十二月。本诗的"纪事"应指第
二次。雨果对这座由修道院改成的住宅终身保持十分美好的回忆。

奥林匹欧的悲哀

田野一点不黝黑，天空一点不阴沉；
不！蓝天一望无际，和大地不相区分，
　　　　头顶上有阳光灿烂，
空气里香烟缭绕，草地上绿草如茵，
他重睹这些地方，可是在他的内心，
　　　　处处创伤，哀愁不堪。

秋天正满面笑容，刚刚转黄的树木，
从山坡上向平原俯下身，赏心悦目，
　　　　天空是金黄的颜色；
小鸟儿面对万物同声相呼的上帝，
也许正向他叙讲人间的什么话题，
　　　　在唱着自己的圣歌。

他什么都想重见：那泉水边的池塘，
他们那为了施舍掏空钱包的旧房，
　　　　那老栗树歪歪斜斜，
那些树林尽头的幽会处十分幽深，

在那棵树下①,他们心心相印的灵魂

　　　　亲吻时忘记了一切。

他在寻找那花园,那孤零零的人家,

那座栅栏看得见有小径上上下下,

　　　　和那些果园的斜坡。

他走着,脸色苍白,他看到每棵树上,

随着跨出的每个脚步,沉重而忧伤,

　　　　往事浮起,影影绰绰!

他听到他心爱的那一片森林之中,

那轻风吹来,又使我们的心灵颤动,

　　　　在心里唤醒了爱情,

这阵轻风,或吹拂玫瑰,或摇动橡树,

犹如万物的灵魂,吹临每一件事物,

　　　　在上面一一地留停!

孤林之中,点点的枯叶躺满了一地,

给他的双脚一踩,努力从地上爬起,

　　　　在园子里四处奔跑;

这样,当心中有时悲哀,我们的思绪

此刻会借助枯叶受伤的翅膀飞去,

　　　　然后又突然地跌倒。

① 指一棵栗树。雨果和朱丽叶时常在此交换书信。一天倾盆大雨,一对
情人在此躲雨,两情相对,彼此永记不忘。

他久久地在端详，那大自然的丰采，
在和平的田野里变幻成千姿百态，
　　　他直到傍晚在沉思；
他整天四处漫步，顺着溪沟和山涧，
他又在一一欣赏：天空是神的容颜，
　　　而湖水是神的镜子。

唉！他回想起种种幽会的甜蜜情趣，
他站在围墙外面张望，而没有进去，
　　　那副样子像个瘪三，
他漫步整整一天，夜幕降下的时分，
他内心感到悲哀，好像是一座荒坟，
　　　于是，他发出了呼喊：

"痛苦啊！我的心中好难受，我想知道，
酒坛里是否还有一些剩下的美酒，
我想看一看这条幸福河谷①的面貌，
心中留下的一切是否是面貌依旧！

"事物已今非昔比，时间却如此短暂！
安详的大自然啊，你就如此地健忘！
你可以瞬息万变，你轻易地就割断
把我们的两颗心系住的神秘线网！

①　凡尔赛东南方的皮埃弗河谷，以风光旖旎著称。

"我们用荆棘编的凉棚已经被拆开！
刻有我俩名字的树已倒下或死亡；
我们园里的玫瑰,已经被一群小孩
跨越过沟渠,毁坏殆尽,糟蹋得精光。

"天热时,她去饮水,走下林中的小路,
憨笑着用手舀水,如同是仙女一样,
从指缝间掉下来一串一串的珍珠,
现在,这水泉已经被砌了一座围墙！

"她长着一双处处奚落别人的小脚,
这可爱的脚印在细沙上,清清楚楚,
行走在我的脚边,仿佛就是在嘲笑,
现在,石块铺上了这条崎岖的小路。

"那路边的里程碑已经有很多年岁,
她从前喜欢坐在这块石碑上等我,
现在,咯吱咯吱的大车在晚上返回,
因路黑撞上界石,使石头磨损很多。

"东边的森林消失,西边的森林葳蕤。
我们的一切现在几乎都变了模样；
如同是火灭之后冷却的火灰一堆,
这一大堆的回忆正随风四处飘扬！

"韶光不再？我们可有过自己的时光？

我们徒劳地召唤，这时光永远消失？
我哭泣时，枝条在和轻风嬉戏摇晃；
我的屋子望着我，却对我不再认识。

"我们相逢的地方，别人也会来相逢，
我们盘桓的场所，别人也会来盘桓。
由我们两颗心灵开始的这个美梦，
别人会继续下去，但是不可能做完！

"因为，人世间无人能作最后的安排；
纵然是酒囊饭袋，和英雄豪杰相同；
做梦到同一地方，我们人人会醒来。
万物在此地开始，万物到彼岸告终。

"不错，别人也会来，对对纯洁的男女，
到此幸福迷人的所在，安宁而幽静，
来品尝大自然给幽会男女的赠予，
那种梦幻的魅力，那般庄严的意境！

"别人将会来占有我们相爱的旧址。
亲爱的，你的树林已归陌生人所有。
别的女人也会来沐浴，会冒冒失失，
搅乱你那双光脚洗过的神圣溪流！

"怎么说！我们在此相爱是一场春梦！
我们在此地曾经热情奔放和陶醉，

如今,这片开花的山坡已一无所剩!
无动于衷的自然已经把一切收回。

"啊! 请告诉我,沟壑,洞窟,清澈的水渠,
上有鸟窝的枝条,森林,成熟的葡萄,
你们是否也将要为别人窃窃私语?
你们是否也将要为别人歌声缭绕?

"作为你们的知音,听到你们有声响,
我们的回声同样温柔、严肃和敏感!
我们曾洗耳恭听,你们如有话要讲,
也从不打扰你们神秘深刻的交谈!

"先请你回答,幽谷,也请你回答,孤独,
啊! 你隐蔽在这片世外桃源的自然,
当我们这对死者一旦沉思着入土,
在墓中长眠不起,并从此朝夕相伴;

"当你们知道我们已带着爱情死去,
是否真的会冷漠无情到如此地步,
是否继续会心平气和地纵情欢娱?
不停地笑靥迎人? 不停地歌唱欢呼?

"我们成了你山山水水认识的幽灵,
你路上遇见我们这对昔日的朋友,
你感觉到我们在你们怀抱里飘零,

你就不会对我们说些悄悄话叙旧？

"当你看到我们的鬼魂来旧地重游，
看到她在忧伤的拥抱后和我同来
一条正泪水潸潸、低声抽泣的溪流，
你既不感到伤心？你也不感到悲哀？

"如果某处树荫下，一切都已在安息，
有一对恋人躲在你的花丛后亲热，
你就不会走上去对他们耳语低低：
'你们是活人，要请你们想一想死者！'

"上帝有时也会给我们草地和水泉，
深邃冷漠的石窟，高大战栗的树林，
给我们蓝天、湖水以及葱绿的平原，
借以盛放我们的爱情、美梦和痴心！

"他再把一切收回，吹灭我们的激情。
他把我们闪亮的洞穴推进了黑夜；
他叫深深刻印上我们心灵的小径，
把我们名字忘却，把我们痕迹磨灭。

"好哇！唱吧，鸟儿！流吧，溪水！长吧，树荫！
好哇！请忘却我们，树林、花园和家门！
野草啊，盖住门槛！荆棘啊，抹掉脚印！
被你们忘怀的人绝不会忘怀你们。

"因为,对我们来说,你们曾祝福爱情!
你们是沙漠途中有幸遇见的绿洲!
幽谷啊,你这地方真是人间的仙境!
我们曾在此哭泣,曾彼此手携着手。

"年龄一长,种种的激情都逐渐消退,
有的带走了面具,有的带走了刺刀①,
像一大群卖唱的江湖艺人在巡回,
走到了山坡后面,人数会越来越少。

"爱情,你无法抹掉!你真使我们迷恋!
你是火把,是火炬,把我们迷雾拨开!
你以欢乐、但更以眼泪使我们思念,
青年人对你诅咒,老年人对你崇拜。

"垂暮之年,岁月使我们低下了头颅,
我们会既无打算,也无目的和志向,
感到自己已成了一座倒塌的坟墓,
墓里躺着自己的种种品德和幻想;

"一旦我们的灵魂沉思着进入肺腑,
来到了我们终于完全冰凉的心底,

---

① 诗中把激情的消退比作艺人的流散,以"面具"喻喜剧,以"刺刀"喻悲剧。

清点每个破灭的梦想,倒下的痛苦,
如同是在战场上清点一具具尸体,

"如同有人手拿着一盏油灯在寻找,
远离欢笑的世界,远离事物的真相,
顺着昏暗的栏杆慢行,便一直走到
内心深渊的底层,这儿是满目荒凉;

"这儿可是漆黑的没有星光的夜空,
灵魂感到有什么被掩盖着的东西,
还在空空荡荡的阴暗角落里颤动……
是你睡在黑暗里,啊,你神圣的回忆!"

一八××年十月

(手稿:一八三七年十月二十一日)

[题解] 雨果的友人贝尔坦在凡尔赛附近皮埃弗村有"石居城堡"。一八三四年九月一日,雨果全家应邀前去小住,并在附近莱梅村租了一处农舍,安置情人朱丽叶·德鲁埃。雨果几乎每天步行去和朱丽叶相会。他们在大自然的怀抱中度过了一段心醉难忘的日子。一八三七年十月,雨果又去"石居城堡"。诗人怀着虔诚的心情,独自重访三年前和情人欢会的旧居,发现作为他幸福见证的自然环境已面目全非,感慨系之。雨果回到巴黎,惆怅不已,于十月十五日至二十一日,写下这首长诗。《奥林匹欧的悲哀》是法国浪漫主义抒情诗的名篇。和这首诗齐名的,有拉马丁的《湖》、维尼的《牧羊人的小屋》和缪塞的《回忆》。

黑沉沉的海洋[*]

于索姆河上的圣瓦莱里①

唉！有多少的船长，又有多少的海员，
高高兴兴出航的地方是很远很远，
却在阴沉的天边再也没有能回来！
多么悲惨的命运：黑夜里没有月亮，
有多少人消失在深不可测的海洋，
永远地被埋葬在盲目无情的大海！

又有多少的船主及船员一起死去！
他们的生命已经被风暴完全夺取。
风暴一吼，把一切在海上吹得乱抖！
谁也不知道他们掉进深渊的结果。
每一个波浪打来，都有战利品夹裹：
这个浪花是小舟，那个浪花是水手！

---

* 原题是拉丁文，源出罗马诗人维吉尔的史诗《伊尼特》，意为"海洋上的黑夜"。

① 据研究，应为科河上的圣瓦莱里。雨果一八三六年在旅途中也经过索姆河上的圣瓦莱里，因此可能把两个地名记混了。

可怜的死者！无人知道你们的命运。
你们是沉沉大海之中翻滚的一群，
你们无知的头颅撞上无名的海礁。
唉！多少年老父母只存有一个希望，
每天在沙滩等啊，等啊，直等到死亡，
　　　返回的人始终没有等到！

有时候晚上，大家守夜时谈起你们。
生锈的锚上坐着一大堆欢乐的人，
提起你们的名字，但多少有点忘记，
一边欢笑和歌唱，一边在高谈阔论，
在和你们美丽的未婚妻偷偷接吻，
而你们在绿色的海藻里长眠不起！

有人问："他们人呢？在岛上治理国家？
他们莫非找到了乐土，把我们撇下？"
以后，连对你们的回忆也完全消亡。
躯体消失在海里，名字消失在心中。
时间投下的阴影一个比一个更浓。
无情的海洋不够，加上无情的遗忘。

不久，你们的形象在大家眼里消失。
此人忙他的铁犁，那人忙他的船只。
每当在狂风暴雨作威作福的夜晚，
你们头发已花白、等得绝望的寡妻，

拨动炉火的时候翻动心头的回忆，
　　才会对你们又说个没完！

待到连她们最后也在坟墓里安睡，
连冷清的公墓里也没有一块小碑，
也没有秋天落叶纷纷的一簇柳枝，
连乞丐在断桥的角落里断断续续
唱起的又是单调又是乏味的歌曲，
都再也没有留下你们从前的名字！

沉没在黑夜里的水手究竟在何方？
你们知道有多少凄惨的故事，波浪！
波涛，双膝跪下的母亲害怕的波涛！
你们在涨潮时刻把故事相互叙讲，
这就是为何每到黑夜你们的声响，
在向海边涌来时竟是绝望的哀号！

　　　　　　　　　　　　一八三六年七月

　［题解］雨果在一八三四年第一次见到大海。一八三五年八月及一八三六年七月，又在诺曼底一带海边旅行，对海洋有了更深切的体验。从此，大海不断地在雨果的诗歌中咆哮不已，流亡后尤其如此，包括《惩罚集》《静观集》及《历代传说集》中的《穷苦人》。一八六六年，雨果还创作了长篇小说《海上劳工》。雨果的绘画作品中，大海也是最有表现力的主题之一。

六月之夜

夏天，当白昼消逝，铺满鲜花的平原
向四面八方飘来阵阵醉人的芳香；
闭上眼睛，耳中的嘈杂声似近又远，
似睡非睡，便进入一处透明的梦乡。

星星变得更纯洁，夜色显得更美好；
天穹幽幽，又朦朦胧胧，又若明若暗；
温柔苍白的黎明，只因为时间未到，
似乎整夜徘徊在天幕下，通宵达旦。

一八三七年九月二十八日

[题解] 这是一首写夏天夜晚的小诗。意境优美，视觉、嗅觉和听觉都浸沉在一片宁静之中。诗人不但在捕捉"形象"，还在捕捉"感觉"。小诗用词简单，但写得清新而自然。雨果不但擅长处理激动人心的巨大历史题材，也善于以精细准确的笔触去描写日常生活中稍纵即逝的个人感受和印象。

《惩 罚 集》

（1853）

艺术和人民

I

艺术,这是欢乐和光荣;
艺术照亮蓝色的天空,
在暴风雨中大放光明。
艺术是全世界的骄傲,
在人民的额头上闪耀,
像上帝额头上的星星。

艺术是支美妙的歌曲,
使恬静的心感到欢愉。
这歌曲男人献给女人,
这歌曲城市献给森林,
用心灵的每一个声音,
齐声合唱出歌曲阵阵。

艺术,这是人类的思想,
砸烂一切枷锁的力量。

艺术要征服,但不可怕,

莱茵①、台伯②被艺术左右。

它使奴隶的人民自由!

它使自由的人民伟大!

Ⅱ

啊! 法兰西,你战无不胜!

请唱起你和平的歌声!

请你注视着天空歌吟!

你欢乐而深沉的歌喉,

把希望带给整个地球!

啊! 你伟大、友爱的人民!

人民啊! 向着黎明歌唱!

从白天一直唱到晚上!

劳动使人们愉快不愁。

嘲笑旧世纪已成泡影!

低声细语地歌唱爱情,

大声响亮地歌唱自由!

要歌唱神圣的意大利,

歌唱波兰已奄奄一息,

---

① 莱茵河,德国第一大河,也是欧洲重要河流之一。

② 台伯河,意大利流经罗马的河流。

唱那不勒斯热血滔滔，

唱匈牙利正濒临死亡①……

暴君们！当人民在歌唱，

这像是雄狮大声吼叫！

一八五一年十一月六日于巴黎

（手稿：一八五一年七月）

[**题解**] 雨果在诗中阐明了艺术的重要作用，特别是歌曲和人民斗争的关系。诗人在《惩罚集》中为自己规定了明确的光荣使命。歌曲在十九世纪是群众喜闻乐见的艺术形式。

---

① 法国一八四八年爆发的二月革命及六月革命，在欧洲各国促发了一系列要求民族独立和自由的革命斗争。

歌　曲

雌鸟呢？她已经死去。
雄鸟呢？却被猫捕取，
就连骨头也被吃掉。
鸟窝在哆嗦，在发抖，
有谁能回来吗？没有。
多可怜的一群小鸟！

牧人不在，中了骗局！
狗死了！狼转来转去，
设下了阴险的圈套。
羊栏在哆嗦，在发抖，
有谁在看管吗？没有。
多可怜的一群羊羔！

父亲判刑！母亲已经
在收容所！多么不幸！
住房在风雨中摇动。
简陋的摇篮在发抖，
有谁在家里吗？没有。

多可怜的一群儿童!

一八五三年二月于泽西岛

（手稿：一八五三年二月二十二日）

[**题解**] 这首《歌曲》以近乎儿歌的形式，以寓言的手法，揭露了拿破仑三世称帝后法国国内人民横遭迫害的悲惨景象。诗句节奏轻快有力，形象生动活泼。歌曲在十九世纪是群众喜闻乐见的革命艺术形式。雨果很重视这一形式，《惩罚集》中共写了六首题名为《歌曲》的诗。雨果本人也希望自己的诗能在人民中间传唱。

四日晚上的回忆

这个孩子在头上被打了两颗子弹。
屋子里清洁安静,陈设普通而简单,
一幅肖像前插着教堂分发的嫩枝①。
年老的外祖母在屋子里哭泣不止。
我们静静地给他脱衣服。他的嘴唇
苍白微张,死亡已夺去倔强的眼神;
像请求有人扶持,他两手颓然垂落。
他口袋里还放着一个黄杨木陀螺。
两颗子弹的伤口比手指还要大些。
你们可见过桑葚在篱笆上面淌血?
他的脑壳被炸开,像是开裂的木柴。
老人望着孩子的衣服被脱了下来,
说道:"他身上多白! 把灯光挪近一点!
天主! 可怜的头发和他的两鬓粘连!"
衣服脱完了以后,她把他抱在膝头。
黑夜是多么凄惨,听得见就在街口,

---

① 复活节前的星期日,教堂分发黄杨嫩枝,教徒带回家中,置于镜前或肖像前。

有阵阵枪响,有人在杀害别的儿童。
战士们都说:"应该把孩子葬入墓中。"
大家从胡桃木的衣柜里取出白布。
外祖母于是抱着孩子走近了火炉,
仿佛让他僵硬的手脚能暖和暖和。
任何东西被死神,唉！冰冷的手摸过,
人世的火炉再也无法使它们温暖！
她要给孩子脱去长袜,把身子下弯,
用她枯干的双手握住尸体的双脚。
"这样的事情还能不使人心如刀绞!"
她喊道:"先生,他还不满八岁的年纪!
他在学校里上课,老师们都说满意。
先生,有时我需要写一封什么书信,
总是要由他代笔。是不是他们如今,
啊！我的上帝！现在要把孩子都杀掉？
我要向你们请问,他们都是些强盗？
是今天早上,孩子在窗子前面游戏,
他们把我可怜的小家伙打死在地!
孩子一走到街上,他们就朝他开枪。
先生,他又乖又好,就像小耶稣一样。
我反正老了,要死就死我这个老太;
开枪可以打死我,不要打死我小孩,
这对波拿巴先生可没有什么不好!"
她已经泣不成声,不得不停止哀号。
大家围着老人家流泪,她接着又说:
"现在我孤苦一人,我以后怎么生活？

今天,请你们给我解释,为什么如此?
唉! 他母亲就给我留下这一个孩子。
干吗非要打死他? 要给我讲讲原委。
孩子他可并没有喊过共和国万岁。"
我们都脱帽站着,沉痛得无从开口,
面对无法安慰的伤心事瑟瑟发抖。

老母亲,你一点也不懂什么是政治。
拿破仑先生,这才是他真正的名字①,
他很穷,又是亲王,他也爱高楼大厦,
他也想要家中有仆人,马厩有骏马,
他要吃喝和嫖赌,他要寻花和问柳,
这都要花钱,与此同时,他还要拯救
家庭,要拯救教会,最后要拯救社会;
他夏天在圣克鲁②要有盛开的玫瑰,
要有省长和市长来对他顶礼膜拜;
正是为了这一切,才要年老的奶奶,
用因为年迈而已颤抖的灰白手指,
给七八岁的孩子把裹尸的布缝制。

一八五二年十二月二日于泽西岛

(手稿:一八五二年十二月二日)

[**题解**] 本诗是集中的名篇。一八五一年十二月二日,路易-拿破

---

① 普通人以姓氏称呼,但帝王的号用名字。所以诗中外婆用"波拿巴先生",反映出他称帝的野心。
② 圣克鲁,巴黎郊区拿破仑三世的夏天行宫所在地。

仑·波拿巴发动政变,下令军队对违反"戒严令"的百姓"格杀勿论"。四日正是镇压的高潮。一个姓布尔西埃的七岁男孩上街购物,被枪杀在蒙马特尔区的蒂克托讷街。雨果在《拿破仑小丑》一书中对这件亲眼目睹的惨事有具体的记述。本诗叙事为主,用家常语言,自有一种感人的力量。

啊！你这神明的脸,啊！太阳

啊！你这神明的脸,啊！太阳,

岩洞石窟里听到的声响,

开满野花的沟壑和小溪,

青草下必有无疑的清香,

啊！小树林里丛生的荆棘,

神圣的山岳,高得像榜样,

白得像寺庙门上的山墙,

百岁的橡树,千年的岩石,

我感到你们的灵魂在飘扬,

在我凝视时飘进我心里,

啊！纯洁的水泉,原始森林,

明净的湖边一片片浓荫,

晴空在贞洁的水中荡漾,

你们都是大自然的良心,

你们对这强盗作何感想？

一八五二年十二月二日于泽西岛

（手稿:一八五二年十一月二十二日）

186

[**题解**]　诗人站在大自然中,和自然万物相沟通。诗人有意注明的写作日期是拿破仑三世称帝的日子,使小诗结尾两句的主题更加深沉。

既然正义者在深渊受难

既然正义者在深渊受难，
既然把权杖交给了罪犯，
既然一切权利都不承认，
既然他们在大街和小巷，
把我国的耻辱到处张扬，
既然高尚的人依然沉闷；

啊！共和国①由父兄们开创，
伟大的先贤祠充满阳光，
金色的圆顶，自由的蓝天，
既然他们来把梯子架起，
在你墙上贴帝国的标记，
而在庙堂里有英魂长眠；

既然每个人都软弱无力，
既然有人屈服，已经忘记
真理，纯洁，高尚以及美德，

_____

① 指法国大革命后于一七九二年成立的第一共和国。

忘记历史有愤怒的眼睛，
忘记荣誉，法律以及英名，
忘记睡在坟墓里的死者；

我爱你，流放！我爱你，辛酸！
忧愁啊，请你做我的王冠！
我爱你，清高的贫苦生活①！
我爱我风吹雨打的家门。
我爱丧事，这是石像一尊，
严肃地来到我身边就座。

我爱正在考验我的不幸，
默默无闻中把你们欢迎：
啊，我的心在对你们微笑，
尊严，信仰，品德，都在蒙羞，
你是伟大的流放者，自由，
忠诚，你被放逐，仍然骄傲！

泽西岛啊，自由的英吉利
在岛上盖满古老的船旗，
我爱在上涨的黑色海潮，
我爱如铁犁流浪的海舟，
我爱海浪这神秘的田沟，

① 流亡生活初期，雨果全家在国外的生活相当拮据。雨果在巴黎的私产
于一八五二年六月被迫以低价拍卖。

啊！我爱这座孤独的海岛！

我爱海鸥，啊，深沉的大海！
它的翅膀有浅褐的色彩，
将水波拍打成无数珍珠，
又潜入巨大的浪花之间，
又从这些大口跃出水面，
仿佛灵魂从痛苦中跃出。

我爱大海边庄严的岩石①。
如同是悔恨，无休又无止，
我听到无穷无尽的呻吟：
这是波浪在海礁上拍击，
是母亲为孩子死去哭泣，
黑暗中传来一阵阵声音。

一八五二年十二月于泽西岛

（手稿：一八五二年十二月十日）

[题解] 帝国成立，拿破仑三世踌躇满志。雨果在孤岛上闻讯后，为共和国的沉沦感到悲愤。但他清醒地面对现实，决心和自由同命运，共呼吸，甘愿与贫穷为伍，和大海相伴，表现了绝不动摇的意志。

~~~~~~~~~~

① 指著名的"流放者岩"，离雨果的居所"海景台"不远。雨果在"流放者岩"上曾摄有照片传世。

此 人 在 笑

"维克多·雨果先生不久前在布鲁塞尔出版了一本书,题为《拿破仑小丑》,书中对亲王总统极尽污蔑之能事。

"据说,一位官员在上星期的某一天把这本攻击性的书带至圣克鲁。路易-拿破仑见到此书,取来翻阅一下,嘴唇上挂着轻蔑的微笑;然后,他指指这本书,对左右说道:'瞧,先生们,这是维克多·雨果大帝写的《拿破仑小丑》。'"

(一八五二年八月总统派报纸)

好哇！你迟早总会发出嗥叫的,混蛋！
你犯下弥天大罪,你还在吁吁直喘,
你这次胜利又惨又快,你手舞足蹈,
我逮住了你。我在你脸上张贴布告;
现在群众赶来了,在对你尽情嘲弄。
当惩罚把你按在刑柱上钉住不动,
当枷锁在逼着你非要抬起你下巴,
当历史把你外套上面的扣子扯下,
在我的身旁撕下你肩头一块上衣,

你说:"我才无所谓!"你在笑我们,滑稽!

你对我的名字哈哈大笑,唾沫四溅,

可我手拿着烙铁,看你皮肉在冒烟!

一八五二年八月于泽西岛

(手稿:一八五二年十月三十日)

[**题解**] 雨果从报上见到路易-拿破仑·波拿巴对新出版的《拿破仑小丑》(一译《小拿破仑》)加以嘲笑,即写下这首小诗,作为回答。诗前小记摘自一八五二年八月二十日的《祖国报》,只字未动。

人活着就要斗争;所以,活着的人们

人活着就要斗争;所以,活着的人们
在脸上抖擞精神,在心里充满热忱,
他们要攀登高尚命运的险峰峻峭,
他们沉思着前进,胸怀崇高的目标,
不论黑夜或白天,他们的眼里只见
某种伟大的爱情,某个神圣的考验。
这是匍匐在约柜①前面的神圣先知,
他们的心地善良,他们的生活充实;
这是劳动者,工匠,又是族长和牧人,
他们才活着,主啊! 其他人叫我怜悯。
因为,其他人空虚,所以才烦恼很多,
最沉重的负担是存在而没有生活。
他们都无所用心,晃晃悠悠地活命,
因为从来不思考,活得就无聊透顶。
他们叫芸芸众生,他们叫乌合之众,
他们也赞成,反对,来往,又咕咕哝哝,
鼓掌,顿足,打哈欠,又说好,又说不好;

① 约柜,传为古代犹太人存放和上帝所立之约的柜子。

从来也没有名字，从来也没有容貌，
这群人来来去去，也评判，宽恕，开会，
破坏，支持马拉①或提比略都无所谓，
快活人身穿锦袍，可怜虫袖口翻卷，
乱哄哄地被推着走向未知的深渊。
这些人类的底层，过眼就化成云烟，
冷漠的过客，没有年龄，知己和主见；
他们不被人认识，也从不被人信任，
他们浪费别人的口舌、脚步和精神。
他们的周围一片漆黑，又隐晦莫测；
烈日当空时，他们只有遥远的暮色，
因为，他们随便地乱喊、乱哼和乱叫，
他们徘徊漂泊在黑夜阴森的周围。

什么！什么都不爱！没精打采地行走，
不追求梦想于前，不悼念死者于后，
什么！既向前面走，又不知走向何方！
嘲笑朱庇特②，却对耶和华③没有信仰，
毫无敬意地看待星星、鲜花和女人！
一心只想着肉体，从来不寻找灵魂！
为了徒然的结果，做出徒劳的努力！
对上天一无所求，把死者完全忘记！
不行啊，我可不是这种人！他们即使

---

① 马拉(1743—1793)，法国大革命的革命家，《人民之友报》主编。
② 朱庇特，罗马神话中的天神，相当于希腊神话里的宙斯。
③ 耶和华，《圣经》里上帝的名字。

躲进肮脏的黑窝,或有财有权有势,

我避开他们,怕走他们可憎的小道;

可悲的行尸走肉,卑劣的鸡鸣狗盗,

小爬虫啊,我宁愿做棵林中的小树,

也不要吵吵嚷嚷跟着你们去充数!

> 一八四八年十二月于巴黎
>
> (手稿:一八四八年十二月三十一日子夜)

[**题解**] 这首诗是《惩罚集》的名篇之一。一八四八年是法国,也是雨果自己多事之秋的一年。诗人表达了对不讲原则,只谋私利者的谴责,也表明了自己决不同流合污的决心。坚持信仰,勇于斗争,是雨果一贯的信条。

皇　袍

啊！欢乐就是你们的劳动，
天上的呼吸是气幽香浓，
这就是你们的掠夺对象。
十二月①一到，你们就逃避，
你们给人间酿成的蜂蜜，
来自从百花偷来的花香。

童贞女②把露水③制成佳酿。
你们就如同那一位新娘，
去看山坡上的百合盛开，
啊！你们金红花冠的伴侣，
蜜蜂，你们是光明的闺女，
请从这件皇袍上飞下来！

女战士们，向他发动冲锋
啊！你们都是高贵的工蜂，

① "十二月"一语双关，既指冬天，又指发动政变的月份。
② 采蜜的工蜂为雌性，但不承担生育职能。
③ 欧洲古代相信蜜蜂采天上的露水而成蜜。

你们是责任，你们是美德，
金色的翅膀，发火的飞箭，
纷纷飞到无耻者的面前！
对他说："你看我们是什么？

"我们是蜜蜂，你这个畜生！
山间木屋有葡萄的凉棚，
屋顶下住着我们的蜂群。
我们在蓝天下出生，飞到
玫瑰花绽开的朵朵花苞，
也曾飞临柏拉图①的嘴唇。

"谁从泥中来，复回泥中去。
去黑窝里和提比略相聚，
阳台上把查理九世②找寻。
去吧！你那紫金色的皇袍，
不要伊梅特③的蜜蜂，只要
隼山④上黑色的乌鸦一群！"

大家都来刺他，你咬我追，
让发抖的人民感到羞愧，

---

① 相传柏拉图童年时一天入睡，有蜜蜂飞来，将蜂蜜置于他嘴唇上，喻其
　　言辞有迷人的魅力。
② 传说查理九世于一五七二年八月二十三日夜，曾站在卢浮宫阳台上，观
　　看他亲自指挥的对新教徒的大屠杀，史称"圣巴托罗缪节屠杀"。
③ 伊梅特，希腊雅典附近的山名，古代以产蜜著称。
④ 隼山，中世纪巴黎郊区的行刑地，绞架林立。

把卑鄙骗子的眼睛戳瞎，

要狠狠地对他猛刺猛扑，

让成群的蜜蜂把他驱逐，

既然做人的都对他害怕！

一八五三年六月于泽西岛

（手稿：一八五三年六月）

[题解] 本诗是集中的杰作之一。拿破仑的皇袍以红色天鹅绒制成，袍上用金线绣成蜜蜂，象征帝国繁忙的工作。拿破仑三世沿用旧制。此诗以对蜜蜂的歌颂开始，继而号召蜜蜂飞出皇袍，以对穿皇袍的暴君狠狠刺咬告终。手法新奇，效果出人意料。

出海人之歌

（布列塔尼曲调）

别了！祖国呀，你好！
大海上骇浪惊涛。
别了！祖国呀，你好！
　蓝蓝海天！

别了！家园，成熟的葡萄香甜！
别了！老墙，金色的花朵鲜艳！

别了！祖国呀，你好！
草原、森林和云霄。
别了！祖国呀，你好！
　蓝蓝海天！

别了！祖国呀，你好！
大海上骇浪惊涛。
别了！祖国呀，你好！
　蓝蓝海天！

别了！未婚妻那纯洁的粉脸，
海风无情，天空里黑成一片。

别了！祖国呀，你好！
玛丽美而安娜娇！
别了！祖国呀，你好！
蓝蓝海天！

别了！祖国呀，你好！
大海上骇浪惊涛。
别了！祖国呀，你好！
蓝蓝海天！

眼睛看到未来不幸的事件，
就从浊浪转向昏暗的天边。

别了！祖国呀，你好！
我的心为你祈祷。
别了！祖国呀，你好！
蓝蓝海天！

一八五二年八月一日于海上

（手稿：一八五三年七月三十一日）

[题解] 政变后，雨果于一八五一年十二月十一日从巴黎出逃，先住在布鲁塞尔。一八五二年七月三十一日，雨果离比利时经英国去泽西岛。此歌虽是日后补写，但反映了诗人在船上辞别祖国和大陆时依

依惜别的心情。

此诗手稿上注明"献给朱丽叶"。雨果的情人朱丽叶是布列塔尼人。所谓"布列塔尼曲调",据考原是朱丽叶平日爱唱的一种家乡摇篮曲。《惩罚集》中各诗所用的韵式极为复杂,雨果善于运用民歌艺术形式来抒发爱国感情,这首歌体现了这两个特点。

女 烈 士

这些妇女都要被送往遥远的监狱，
人民，她们是你的姐妹，是你的妻女！
她们的弥天大罪，人民啊，就是爱你！
屈从、阴沉的巴黎在流血，无声无息，
目睹这种种罪行却死也不肯开口。

这个女人嘴巴里塞了东西被押走，
她高呼："打倒叛徒！"（这就是她的罪行。）
这些妇女是信仰，是美德，也是理性，
这些妇女是公平，廉耻，正义和骄傲。
圣拉撒路①——要彻底铲平这一座监牢！
迟早一定要把它拆除得片瓦无存！——
把她们收下，吞噬，轮到她们的时分，
打开丑恶的大门，把她们再吐出来，
扔进可憎的囚车，把她们运往国外。
她们去何方？无人会知晓，只有坟墓
才会向乌鸦叙讲，告诉墓前的柏树。

① 圣拉撒路，法国十九世纪主要关押女犯的监狱，一九三五年废。

一位神圣的母亲,也是中间的女囚①
那一天她被带走,要去可怕的非洲,
她的孩子们都在,都想要和她拥抱,
却被人轰走,母亲看到儿女被赶跑,
伤心地说道:"走吧!"人民流着泪求情。
囚车的门又狭窄,又低矮,一个宪兵
嘲笑她长得丰腴,显出高兴的模样,
用手使劲地一推,把她推进了车厢。

她们就这样走了,带着病,关进车中,
关进黑色的马车,关进污秽的牢笼。
囚犯没有空气和阳光,也没有泪痕,
只是个坐在自己棺材里活的死人。
一路上都能听到她们绝望的声音。
发呆的人民望着受难的女人行进。
她们到土伦,走下囚车,被囚船接住。
她们除了挨棍棒,没有面包和衣服,
孤零零成了寡妇,漂洋过海的女犯
捧着肮脏的饭匣就用手指在吃饭。

一八五二年七月于布鲁塞尔

(手稿:一八五二年七月八日)

---

① 指保琳娜·罗兰,因救援流亡者家属而于一八五二年二月被捕,七月被
流放。

[**题解**] 政变当局把成千上万的人民流放海外。据官方数字,仅流放阿尔及利亚南方的人就有近万人。

晨　星[*]

夜里，我在沙滩上入睡，一旁是大海。
一阵风把我吹醒，我就从梦中醒来，
我睁开我的眼睛，看到启明的晨星。
这颗晨星闪耀在又远又高的天顶，
洒下柔和的白光，无穷无尽又可爱。
北风已经挟带着风暴偷偷地走开。
明亮的星把乌云化成了鹅毛轻轻。
这一点光明正在沉思，它也有生命；
这颗星使波涛在海礁上不再翻滚；
我们仿佛能透过珍珠①看到有灵魂。
天色尚黑，黑暗的统治已好景不长，
上帝的嫣然一笑，使天空豁然开朗。
歪斜的桅顶染上银色的晨光熹微；
船帆已经在发白，船身却仍然很黑；
几只海鸥站立在悬崖峭壁的绝顶，
聚精会神，严肃地注视着这颗星星，

<hr>

*　原题为拉丁文。
①　珍珠指色泽白而淡的晨星。

如对闪光幻成的这只天鸟在凝望；
像是人民的大海对星星多么向往，
大海在轻轻呼啸，看着星星在照耀，
似乎是非常害怕把星星吓得飞掉。
无法言传的爱情充满了茫茫海空。
青草丛如痴如醉，在我的脚下乱动。
鸟儿们待在窝里交谈；有一朵花蕾
醒了过来，对我说："这颗星是我姐妹。"
正当黑夜把皱褶长长的帷幕揭开，
我听到一个声音从星星传了下来，
星星在说："我这颗星星只是个先驱。
我出来了，有人说我已在墓中死去。
我在西奈山照耀，在泰格特山①升起，
我是金光闪闪的小石子，我被上帝
仿佛用弹弓击中深夜黑暗的额头②。
一个世界毁灭时，我又会重返地球。
我是热血沸腾的诗歌啊！各国人民！
我曾照亮过摩西，我曾照亮过但丁。
大海是一头雄狮，它对我爱慕不已。
我来了。站起来吧，美德、信仰和勇气：
思想家，仁人志士，请登上塔楼，哨兵！
快快点亮吧，眼珠！快快睁开吧，眼睛！
生命，把声音唤醒；大地，叫田沟掀动；

---

① 泰格特山，希腊南部山脉名，相传是阿波罗和众位诗神喜爱的居住地。
② 这个形象取自《圣经》中以色列王大卫和独眼巨人斗争的故事。

你们在沉睡,起来;——因为,我有人陪同,
因为,第一个派我出来的人,他其实
是光明这位巨人,是自由这位天使!"

一八五三年七月于泽西岛

(手稿:一八五二年十二月)

[**题解**]《晨星》也许是《惩罚集》中最受人称道的作品。全诗不着
一字影射时事,只从身边景物写起,而以宇宙万物的象征结束。诗人对
自由的渴望,对光明的追求,其境界和风格与集中其他的讽刺诗大异
其趣。

吹响吧,要不断地吹响,思想的号角

吹响吧,要不断地吹响,思想的号角。

当沉思的约书亚①头颅向天空高翘,
这被激怒的先知领着他的人进发,
围绕着这座城市②,吹响起他的喇叭,
绕第一遍的时候,国王展开了笑颜,
绕第二遍时,笑个不停,并向他传言:
"你以为放放空气能把我城市吹倒?"
绕第三遍的时候,约柜在前为先导,
接着是全体号手,接着是军队经过,
孩子们纷纷跑来,向约柜大吐唾沫,
学着号角的声音吹起孩子的喇叭;
绕第四遍的时候,妇女们上来谩骂,
就在锈蚀得已经发黑的雉堞中间,
她们在墙上坐下,一边拿纺锤纺线,
并且对希伯来人扔石块加以嘲弄;

① 约书亚,《圣经·旧约》中的人物,先知摩西的继承人。
② 指杰里科,一译耶利哥。

绕第五遍的时候,瞎子和跛子一同

走上昏暗的城墙,他们大声地嘘叫,

对阴天下吹响的黑喇叭大肆嘲笑;

绕第六遍的时候,那花岗岩的塔楼,

塔楼高又高,雄鹰在楼顶筑巢停留,

坚固得即使闪电也无法把它劈开,

国王放声地大笑,回到他高塔上来:

"这一些希伯来人音乐可奏得真好!"

全体元老也围着高兴的国王大笑,

晚上还坐在庙里,还在讨论和谈话。

绕第七遍的时候,城墙轰轰然倒塌。

一八五三年九月于泽西岛

(手稿:一八五三年三月十九日)

[**题解**] 雨果借用人们熟悉的圣经传说,赋予其强烈的象征意义,号召为正义事业吹响"思想的号角"。雨果在诗中对思想力量和意志力量的强调,使本诗成为《惩罚集》中的名诗之一。

黑色的猎手

"你是谁,过路人？林中很黑。
乌鸦成群结队地在翻飞,
　　大雨即将临头。"
"我这个人在黑夜中来回,
　　是黑色的猎手!"

树林里的树叶被风吹得乱动,
　　呼呼直叫……就好像
巫魔半夜的狂欢①,使整个林中
　　充满狂乱的声响;
乌云里露出一角明朗的天空,
　　冉冉升起了月亮。

　　要追赶牝鹿,要追赶麋鹿,
　　跑进树林中,跑进荒野里,
　　　　这是夜晚时候。
　　要追赶沙皇,追赶奥地利,

①　中世纪的基督徒相信深更半夜时,男巫女巫群集森林之中乱舞狂叫。

啊,黑色的猎手!

树林里的树叶呀——

吹响你号角,系好你猎装,
把庄园附近的公鹿赶光,
　　它们吃草不休。
要追赶神甫,要追赶国王,
　　啊,黑色的猎手!

树林里的树叶呀——

雷在响,雨在下,下个没完。
狐狸在逃跑,去路被切断,
　　无法可以逃走!
要追赶奸细,要追赶法官,
　　啊,黑色的猎手!

树林里的树叶呀——

圣安东的魔鬼触目皆是,
都在燕麦田里跃跃欲试,
　　却没使你发抖;
要追赶僧侣,要追赶教士,
　　啊,黑色的猎手!

树林里的树叶呀——

追赶大熊,猎狗乱叫汪汪。
别让任何一头野猪漏网!
　　尽好你的职守!
要追赶恺撒,要追赶教皇,
　　啊,黑色的猎手!

树林里的树叶呀——

狼已经甩开了你的小道。
你和猎狗群要紧追快跑!
　　不能让狼逃走!
要追赶波拿巴这个强盗,
　　啊,黑色的猎手!

树林里的树叶被风吹得乱动,
　　纷纷落地……就好像
巫魔阴森的狂欢之后闹哄哄,
　　离开了森林一样;
雄鸡的一声啼唱惊破了夜空。
　　天哪! 露出了太阳!

万物在恢复本来的模样。
你又是法兰西,神采飞扬,
　　你又阔步昂首,

又是白色天使,全身发亮,

　　啊,黑色的猎手!

树林里的树叶被风吹得乱动,

　　纷纷落地……就好像

巫魔阴森的狂欢之后闹哄哄,

　　离开了森林一样。

雄鸡的一声啼唱惊破了夜空。

　　天哪! 露出了太阳!

一八五三年九月于泽西岛

(手稿:一八五二年十月二十二日)

[题解] 这是一首日耳曼传统形式的民谣体诗歌。"黑色的猎手"原指莱茵河流域间传说中的"魔鬼",每天外出猎人。雨果在游记《莱茵河》中对此有记载。"黑色的猎手"在诗中可指诗人自己,也指人民,也可指命运或天数。

最后的话*

人类的良心已经死亡;他扬扬得意,
骑在上面,这死尸真使他大喜过望;
红红的眼睛,高高兴兴,他好不神气,
不时地回转身来,给死者一记耳光。

法官已成了妓女,挣钱要出卖自己。
神甫们使正派人都吓得脸色发白,
他们把钱包埋进制陶工人的田里①,
犹大出卖的上帝又被西布尔②出卖。

他们说道:"上帝在恺撒统治的时候,
便选中了他。人民,你们也应该服从。"
当他们握着双手一边唱,一边行走,
大家看见有金币藏在他们的手中。

~~~~~~~~~~~~~~

* 原题为拉丁文。
① 《新约·马太福音》载:犹大出卖耶稣后感到后悔,把存放叛卖所得金币
　的钱包扔在寺庙里。神甫们即用金币买下了"制陶工人的田"充作墓
　田。
② 西布尔(1792—1857),路易–拿破仑政变时是巴黎大主教。

214

只要看到这无赖,啊! 坐在宝座之上,
这土匪式的君主受到教皇的祝福,
亲王一手拿铁钳,一手又拿着节杖,
撒旦造的芒德兰①披查理曼的衣服;

只要他躺在地上耍赖,贪婪的嘴中
吞噬了宗教信仰,吞噬美德和宣誓,
醉鬼吐出的耻辱玷污我们的光荣;
只要在天底之下看到有这些丑事;

即使卑鄙无耻的风气会有增无减,
竟对罪大恶极的骗子手顶礼膜拜,
即使英国和美国都不敢仗义执言,
也会对流亡者说:"滚! 我们怕得厉害!"

即使我们真会像飘零的落叶一般,
有人为讨好恺撒,对我们翻脸不认;
即使流亡者只好挨家挨户地避难,
有人像钉子扎破衣服般中伤他们;

即使连上帝向人发出抗议的沙漠,
赶走被赶走的人,放逐被放逐的人;
即使坟墓和别人一样无耻和懦弱,
竟然也会把死者扔出坟墓的大门;

---

① 芒德兰(1725—1755),著名强盗头子,被车刑处死。

我也决不会屈服，我的心里有丧事，
但我嘴里无怨言，对畜群心平气傲，
祖国啊，我的祭台！自由啊，我的旗帜！
在无情的流亡中，我要把你们拥抱！

我高贵的伙伴们，我对你们很崇敬；
流亡者，共和国是我们团结的基础。
凡是别人凌辱的，我就会视作荣幸；
凡是别人祝福的，我就要加以羞辱！

我将要穿起丧服，我将要披上麻衣，
我是嘴，要说："倒霉！"要喊："打倒！"
你的仆人们指给你看卢浮宫府邸，
而我指给你看的，是你恺撒的监牢。

面对低垂的脑袋，面对背信和弃义，
我叉起双手，义愤填膺，将头脑清醒。
忠于倒下的事物，要忠得死心塌地，
这才是我的力量，欢乐，使我更坚定！

对，只要他在，不论有人坚持或让步，
法兰西啊！我爱你，永远要为你哭泣！
你纵有我爱情的金屋，先辈的坟墓，
我永不返回你那可爱忧伤的土地！

我永远不会返回你吸引人的海边①，
法兰西！我会忘记一切，但责任重大，
我将把我的营帐扎在不幸者中间，
我始终是流亡者，但永远不会倒下。

我接受流亡生涯，即使它没有尽头；
我根本不想知道，我也不想去思量，
是否有人本指望留下，却已经远走，
是否某人本以为坚定，却已经投降。

如果还有一千人，那好，就有我一份！
即使还有一百人，我要和暴君拼命！
如果剩下十个人，我就是第十个人！
如果仅有一个人，我就是最后一名！

一八五二年十二月二日于泽西岛

（手稿：一八五二年十二月十四日）

[题解] 一八五二年十二月，第二帝国对流亡者实行部分大赦，条件是写悔过书，保证不反对帝制。七百零二名流亡者思乡心切，返回法国。雨果作为回答，写下这首气壮山河的《最后的话》。一八五九年八月八日，雨果对新的大赦的回答是："自由回国之日，就是我回国之时。"雨果在孤岛上度过了冷冷清清的十九年流亡生活之后，于一八七〇年九月五日，即第二帝国覆灭的第三天，第三共和国成立的第二天，返回祖国。

━━━━━━━━

① 泽西岛与法国本土隔海相望，相距不足三十公里。

《静 观 集》

（1856）

两 个 女 儿

黄昏已若明若暗,夜色迷人而四合,
一个女儿像天鹅,一个女儿像白鸽,
两个人一般高兴,长得都温柔娇美!
你们瞧,大的姐姐和旁边小的妹妹①,
坐在花园门槛上。就在她们的头上,
有一束白石竹花,细茎儿又嫩又长,
在大理石的盆里被一阵风儿一吹,
俯下身来愣住了,望着这一对姐妹,
暮色苍茫之中在花盆边轻轻抖动,
仿佛有一群蝴蝶着了迷,停在空中。

一八四二年六月于昂甘附近的露台城堡②
(手稿:一八四二年六月十八日)

[**题解**] 在父亲眼里,两个女儿都很美,这是人之常情。但两个女
儿能吸引以淡雅著称的白石竹花的视线,并看得入迷,这就是雨果的生
"花"妙笔了。据研究,此诗应作于一八五五年。

① 一八四二年时,大女儿莱奥波特蒂娜十八岁,小女儿阿黛尔十二岁。
② 一八四〇年夏天,雨果全家曾来此度假。

五 月 春

万物以爱的语言在抒怀。请看玫瑰。
别的事情我不谈,别的事情无所谓。
五月春! 爱情欢乐,忧伤,炽热或妒忌,
使花木虫鸟甚至狼群都唉声叹气;
那年秋天,我曾把一句话写在树上,
此树照念,还以为它是在即兴咏唱;
深穴老洞被松鸦嘲笑,正陷入沉思,
紧锁着浓眉,嘴巴做出撒娇的样子;
只为多情的青草爱上迷人的苍穹,
平原向"春天"倾吐相思,因而使空中,
喷香温情的空中充满绵绵的情话。
时时刻刻,只要有日头在蓝天高挂,
如痴似狂的田野已爱得越来越深,
尽情地散发芬芳,又借取和风阵阵,
向阳春送来它的香吻一个又一个;
田野里万紫千红,鲜花有各种颜色,
扑鼻的花香一边低声细语:我爱你!
在沟壑中,池塘边,甚至田垄和草地,
处处是斑斑点点,打扮得花团锦簇;

田野送给人花香，田野留下了花束；

正当此轻枝狂蔓嬉笑的阳春五月，

仿佛田野的唉声叹气，含情的密约，

仿佛田野一封封情书听得人絮烦，

在吸墨纸上留下印迹，点点又斑斑！

树林里的小鸟在细声细气地吟哦，

向各位仙女唱着一支一支的情歌；

万物在暗中倾诉自己内心的秘密；

万物在爱，轻轻地在承认爱得入迷；

仿佛常春藤，湖泊，迎风摇晃的橡树，

发花的篱笆，田野，叮咚的泉水，山谷，

在北边和在南国，在西天和在东方，

借着东南西北风把情诗齐声咏唱。

一八××年五月一日于圣日耳曼①

（手稿：一八五五年三月二十九日）

[题解] 本诗是《静观集》第二部、以爱情为主题的《心花盛开》的首篇。情诗都是献给情人朱丽叶·德鲁埃的，但据研究，诗中咏唱的缪斯未必是朱丽叶一人。《五月春》里的大自然完全拟人化，是爱的象征。一八三四年八月至九月间，雨果和朱丽叶游布列塔尼后返回巴黎，途经圣日耳曼，本诗是对这次旅游的美好回忆。

① 地名，在巴黎以西，凡尔赛以北。

来！——看不见的小笛

来！——看不见的小笛
在果园笛声悠扬。——
是什么歌最静谧？
请听牧童的歌唱。

橡树下轻风吹来，
水镜皱起了细浪。——
是什么歌最欢快？
请听鸟儿的歌唱。

祝你无忧无烦恼。
要相爱！地久天长！——
是什么歌最美好？
请听爱情的歌唱。

一八××年八月于莱梅村①

（手稿：一八四六年九月八日）

〰〰〰〰〰

① 　一八三四年和一八三五年夏秋，雨果全家住在友人贝尔坦的"石居城
堡"，而将情人朱丽叶安置在附近莱梅村的农舍里，每天去看她。两情
相笃，终生不忘。

[题解] 这是《静观集》中著名的爱情诗,也是最成功的三节小诗之一。雨果故意更改写作的地点,是为了纪念十一二年前和情人朱丽叶一起度过的幸福时光,也为了让读者和朱丽叶共同回忆起另一首著名的爱情诗,即《光影集》中浪漫主义的绝唱之一《奥林匹欧的悲哀》。

她已经脱掉了鞋,她又解开了头发

她已经脱掉了鞋,她又解开了头发,
我正打那儿经过,以为看到了仙女,
坐在灯芯草中间,光着脚没有穿袜,
我就对她说:你可愿意到田野里去?

她朝我看了一眼,目光里一往情深,
我们赢得爱情时,美人才如此倾心,
我又说:你可愿意,在这相爱的月份,
你可愿意我们俩走进深深的树林?

她在水边的草里擦了擦她的双脚;
她又一次地朝我抬了抬她的眼睛,
顽皮的美人这下变得沉思和动摇。
小鸟在林中深处,啊! 叫得多么动听!

河水是多么温柔,河水把岸边轻拍!
我看到美丽姑娘矜持、快活又胆小,
在高大而青青的芦苇里朝我走来,

头发飘在眼睛上,挡不住眉开眼笑。

一八三×年六月于蒙-拉……①

（手稿：一八五三年四月十六日于泽西岛）

[**题解**] 这首乡村牧歌式的情诗写得轻松自然。《静观集》插进早年无忧无虑的回忆,借以反衬中年痛失爱女的悲痛心情。手稿上的创作日期表明,就是创作《惩罚集》的愤慨心情,偶尔也会被小岛上的春天所冲淡。

① 指"蒙福尔拉莫里"。雨果于一八二五年来此地探访朋友。

227

？

为什么大地崎岖、贫瘠、严酷和悭吝，
大地上沉思的人勤奋劳动而不幸，
大地对我们人类如许的耕耘、辛劳，
却只是勉勉强强给那么一点面包？
为什么从薄田里出生的人很无情？
为什么城市里的仁慈、信仰及和平，
这些可敬的姐妹①纷纷地仓皇出逃？
为什么权贵和贫民，态度同样骄傲？
为什么心中都有仇恨？为什么死亡
这瞎鬼打击好人竟如此神秘猖狂？
为什么每座高峰都会有浓雾笼罩？
为什么正义、廉耻两个处女②被卖掉？
为什么种种激情产生出种种恶行？
为什么森林是有狼群潜伏的险境？
为什么有沙漠的酷热，极地的寒冷？
为什么海洋暴怒，激动得波浪翻腾，

① 法语中"仁慈""和平""信仰"都是阴性名词。
② 法语中"正义"和"廉耻"也是阴性名词。

228

在黑夜里吞噬了无数颤抖的船桅？

为什么在大陆上，硝烟中人声鼎沸，

无耻的战争高举两个火把在吼叫，

某个地方总是有一座城市在焚烧，

各国发怒的人民血淋淋地在争斗？

为什么这一切在空中是一个星球？

一八四〇年十月

（手稿：一八四六年十月二十日）

[题解] 这首诗的题目只是一个"问号"。诗人看到人类社会仅仅是个充满罪恶、不幸、仇恨和死亡的星球，他因而感到十分痛心，甚至无法理解，于是就向茫茫宇宙提出了这个巨大的问题。诗中对山川等自然现象的描写具有象征意义。

本诗手稿上注明的创作日期，正是长篇小说《悲惨世界》初稿第一部开始写作的时期，两者在主导思想上有共同之处，可以联系起来研究。

一八四三年二月十五日

他爱你,要爱他,和他共享温柔。
——别了! ——我的宝贝! 现在新娘出嫁。
孩子,我祝福你,从我家去他家,
你把烦恼留下,请把幸福带走!

此地都想留你;那儿急着等你。
天使,女儿,妻子,双重责任不忘。
你给我们遗憾,你给他们希望,
泪眼告别父母! 笑脸初为人妻!

一八四三年二月十五日于教堂①内

(手稿:一八四三年二月十五日,女儿出嫁,赠女儿诗)

[题解] 这首诗是雨果在举行婚礼的教堂里写在莱奥波特蒂娜的纪念册上的。戏剧评论家雅南见过此诗,并于一八四三年九月十一日在《辩论报》初次刊出。诗题是后加的。雨果在诗中流露出一种说不出的伤心情绪。半年后,新婚夫妻双双夭折,这首诗成了某种不幸的谶语。

---

① 大女儿莱奥波特蒂娜·雨果和夏尔·瓦克里的婚礼在雨果家所属教区的圣保罗教堂举行。

啊！在最初的时候，我几乎疯了一样

啊！在最初的时候，我几乎疯了一样，
我哭了三天三夜①，唉！哭得好不心伤。
你们可爱的希望也曾经，各位父母，
被上帝夺走，内心也尝过我的痛苦，
那我的种种辛酸，你们可有过体会？
我真想在石头上把我的脑袋撞碎；
于是，我反抗，有时，露出狰狞的面目，
我死死地注视着这件丑恶的事物，
我实在无法相信，我大声疾呼：不行！
难道是上帝允许这些混账的不幸，
竟让绝望的情绪在心中占了上风？——
我仿佛觉得一切都只是一场噩梦，
仿佛女儿不可能这样离开我父亲，
我听到她在隔壁房间里笑语频频，
总而言之，她似乎不可能离开我们，
我马上会看到她进来，打开这扇门！

---

① 雨果一八四三年九月九日在旅途中闻知噩耗，十二日返回巴黎，其间共三天时间。

"安静些！她在说话！"我多次说得伤心，
"你听！这是她的手转动钥匙的声音！
请等一下！她来了！请让我独自静听！
她就在屋里什么地方，这可以肯定！"

一八五二年九月四日于泽西岛之海景台①
（手稿未注明日期，大概作于一八四六年十一月。）

[**题解**] 这首诗反映雨果得知女儿不幸夭折后最初呼天抢地的绝望心情。诗人在理智上无法接受这一悲惨的事实。女儿的音容笑貌历历在目，最后竟至出现"幻听"的现象。九月四日是莱奥波特蒂娜的忌辰。本诗和第四部最后一首《夏尔·瓦克里》都有意注明作于一八五二年九月四日。这是雨果一家流亡到泽西岛后第一次纪念爱女的忌辰。

~~~~~~~~~~

① "海景台"是雨果一八五二年至一八五五年间居住在泽西岛时的住宅名，这是一个临海而筑的屋顶为平台的两层建筑。

她在童年的时候,养成了一个习惯

她在童年的时候,养成了一个习惯:
她几乎每天早上到我房间里来玩;
我像等待渴望的阳光一般在等她;
她走进来,对我说:"早安,亲爱的爸爸!"
拿起我的笔,打开我的书,并且坐在
我床上,乱翻我的稿纸,还喜笑颜开,
接着又突然飞走,像是过路的小鸟。
于是,我头脑开始有点清醒,并需要
做完放下的工作,我一边在写诗篇,
同时又常常会在我的诗稿里发现,
她画的一圈一圈、乱七八糟的线条,
被她的手揉皱的白纸上,我不知道
为什么,偏偏写出最美最美的诗句。
她爱上帝和鲜花,星星和青草葱绿,
还没有成为女人,她已经富有才情。
她眼睛里反映出她灵魂里的光明。
她随时都来问我,问东问西没有完。
啊! 有多少个其乐融融的冬天夜晚,
大家对语言、历史和语法仔细讨论,

四个孩子①围坐在我膝头,纷纷发问,
围着火聊天,还有母亲和几位来客:
我把这样的生活看成是知足常乐!
只是孩子去了! 唉! 上帝要对我关怀!
感到她在伤心时,我从来不会愉快;
如果,出发时看到她眼中有些阴影,
我在欢天喜地的舞会上也不高兴。

一八四六年十一月于万灵节②

(手稿:一八四六年十一月一日③)

[题解] 这首诗中回忆的是莱奥波特蒂娜出嫁前的少女时代的形象,天真烂漫,稚气未消,据有的专家推测,年龄约在十六岁左右。女儿还是大孩子,已经给诗人的创作以莫大的灵感。

---

① 除大女儿莱奥波特蒂娜外,其余三个孩子是:长子夏尔,次子弗朗索瓦-维克多,小女儿阿黛尔。
② 万灵节在十一月二日。
③ 十一月一日是诸圣瞻礼节。

两个骑手在森林里想什么

深夜里一片漆黑,森林中昏暗幽静。
赫尔曼在我身旁,看来像一个鬼影。
两匹飞马在奔驰。上帝给我们保护!
天上的云层像是一块一块大理石。
星星却和一大群发光的小鸟相似,
　　在密密的枝杈之间飞舞。

我心中无限惆怅。赫尔曼痛苦万状,
他深沉的思想里没有一丁点儿希望。
我心中无限惆怅。安息吧,我的亲人!
在穿越这一片片绿色寂寞的时候,
赫尔曼说:"我在想坟墓张开的大口!"
我回答道:"我在想坟墓又关上大门!"

他正在朝前观看;我正在向后张望。
两匹奔马正穿过林中空旷的地方;
远方催人祈祷的钟声正随风飘来,
他说:"我在想那些受苦受难的人们,
想一切活着的人。"我呢,我对他承认:

"我想念的人都已经不在!"

泉水在叮咚歌唱。泉水为什么叮咚?
橡树在低声咕哝。橡树为什么咕哝?
荆棘丛像老朋友,彼此在耳语轻轻。
赫尔曼对我说道:"活人得不到安歇。
有的眼睛在哭泣,有的眼睛在守夜。"
我对他说:"唉! 有的眼睛已长眠不醒!"

"生活,这就是不幸。死者不会再受苦。"
赫尔曼接着又说,"死者幸福! 我羡慕
他们的青草发芽、树木凋谢的墓冢。
因为,草木到黑夜,沐浴着柔光阵阵,
因为,给每座墓中每个死者的灵魂
　　以安慰的是灿烂的星空!"

而我对他说:"住口! 对于奥秘要尊敬!
死者在我们脚下,已躺下长眠不醒。
死者都是往日里爱你的一颗颗心!
死者是你逝去的天使①! 是你的父母!
不要让死者伤心,不要对他们挖苦。
他们会在睡梦中听见我们的声音!"

一八五三年十月

(手稿:一八四一年十月十一日)

---

① 在写此诗的一八四一年,雨果唯一"逝去的天使",是一八二三年出生三
个月即夭折的长子莱奥波尔特。

[**题解**] 本诗创作于雨果一生中的"日耳曼时期"。他刚漫游莱茵河归来,正整理出版书信体的游记作品《莱茵河》。这可以解释诗中日耳曼民间传说的气氛和色彩。这首诗是在莱奥波特蒂娜逝世前两年写成的,雨果将写作日期挪后十二年,才能让这首诗进入"今天"第四部的范畴。诗中的人物名字,黑夜和森林的背景,对生死奥秘的讨论,具有浓重的浪漫主义文学的情调。评论家通常认为,诗中的赫尔曼和"我"都是雨果自己,分别代表雨果思想的一个侧面。"我"代表诗人当时敦厚和温良的一面,赫尔曼代表雨果当时怀疑和刻薄的一面。两人的对话只是诗中内心独白的一种艺术表现形式。

我到了，我见了，我活过了[*]

我真是活得够了，既然我如此痛苦，
却找不到扶持的手帮我向前行走，
既然我对身边的孩子已笑不出口，
既然连鲜花也已不能再使我欢娱；

既然上帝在春天把自然打扮一新，
我看到这壮美的景象却只有忧愁；
既然我到了只想回避阳光的时候，
唉！我凡事只感到说不出来的伤心；

既然达观的心灵空余破灭的希望；
既然在玫瑰盛开、花香四溢的春季，
啊！女儿啊！我只求能和你一起安息，
我真是活得够了，我的心已经死亡。

我从来没有拒绝我在尘世的任务。

~~~~~~~~~~~~

[*] 原题用拉丁文 veni, vidi, vixi。这是雨果仿恺撒出征时向元老院报捷的
名句"我到了，我见了，我胜了"(veni, vidi, vici)改写而成。

我的来历？请看吧。我的花束？请收下。①
我微笑着生活时温和得无以复加，
我巍然屹立，我只屈从神圣的事物。

我鞠躬尽瘁，尽力而为，熬红了眼睛，
我经常看到别人在讪笑我的苦恼。
我受过许多痛苦，我有过不少辛劳，
还是仇恨的对象，真使我感到吃惊。

尘世是一座不能展翅飞翔的牢笼，
我流着血，不呻吟，但总与对手相逢，
我沮丧，疲乏，囚犯还对我冷嘲热讽，
在无穷的锁链上，我也被锁在其中。

现在，我只微微地半张开我的双眼；
即使有人叫唤我，我也懒得再回头；
我变得懵懵懂懂，痛苦得难以忍受，
如同黎明前起身，一通宵都在失眠。

百无聊赖的时候，我宁可无所事事，
也不屑回答那些妒忌、诽谤的小人。
唉！主啊！请你给我打开长夜的大门，

---

① 一八四八年三月，雨果在其致选民的信中曾汇报过自己的经历："我写过三十二本书，有八个剧本上演，在贵族院发过六次言。"

就让我从此离去，就让我从此消失！

一八四八年四月

（手稿：一八四八年四月十一日）

[**题解**] 本诗初题《精疲力竭》。四十年代,雨果先是文学生涯受挫,继而爱女夭折,一八四三年从政后,又遭到一连串的失败。一八四八年三月,雨果参加制宪会议竞选,但预感前景不妙。诗人内外交困,心灰意冷。此诗即是在极度失望和心力交瘁的情况下写成的。评者多以为诗中有《旧约·约伯记》的回响。

明天天一亮，正当田野上天色微明

明天天一亮，正当田野上天色微明，
我立即动身。你看，我知道你在等我。
我穿越辽阔森林，我翻爬崇山峻岭。
我再不能长久地远远离开你生活。

我将一边走①，眼睛盯着自己的思想，
我对外听而不闻，我对外视而不见，
我弯着腰，抄着双手，独自走在异乡，
我忧心忡忡，白昼对我将变成夜间。

我将不看黄昏时金色夕阳的下沉，
也不看远处点点飘下的白帆如画，
只要我一到小村，马上就给你上坟，
放一束冬青翠绿，一束欧石南红花②。

一八四七年九月三日

（手稿：一八四七年十月四日）

①　雨果从勒阿佛尔出发去维勒基埃女儿的墓地，要在塞纳河河谷的山坡
　　地区步行三十五公里。清早上路，大步行走，也要傍晚到达目的地。
②　冬青和欧石南是乡间常见的野花野草。

[**题解**] 这是雨果在《静观集》中悼念女儿的一首著名小诗。雨果已四十五岁，不顾长途跋涉之苦，无心欣赏沿途的景色，为不幸夭折的女儿上坟，一颗慈父爱女之心，跃然纸上。本诗杜撰的写作时间是女儿忌辰四周年的前夕。

在维勒基埃

现在,巴黎的马路和大理石的建筑,
它的浓雾和屋顶,都远离我的眼睑①;
现在,我的头上有许多浓荫和大树,
现在,我终于可以想想美丽的蓝天;

现在,我脸色苍白,我苦恼过后已经
　　　　胜利地摆脱了悲痛,
现在,我感到那大自然的和平宁静
　　　　又回到了我的心中;

现在,我坐在水浪滔滔的河边墓地②,
看到辽阔安静的地平线十分感动,
可以在心中审视各种深刻的真理,
望着草中的花儿一朵朵姹紫嫣红;

现在,我的上帝啊! 我虽然出于无奈,

①　诗人坐在维勒基埃公墓的墓园里,离巴黎约有一百五十公里。
②　墓园望得见塞纳河及其河谷。

但还可以平心静气，
亲眼看到这墓碑，我当然知道她在
墓碑深处长眠不起；

现在，平原和谷地，森林和白浪银涛，
望着这一片使我感动的神圣美景，
我看到你的奇迹，看到自身的渺小，
面对广漠的世界，我头脑重又清醒；

我前来找你，主啊！必须信任的父亲，
　　　和平重返我的胸怀，
我把赞颂你光荣、被你砸碎的破心，
　　　完完整整给你带来；

我前来找你，主啊！我承认你很崇高，
啊！英明的上帝啊！你温和，宽大，仁爱，
我承认你做的事只有你自己知道，
而人仅仅是一茎芦苇，在随风摇摆；

我认为，对死者说关上大门的坟墓，
　　　却掌握通天的钥匙；
而我们在尘世间以为这已经结束，
　　　其实才刚刚是开始；

我同意，跪下承认你是威严的天父，
独自在执掌无限，洞察绝对和现实；

我同意,心中应该流血,我口服心服,
我心服口服,因为这是上帝的意志!

我不会再想不通因为有你的决断
　　　　而发生的一切事物。
灵魂要历经哀伤,而人要历经边岸,
　　　　才飘向永恒的国土。

我们仅仅看得见事物的一个侧面;
另一面却消失在神秘的长夜深底。
人不知道为什么自己被套着锁链。
人所见到的一切:无谓的一点一滴。

你总是安排孤独返回凡人的脚边,
　　　　不论何地何时何刻。
你不愿意让凡人活在这世界上面,
　　　　获得确信,获得欢乐!

人一旦获得幸福,命运就把它夺走。
不给他任何东西,他那短促的生命
不让他建立一个安定的居所,能够
说声:这是我的家,我的田,我的爱情!

人对所见的事物无法仔细地打量,
　　　　人要衰老,无凭无依。
既然事情是这样,那就应该是这样;

这我同意,这我同意!

世界是多么凄惨! 和谐永远是如此,
上帝,这里面既有歌声,但也要哭声;
在无穷的黑夜里,人只是一颗原子,
恶人在夜里沉沦,善人在夜里上升。

我知道,除了怜悯我们每个人以外,
　　　　你有别的事情要想,
有一个孩子死去,母亲是多么悲哀,
　　　　可是不关你的痛痒!

我知道,有风一吹,果子就落地纷纷;
鸟儿会掉下羽毛,花儿会失去芳香;
造化其实是一个奇大无比的车轮,
轮子要前进,总得有人被轧死遭殃;

年年,月月,大海的波浪,哭泣的眼睛,
　　　　都在蓝天之下烟消;
孩子们应该死去,而小草需要发青;
　　　　我的上帝啊! 我知道!

在你的苍穹,在比云雾更高的天际,
在无始无终、静止不动的晴空碧霄,
也许,你正在制造人所不知的东西,
而人世间的痛苦是你制造的原料。

不测的事件要把可爱的人儿带走，
　　　　像旋风般来势汹汹，
对你无穷的主意，对你无尽的念头，
　　　　也许是非常地有用。

有一些不容变更、铁面无私的法则，
冥冥中在支配着我们莫测的命运。
上帝，你从从容容，就不能一时一刻
有一点恻隐之心，变动世界的均匀！

上帝啊！我恳求你，请注视我的灵魂，
　　　　并且要仔细地看清：
我谦卑得像孩子，我温和得像女人，
　　　　我对你十分地崇敬！

我还要请你看到：我自从曙光升起，
就在劳动和奔波，拼搏、战斗和思考，
我借助你的光辉去阐明各种道理，
谁对大自然无知，我就去加以开导；

要看到：我的责任在尘世都已尽到，
　　　　不怕仇恨，不怕翻脸，
我不能指望竟会得到这样的酬报，
　　　　我更没有可能预见，

连你也竟然伸出扬扬得意的拳头，
沉重地打在我这屈服顺从的头上，
你这样快地就把我生的孩子夺走，
而你明明也看到我生活很不欢畅！

心上被狠狠一击，就会有怨言出口，
　　　　我对神明也会冒犯，
我像生气的孩子向大海投掷石头①，
　　　　向你喊出我的悲叹！

要看到，人痛苦时，上帝啊！就会怀疑，
而眼睛哭得太久，最后就变成瞎子，
伤心的事情使人堕入绝望的井底，
他再也看不见你，就不能对你沉思。

最后请看到：当人痛断肝肠的时候，
　　　　那此人不可能再会
让光灿灿的星空，仍然在自己心头
　　　　放射出清澈的光辉！

我曾像做母亲的那样软弱，可如今，
面对开阔的天穹，我在你脚边依偎。
因为我对造化的看法现在已更新，

---

① 孩子在海边用沙子造屋游戏，一旦被海水冲垮，会生气地向海中扔石块，发泄自己的不满。

我在哀伤中感到身上又有了光辉。

主啊,我现在承认:除非是疯病大发,
　　　　凡人才敢叽叽咕咕;
我不再怨天尤人,我不再诅咒责骂,
　　　　可是,你得让我痛哭!

唉!请让我的眼泪从眼中长流不止,
既然你创造凡人,就为了这么一点!
请让我俯身抚摸这块冰冷的墓石,
对我孩子说:你可感到我在你身边?

请让我和她谈谈,脚下是她的遗骸,
　　　　到了晚上,更深夜静,
仿佛黑夜里,天使会把她眼睛睁开,
　　　　这天使在仔细倾听!

唉!我羡慕的目光回顾逝去的往昔,
我生命中那一时一刻已去而不回,
我望着她张开了翅膀,并飞向天际,
我已经在人世间无法再找到安慰!

我会永远地记住这时刻,直到我死,
　　　　白流的泪啊!那时刻,
我喊道:刚才还是属于我的这孩子,
　　　　怎么!从此就算死了!

我这副狼狈样子,请你千万别恼火,
上帝啊! 这伤口里血总是流淌不住,
我总是焦虑不安,我总是失魂落魄,
我的心只好顺从,但心里总是不服。

我请你不要恼火,哭哭啼啼是凡人,
　　　丧事接二连三而来!
我们不那么容易能让我们的精神,
　　　摆脱这巨大的悲哀。

你看,我们的子女对我们非常重要,
主啊,我们的命运,在每一天的早晨,
给了我们这么多痛苦,这么多烦恼,
还有这么多无知,还有这么多贫困,

我们看到出现个孩子,他高高兴兴,
　　　小家伙可爱又神圣,
这样美,大家以为,孩子一走进大厅,
　　　看到天上打开大门;

我们都看着这个宝贝十六年以来①,
是多么聪明伶俐,是多么讨人喜欢,

---

① 莱奥波特蒂娜生于一八二四年,去世时已十九岁,诗中有意保留她的孩子形象。

当我们承认，这个大家疼爱的小孩，

在我们心里、家里像阳光一般温暖。

我们在尘世梦寐以求的事物之中，

孩子是唯一的乐趣，

要知道，这件事情多么伤心和悲痛：

看到她匆匆地离去！

一八四七年九月四日于维勒基埃

（手稿：一八四四年九月四日；一八四六年十月二十四日）

[题解] 这是第四部《写给女儿的诗》中最重要的一首诗。长诗并非一气呵成。手稿本身就有两个日期：一八四六年十月二十四日是完稿的时间，但大部分诗句是一八四四年九月四日在维勒基埃的墓园里写成的。雨果本来有一周年忌辰时写完此诗的考虑。所以，《在维勒基埃》最初曾题为《一年后》。女儿莱奥波特蒂娜对诗人感情生活的影响，事实上超过童年时代的母亲，中年时代的妻子，和终身的伴侣朱丽叶·德鲁埃。这首诗采用向上帝倾吐衷肠的形式，表示自己心情已经"平静"，但诗中反映出来的"平静"是表面的，创伤是深刻而持久的。《写给女儿的诗》总体上给人的印象是：诗人经历了从惊诧、反抗到平静、认命的过程。可是现实生活并非如此，可以说，反抗和认命这两种对立的感情或交替出现，或同时存在。诗中采用两种诗节形式，是法语"悲歌体"最常见的两种诗节组成方式。

死　神*

我看见在她自己田里收割的死神①。
这架黑色的骷髅身后留下了黄昏，
她大步前走，一边收割，一边收获。
阴影中仿佛一切在发抖，在往后躲，
人的目光注视着长柄镰刀的闪光。
胜利者在凯旋门门洞下倒地死亡：
死神能把巴比伦王国改变成沙漠，
把王座变成绞架，把绞架变成王座，
把儿童化作小鸟，把黄金化作垃圾，
玫瑰成粪土，母亲哭得泪水成小溪。
妇女们喊道：快把小家伙还给我们。
既要他死，又何必叫他来投胎做人？
人间不问富和贫，同一声呜咽悲哀；
病榻上伸出的手一只只骨瘦如柴；
一阵冷风在无数尸布里簌簌作响；
阴森的长柄镰刀使人民疯了一样，

＊　原题是拉丁文。
①　基督教文化里的死神形象，是一架高大的黑色骷髅，手持一把长柄的镰刀。

吓得像是黑暗中狂奔乱逃的牲畜;

死神的脚边只有哀悼、黑夜和恐怖。

死神的身后,却有微笑的天使一位,

手捧着一束灵魂,满脸柔和的光辉。

一八五四年三月

(手稿:一八五四年三月十四日)

[**题解**] 女儿去世十年有余,死神的形象仍在父亲的头脑里萦回。但是,诗人意识到,死是世界、人生不可避免的规律,心中有所释然,并寄希望于灵魂的永生。

乞 丐

风雪交加的一天，有个穷人在路边。
我敲一敲玻璃窗，他便停在我门前，
我给他客客气气打开自己的家门。
这正是农民骑着毛驴经过的时辰，
从城里的集市上赶完集纷纷回家。
这小屋里的老人住在坡路的底下，
他孤身一人，沉思默想，从阴沉的天
等一线阳光，而从大地等一分小钱，
他对人伸出两手，对上帝两手拢合。
我对他说道："请来把身子暖和暖和。
请问你尊姓大名？""我的名字，"他开口，
"叫穷人。""请进，好人。"我握住他的双手。
于是，我叫人给他端来一大碗牛奶。
老人冻得直哆嗦，他和我谈起话来，
我回答时在沉思，他的话没有听见。
我说："你这些衣服湿了，在火炉前面
把湿衣物摊开来。"他于是走近炉火。
他这件旧蓝大衣给蛀虫已经蛀破，
现在舒展地挂在热乎乎的火炉上，

熊熊的火光照亮大衣的百孔千疮，

盖在壁炉上，仿佛黑夜的满天星斗。

正当他烘干这件破烂大衣的时候，

从衣服上滴下来雨水和泥浆不少，

我想，此人的全身上下都是在祈祷，

我对这谈话听而不闻，我正在凝望

他的粗呢大衣上点点的灿烂星光。

一八五四年十二月

（手稿：一八五四年十月二十日）

[**题解**] 这是雨果又一首描写"穷苦人"的小诗。小诗使人想起《悲惨世界》中米里哀主教开门接待冉阿让的情景。在雨果笔下，生活里的一个"即景"——通过壁炉前烘烤一件破大衣——马上变成了一个崇高的象征。

沙丘上的话

现在①,我的生命如火炬在失去光焰,
    我已经尽完了我的责任;
现在,我年事渐高,丧事一件接一件②,
    我正在触及坟墓的大门;

现在,我看到多少幸福美好的时光,
    就在我梦寐以求的天顶,
有去无回,像往事被旋风一阵扫荡,
    被黑暗吞噬得无踪无影;

现在,当我这样说:"我们胜利了一天;
    明朝,明朝一切都是胡诌!"
我很伤心,我走在滔滔的大浪旁边,
    像发遐想的人低下了头。

我的视线越过了翻滚不已的海洋,

① 一八五四年,雨果五十二岁。
② 最近、最伤心的丧事当然是长女莱奥波特蒂娜的早逝,但还会联想起死得更早的父母亲、长子及二哥。

越过了山岗,越过了河谷,
我看到满天浓云像一头头的绵羊,
在北风这秃鹰嘴下飞舞;

我听到有人正在捆扎收下的麦束,
空中有风声,海上有涛声;
我听着,我听浮想联翩的思想深处
比较着人语、水浪和轻风;

有时候,我头枕着稀稀落落的草茎,
躺在沙丘之上不想起身,
一直躺到当月亮张着阴森的眼睛,
开始出现和做梦的时分。

月亮升起,洒下了催人欲睡的月光,
洒向神秘,洒向海洋,大陆;
我们俩眼睛盯着眼睛,彼此在相望,
月亮在照耀,我却在受苦。

我已逝去的岁月到底消失在哪里?
有没有谁是认识我的人?
我青春时的光辉在看花了的眼底,
如今,究竟还能留下几分?

一切都已经离去?我疲倦,感到孤寂;
没有人来回答我的问话;

风呀！水呀！唉！我不也就是一声叹息？
　　唉！我不也就是一个浪花？

我所爱的人和物都已经无踪无影？
　　在我的心里已降下夜幕。
大地啊！你升起的浓雾抹去了山顶，
　　我可是幽灵？你可是坟墓？

我等待，请求，恳求，回答我：生活，欢笑，
　　爱情，希望，我都品尝完毕？
我把我这些坛坛罐罐一一地倾倒，
　　想从中再倒出一点一滴！

回忆和悔恨原来是多么难解难分！
　　一切都使我们哭断肝肠！
死亡啊！你是门闩，封死了人的大门，
　　我一摸，你是多么地冰凉！

我听不可逾越的海浪在轻轻咕哝，
　　海风在呜咽，我一时无话；
夏天在欢笑，但见大海边上的沙中，
　　蓝色的大蓟处处在发花。

　　　　一八五四年八月五日，我到达泽西岛周年纪念日

　　　　　　　　　　　　　　　（手稿日期相同）

[题解] 两年前，雨果全家远离祖国，来到大西洋中的泽西岛。诗

258

人面对隔海相望的法兰西,历尽丧乱,深感世事沧桑。雨果虽然坚持斗争,信念更加坚定,创作空前丰收,但在遥遥无期的流亡生活初期,要接受新的残酷现实,毕竟是不容易的。诗人抚今追昔,陷入了流亡生活中最哀伤的深思。当时有的评论家认为,这首诗是"《静观集》中的佼佼者"。

牧人和羊群

赠路易丝·科……夫人*

我每天都去一座可爱的山谷①出游，
这儿凄凉而清幽，天底下绝无仅有，
长满开花的树莓；这是寂寞的微笑。
山谷能使你忘却一切，你万念俱消，
如果听不见田里农夫劳动的声音，
简直不知道有人生活在这儿附近。
浓荫是情意绵绵；自然有牧歌悠悠；
灰雀和翠鸟争吵，彼此间喋喋不休，
这边有株山楂树，那儿有棵染料木；
黑的花岗岩粗糙，绿的苔藓却悦目；
山莺生气的神态，歪戴着它的便帽；
因为上帝写的诗，会有不同的诗稿；
他像老荷马一样，吟哦是反反复复，
但总是山山水水，但总是花草树木！

---

* 指路易丝·科莱(1810—1876)，法国女作家，十分敬仰雨果。雨果在海岛流亡期间，科莱夫人和友人福楼拜等不顾警方禁令，为雨果传递书信。
① 指泽西岛格鲁维尔的山谷。

有个小小的水塘,当水面粼粼皱起,
对于路过的蚂蚁,模样像波涛无疑,
绿草如茵的地上,这番奚落和嘲笑
怎么能比天边的大海在低沉咆哮。
有时,我在丑陋的树莓丛中能遇见
一个可爱的姑娘,十五岁,赤脚碧眼。
牧羊女住在一处黝黑的山沟尽头,
危颤颤的破草房到晚上满天星斗;
家里的姐姐妹妹在用纺锤纺羊毛;
脚在池塘里沾湿,她在芦苇中擦脚;
公羊母羊在吃草;看到我愁眉苦脸,
可怜的天使害怕,却向我轻展笑颜;
我呢,我向她问好,天真烂漫的姑娘。
漫山遍野在开花,鲜花熏得她喷香,
当羔羊跳跳蹦蹦,夕阳下满身通红,
北风刮起后,每头小羊在灌木丛中
留下一点点羊毛,仿佛一朵朵浪花。
我走后,孩子,羊群,一一在雾中融化;
面对一条条长而灰暗的田沟,黄昏
张开它蝙蝠似的翅膀,仿佛是幽魂;
我听得到在远处勤劳的平原之上,
那可爱的牧羊女在我的身后歌唱,
瞧,远处,在我前方,有位沉思的老人,
守卫着海藻、海礁,守卫着海浪阵阵,
守卫着奔腾不息、翻滚不已的波涛,
海岬这位牧羊人,头戴浓云当草帽,

支着胳膊在沉思,耳听无穷的天籁,

面对正腾空飞起、受到祝福的云彩,

他凝望着得意的月亮向天顶上升,

夜幕在簌簌抖动,此时,有呼啸狂风

把大海里阴森的羊群身上的羊毛,

无情地猛吹,随风铺天盖地地乱抛。

一八五五年四月作于泽西岛格鲁维尔①

(手稿:一八五四年十二月十七日作于拉科尔比埃尔角②)

[题解] 泽西岛风光旖旎,有山有水。雨果以羔羊的羊毛比波浪泛
起的白沫,把大自然两种截然不同的景色借羔羊的形象而归于统一,写
出海岛上可爱又可怕的风光。"海岬这位牧羊人"是有口皆碑的佳句,
代表了雨果丰富而奇特的想象力。此诗手稿上没有诗题,也没有题献。

① 格鲁维尔,泽西岛地名,离雨果家海景台仅需步行二十分钟。
② 拉科尔比埃尔角,泽西岛西南端的一座岩石岬角,离海景台有二十公里
的距离。

我 要 去*

你说,为什么借不可思议
　　的铁壁和铜墙,
你借万里晴空,一片澄碧,
　　黑得无可估量,

为什么你在这无动于衷
　　的宏大的圣府①,
为什么用捆扎浩浩无穷
　　的广漠的尸布,

把你的永恒的法则埋藏?
　　以及你的知识?
你知道我的身上有翅膀,
　　真理呀,你真是!

为什么你在黑暗中藏身,

使我们都狼狈？
为什么你回避苦闷的人，
　　你想展翅高飞？

不论罪恶在破坏，在建造，
　　是国王，是小丑，
你非常清楚，正义，我定要，
　　定要把你追求！

"理想"，神圣的美，你在苦命
　　的人心中萌芽，
"理想"，你使英雄豪杰坚定，
　　你使人心伟大，

你们也都知道，"理智""爱情"，
　　我对你们崇拜，
你们像地平线上的黎明，
　　冉冉升将起来，

簇拥着一圈星星的"信仰"，
　　羞答答的"自由"，
以及"权利"，人人可以分享，
　　我把你们追求！

上帝的光啊，是无际无边，
　　你们虽然居住

在蓝色深渊的阴森空间，

　　可也毫无用处，

我当年看惯了深渊空虚，

　　年纪还很幼小，

我对乌云密布毫不畏惧；

　　我是一只大鸟。

我这鸟，阿摩斯①日夜思念，

　　曾经梦寐以求，

我这鸟，圣马可②也曾看见

　　出现在他床头。

这只鸟迎着绚丽的日光，

　　额头抬得高高，

身上长着雄鹰般的翅膀，

　　雄狮般的鬃毛。

我有翅膀。我向往着顶点；

　　我会飞得很好；

我的翅膀可以搏击蓝天，

　　可以穿越风暴。

～～～～～～～～

① 阿摩斯，公元前八世纪的希伯来先知，原是提哥亚的牧人，但他梦寐以求的鸟不详。

② 圣马可，即《新约·马可福音》中的马可，其标志是一头有翼的狮子。

我攀登无穷无尽的阶梯；
　　即使科学无知，
像黑夜一般地不辨东西，
　　我偏要有知识！

灵魂对此极限，你们知道，
　　定要大闹一场，
要知道，不论要攀登多高，
　　我要勇往直上！

你们知道，心灵多么坚强，
　　只要上帝撑腰，
敢在任何事情上去较量！
　　你们也都知道，

我要走遍蓝天里的栏杆，
　　我在空中行走，
借通往群星的长梯登攀，
　　脚步决不发抖！

在目前的时代，动荡如此，
　　像混浊的海洋，
人就应当以普罗米修斯，
　　以亚当①为榜样。

～～～～～～～～

　①　亚当为了和上帝一样聪明，偷食"知识之树"上的果子。

人应该从巍巍天宫偷取
　　长明之火；应该
去揭穿笼罩自身的玄虚，
　　并把上帝偷来。

人即使在自己家的茅舍，
　　经受暴风骤雨，
需要一条作为他的美德
　　和智慧的法律。

没完没了的无知和痛苦！
　　人总是被追赶，
命运无情；永远都是桎梏！
　　永远都是黑暗！

要让人民从苛政的蹂躏
　　中能摆脱出来，
要让这受罪的伟大人民
　　知道这张大牌！

在行将结束的黑暗世纪，
　　现在爱情已经
给未来勾画出一幅依稀
　　而不清的面影。

支配着我们命运的法则，
　　要由上帝写定；
如果这些法则神秘莫测，
　　那我就是精灵。

我这个精灵永远向前进，
　　谁也无法拦阻，
我的灵魂时刻准备接近
　　耶和华这天主；

我是个不留情面的诗人。
　　做人责任为大，
和痛苦共呼吸，军号阴森，
　　借我的嘴说话；

我爱沉思，我把活人的事
　　一一放在心上，
我撒给东西南北风的是
　　我可怖的诗行；

我好默想，我是长着翅膀
　　手有劲的力士，
把彗星的头发揪住不放，
　　在天宇里奔驰。

所以，解决这问题的法则

我会全部到手；
我是可怕的哲人和麻葛①，
我为法则奋斗！

为什么把这些法则藏好？
万物无墙可挡。
我只要把你们法则找到，
不惜蹈火赴汤；

我定要阅读天上的大书；
甚至赤身裸体，
就闯进令人害怕的圣幕②，
找未知的真谛，

走到虚无和缥缈的门前，
这裂开的深渊，
由大群凶恶的黑色闪电
加以严密看管，

走进凡人所不见的宫闱，
走到九天重霄；
雷声啊，如果你猎猎犬吠，

① 原指古波斯琐罗亚斯德教祭司，后扩展至"魔法师"。
② "圣幕"原为犹太民族在耶路撒冷建立圣殿以前，存放约柜和圣物的帐
篷，是代表上帝存在的圣地。

我会大声吼叫。

一八五三年一月于罗泽尔石棚①

（手稿：一八五四年七月二十四日）

[**题解**] 这是一首融雨果人生哲学和社会哲学于一体的"启示录式"的长诗。一八五四年夏秋间，正是雨果酝酿并完成其哲学思想体系的时期。诗人为了追求生活和斗争的真理，以咄咄逼人甚至盛气凌人的气势，表示要和天公一比高低的决心。雨果身处逆境的拼搏精神，在这首气势磅礴、想象雄奇的诗中得到充分的反映。有的研究家认为，《我要去》是"对超人最好的赞美诗之一"。

---

① "石棚"是原始人类的一种墓葬，属巨石文化的遗迹，由两行平行的直立巨石上置横向巨石构成，状如棚屋。罗泽尔石棚在泽西岛东北角海边，由二十三块大石构成。雨果另一首哲理长诗《黑暗的大口在说话》即在罗泽尔石棚边写成。

《历代传说集》

(1859, 1877, 1883)

女人的加冕礼

I

曙光初照。这可是多么美丽的曙光！
令人眼花缭乱的深渊，又无限宽广；
这是灿烂的光辉，充满和平与仁爱。
这是在地球鸿蒙初开的创始时代，
清光夺目，这上帝仅有的可见精英
闪耀在明净透彻、不可企及的天顶。
黑夜和迷雾都被灼灼的光华沉浸，
蓝天里雪崩似的摔下来无数金银。
熊熊的日光正在着迷的大地远处，
把生命的每一个角落都照成明烛。
幽暗的天边满是枝叶扶疏的岩石，
人类再也不见的怪树林触目皆是，
又像是目眩神迷，又像是进入梦境，
在闪电和奇迹的深处闪现出光明。

伊甸乐园①赤裸而贞洁,懒洋洋醒来。

鸟儿咿咿呀呀的颂歌是如此可爱,

如此清脆,又美妙,又甜蜜,充满柔情,

连天使们也入迷,俯下身子在聆听,

仅有的虎啸声声也变得又轻又低,

羔羊在狼群身边吃草的丛丛荆棘,

恶龙海怪与和平海鸟相亲的海洋,

也和大熊与小鹿共处的平原一样,

犹犹豫豫,在无始无终的合唱声中,

不知听虎穴啸鸣,还是听鸟巢歌颂?

祈祷和光明似乎彼此交融在一起,

向着白璧无瑕的这一片广阔天地,

那时候还回响着太初有道的圣言,

向着天真无邪而圣洁的天上人间,

清晨又轻又细地吐出神圣的话语,

并嫣然一笑,曙光就是灵光的比喻。

万物都具有反映幸福的纯正印记,

没有一张嘴吐出恶毒污秽的呼吸,

也没有一个生命不威严,仪态万方。

乾坤六合幻化出各种各样的光芒,

同时都在天空里乱纷纷大放异彩,

密布的浓云四处散开,又自由自在,

长风在和这一束电光嬉戏并翻腾。

地狱含混不清地发出模糊的嘘声,

---

① 伊甸园,《旧约·创世记》中上帝创造的地上乐园。

却在上天和下地、山山水水和树丛
盛大的欢笑声中,消失得无影无踪!
阳光和轻风撒下沁人心脾的欢欣,
森林纷纷在颤抖,如同高大的诗琴;
从黑暗直到光明,从底层直到顶峰,
萌发出一股其乐融融的兄弟之情;
虫豸都不会妒忌,星星也并不骄傲,
生命无处不是在相亲相爱地拥抱。
和谐与光明一样,使得童稚的大地
处处由衷地感到神圣的心醉神迷;
和谐似乎从世界幽秘的心底流泻;
百草在为之颤动,云彩和波浪,而且
连已入梦的沉默顽石也并不例外;
浸沉在光明中的树木在歌唱抒怀,
每朵花在向落下露水的晴朗天空
彼此交换着呼吸,交换着思想种种,
每得到一颗珍珠,释放出一缕清香,
生命大放光彩。一物万相,万物一相。
生命在低声细语,充满浓浓的睡意,
天堂在生命之树荫翳下灿烂绚丽,
光明由真理组成,真理在光明之内,
一切是那么纯洁,一切都优雅娇美。
在无穷的日子里能有无穷的黎明,
一切是光焰、颂歌、幸福、仁爱和温情。

II

第一线金色阳光升起时无法形容，
白昼照亮了一切，对一切懵懵懂懂！
啊！清晨中的清澄！年月时刻和日辰
从此开始，何等的欣喜！何等的销魂！
这世界已经开元！多么神圣的瞬间！
黑夜漫漫消融在浩浩茫茫的苍天，
现在没有战栗，没有哭泣，没有苦难。
光明和混沌相同，都是无底的深渊。
上帝在其寂静的伟大中显示出来，
灵魂感受到坚实，眼睛看得到光彩；
看遍远近的峰巅，目穷下地和上天，
以及深入进层层叠叠的生命中间，
但见至妙的真谛在眼前豁然开朗。
世界渐渐在成形，万物似乎在默想。
最初的形类彼此混合，又十分驳杂，
纷纷冒出来，奇伟不安，又密密匝匝，
有的几乎近天使，有的几乎像动物。
可以感到这大地——取之不尽的母腹——
肩负着这混乱的群类在轻轻抖跳。
神圣的造物现在轮到自己去创造，
含含糊糊地正在塑造奇妙的形象，
有时从树林，有时从天空或者海洋，
产生出的一大堆生物都神奇古怪，

并且向上帝建议见未所见的形态，
由时间这沉思的收获者加以改变。
松树、枫树和橡树都在纷纷地涌现，
这些未来的树种在成长，有生有灭，
披着苍翠欲滴又巨大古怪的树叶。
世界的乳房会有神奇的乳汁流淌，
由于过分旺盛的生命，正感到膨胀。
万物似乎在新生，几乎都大得离奇，
仿佛大自然由于离得近，垂手可及，
向黑黢黢的混沌借来壮美的丑陋，
为在地上和水中，可以试一试身手。

充满无限活力的座座神奇的天堂，
仿佛是梦境一般，在时间尽头闪光，
那极乐景象，因为我们盲目的眼睛
没有理想和信仰，看到会胆战心惊。
可是这对于深渊，对宇宙精魂何妨？
它点燃的并不是火星，而是个太阳，
并且，为了在此安置蓝色的天使，
造出大得通天的伊甸园，叹为观止！

闻所未闻的时代，真善美以及正义
借瀑布水而滚流，借灌木丛而战栗。
满身智慧的上帝被北风唱着颂歌，
林木都仁爱，鲜花就更是一种美德，
白色算不了什么，百合花白得生光，

万物都一尘不染，万物都年轻力壮；
纯洁的时代，抓破咬破，却鲜血不流，
幸福的野兽从不伤人，在游荡闲走。
罪恶没有在毒蛇，在猛鹰和在花豹
的身上使出什么神秘莫测的花招，
神圣把动物里外都照得一目了然，
它们的全身上下没有一点点黑暗，
山岳是青春年少，波涛是妙龄少女。
地球从一片汪洋大海中抬起身躯，
出落得壮丽华美，喜气洋洋很可爱，
万物谁都不弱小，虽然是孩提时代，
大地唱起一首又一首天真的颂歌，
以旺盛的生命力长得自己都惊愕。
繁殖的本能在使生命的本能沉思，
在水面上，微风中，爱情如万缕千丝，
纷纷扬扬，好像是袭来的阵阵芳香，
大自然魁伟天真，笑得有多么欢畅。
大地呱呱坠地时，如同新生儿一般，
黎明就是惊讶的太阳在往下俯瞰。

Ⅲ

而这一天，正好是绚丽灿烂的曙光
把最美丽的日子撒给了宇宙洪荒。
在同样高尚、同样神圣的战栗之中，
海藻和海浪，个体和总体，彼此相同。

云气在更高远的云天也更加纯洁，
群山之上吹下来更多深沉的气息，
树上的枝枝叶叶颤动得更轻更轻。
阳光漫天洒下来，既和煦，也更温情，
照进葱茏的翠谷，头上有一片浓荫，
在波光闪烁犹如明镜的湖水之滨，
坐着第一个男人，靠着第一个女人，
脚边轻拍着浪花，两个人一往情深，
感到生的幸福，爱的喜悦，看花了眼，
双双崇拜着面前亮得耀眼的长天。

丈夫在祈祷，身旁有妻子紧紧偎依。

IV

夏娃①向蓝天奉献她那圣洁的裸体，
金发的夏娃赞美金红的黎明姐妹。

女人的肉体！理想的黏土！奇迹可贵！
这软泥一旦经过上帝的揉捏创造，
现在注入其中的精神是多么崇高！
这物质中有透过躯壳生辉的灵魂！
这烂泥里看得见上帝塑捏的指痕！

① 《旧约·创世记》载，上帝用泥土按照自己的形象造出亚当（原意是"人"），造出夏娃（原意为"众生之母"），夏娃是亚当的妻子。

这污泥神圣,只要爱情把我们俘擒,
只要灵魂被引往神秘的床第方向,
不知道这种销魂是否也是种思想;
全身心兴奋激动,我们就无法知道
紧紧搂抱美人就不是把上帝拥抱!

夏娃在游目骋怀,在随便眺览自然。

棕榈树葱葱茏茏,都有高大的躯干。
在夏娃周围,头上一枝石竹花飘香,
似乎在沉思,蓝色忘忧树正在默想,
鲜艳的勿忘草在回忆,一朵朵玫瑰
芳唇半启,都在向勿忘草脚边依偎,
红百合花散发出一股友爱的气息。
仿佛女人和鲜花原是同样的东西,
仿佛万紫千红中,每朵花都有灵魂,
而开得最美丽的一朵花,就是女人。

V

可是这一天以前,受宠爱的是亚当,
是他第一个朝着神圣的天宇张望。
他就是新郎,身体结实,而性格安静,
光明和阴影,黎明以及无数的星星,
沟谷中开的百花,森林中跑的百兽,
都把他尊作兄长,崇敬地跟他行走,

像崇敬最有圣洁之光的额头一样。
当两个人手携手，肩并肩，成对成双，
在伊甸园明亮的阳光下走走停停，
无边无际的自然张着万千只眼睛，
通过山岩和枝条，通过水波和青草，
以深情厚意在对好夫妻多多关照，
但对丈夫更尊敬，因为丈夫是完人。
夏娃在纵目眺望，亚当在想得出神。

可是这一天，重重面纱笼罩的苍冥，
以其微微张开的无法数清的眼睛，
凝神盯着这妻子，而不注视这丈夫。
这一天比往日的曙光更受到祝福，
这一天阳光和煦，这一天香烟缭绕，
对藏在浓荫深处叽叽喳喳的鸟巢，
对行云，也对小溪，对嗡嗡飞的群蜂，
对野兽，也对顽石，今天以恶名相称，
在当时是神圣的这一切事物面前，
仿佛这女人显得比男人更加庄严！

VI

为什么看她？神圣而又幽深的天穹
为什么温情脉脉，竟然会这样感动？
为什么整个宇宙只对一个人关怀？
为什么黎明要为女人在张灯结彩？

为什么这般歌唱？为什么水波摇晃，
迎来更多的欢乐，迎来更多的阳光？
为什么万物渴求诞生时一片醉意？
为什么洞穴迎着曙光幸福地开启？
地上更香烟缭绕？天上更云蒸霞蔚？

美丽年轻的夫妻静静地进入梦寐。

VII

然而，日光从天顶正在向夏娃致敬，
夏娃周围的湖水、青苔、山谷和星星，
现出难以言传的温情，都分外亲切，
每刻每时颤动得也更加兴高采烈。
森林圣洁，树木虔诚，波浪受到祝福，
每时每刻更若有所思，每一种事物，
以及每一类生命，一个个聚精会神，
注视着额头可敬而又可爱的女人。
从深渊和从黑暗，从山顶和从云霄，
从水底和从鲜花，也从歌唱的小鸟，
沉默的巉岩，爱的暖流在向她喷涌。

夏娃脸一白，感到腹中有东西在动。

一八五八年十月五日至十七日

[题解] 本诗在一八五九年出版的《历代传说集》初集里，是首章

《从夏娃到基督》中的首篇。内容取材于《旧约·创世记》,可能还参考过英国诗人弥尔顿《失乐园》中第四卷里对伊甸乐园的描写。雨果笔下的《创世记》和《圣经》里的描写很不相同。全诗不仅是对女人的礼赞,首先是对创造的礼赞,对光明的礼赞。长诗作于一八五八年十月五日至十七日。雨果不久前长了一个毒痈,大病初愈,心情分外轻松愉快。

波阿斯*入睡

波阿斯十分疲乏，正是入睡的时候；
他在自己麦场上已经劳动了一天；
他在往常就宿的地方铺床和睡眠；
他睡了，四周全是盛满麦子的大斗。

这老人家的田把小麦、大麦来培育；
他虽然家中富有，心底里却很善良；
他家磨坊的水里并没有一点泥浆，
他家锻炉的火中并没有一座地狱。

他银白色的胡须，仿佛四月的溪水。
他的麦堆不吝啬，对别人毫无恶意；
看到有拾麦穗的妇女正经过此地，
他会说："地下不妨故意留下点麦穗。"

此人的品行纯正，从不走歪门邪道，

＊ 波阿斯的传说见《圣经》的《旧约·路得记》。年老富有的波阿斯和年
轻的远房女亲戚路得结合所生的儿子，日后是以色列人大卫王的祖父，
也是基督的远祖。

他身穿洁白麻布，他内心清白诚实；
他一袋袋的粮食像是公共的水池，
总是向着穷苦的人家哗哗地倾倒。

波阿斯是好东家，又是可靠的长辈；
虽然他勤俭持家，但乐于慷慨行善；
妇女们朝他注视，青年人反而不看，
青年人容貌俊美，老年人品格高贵。

老人家已经到了归真返璞的年龄，
尝到生活的安宁，历尽生活的云烟；
在青年人的眼中看到的只是火焰，
而老年人的目光却是一片的光明。

*

波阿斯夜里睡觉也不和家人分开。
这一堆堆的麦垛像一堆堆的瓦砾，
收割者影影绰绰睡在附近的场地，
这一切都发生在遥远遥远的古代。

当年领导以色列各部落的是士师①。
当时，人带着帐篷到处流浪，一看见
地上印有巨兽的足迹，怕得脸色变，
洪水退去了以后，大地上又软又湿。

---

① 士师，古代治理犹太民族的军事首领。

＊

像当年雅各①入睡，像当年犹滴②入睡，
波阿斯闭上眼睛，在树边睡了下来；
此时，天国的大门略微有一点启开，
天上掉下一个梦，落在头上是祥瑞。

梦是这样：波阿斯看到从自己胸前，
长出来一棵橡树，长到蔚蓝的天际；
一族人爬在树上，像是一长串铁链；
国王③在树下唱歌，天神④在树上咽气。

波阿斯发自内心，喃喃自语在寻思：
"这种事会发生在我身上，怎么可能？
我年事已高，活了八十多岁的一生，
我膝下没有儿子，我身边没有妻子。

"和我同床共枕的妻子已和我分居，
主啊！她把我抛下，为了前来伺候你，
我们俩不分彼此，仍是对好夫妻，
她仿佛还是活着，我似乎已经死去。

---

① 雅各，犹太民族的先祖之一。
② 犹滴，《圣经》中的犹太女英雄。
③ 国王指大卫王。
④ 天神指耶稣，大卫王又是耶稣的祖先。

"我会生出一族人？这件事真不敢想！
我还会生儿育女？这岂不荒唐离奇。
一个人在年轻时,清早醒来好得意,
当白昼战胜黑夜,如同打一个胜仗;

"不过,人一老,会像冬天的桦树直抖;
沉沉黑夜已临头,我是孤独的鳏夫,
我的上帝,我真心诚意盼望着坟墓,
如同是口渴的牛为喝水急急奔走。"

波阿斯神情恍惚,在梦中这般感喟,
他向着上帝露出睡意正浓的眼神;
雪松可感觉不到树下有一朵玫瑰,
他未曾感到脚边还睡着一个女人。

                              *

正当他似睡又醒,就在老人的脚边,
睡着袒露胸怀的摩押的女子路得,
她希望在苏醒的闪光来临的时刻,
看到什么陌生的光芒会突然出现。

波阿斯并不知道身边有女人睡觉,
路得不知道上帝对她有什么要求,
阿福花丛中透出一缕缕芳香清幽;
迦尔迦拉①的上空,夜的气息在轻飘。

~~~~~~~~~~~~~~~

① 迦尔迦拉,巴勒斯坦地名。

夜色是庄严肃穆，夜色又春意荡漾；
大概，隐隐又约约，有天使来回飞舞，
因为，黑夜中不时看到闪过的事物，
某种蓝色的东西，就如同翅膀那样。

波阿斯睡得真香，简直就无法分清
草中低沉的小溪，还是老人的呼吸。
这季节的大自然是多么温柔甜蜜，
一朵朵的百合花盛开在各处山顶。

草影深深；路得在沉思，波阿斯已睡；
羊群的铃声叮当，从远处轻轻传来；
从碧天云霄撒下无边无际的仁爱；
在此寂静的时刻，狮群纷纷去喝水。

吾珥①和耶利玛代②，这两地万籁俱寂；
群星灿烂，点缀着深深沉沉的夜空；
一钩明亮的新月，在夜的百花丛中，
高高悬挂在西天，路得躺着问自己。

她透过面纱，半张眼睛，在仰望重霄，
哪位神，哪个农夫，在此永恒的夏天，

———————

① 吾珥，迦勒底的地名，是犹太民族始祖亚伯拉罕的家乡。
② 耶利玛代，此名无所考。有的学者认为是雨果为诗句押韵而自创。

收获后,马而虎之,回家时,心不在焉,

在星星的麦田里,丢下这把金镰刀?

一八五九年五月一日

[**题解**] 这是雨果《历代传说集》中取材《圣经》故事的名篇,被认为是用法语写成的最美的诗之一。《圣经》的语言特点是朴素而不乏诗意。诗人以《圣经》语言特有的风格把路得和波阿斯这段家喻户晓的故事写得温情脉脉,又神秘,又亲切。

罗兰的婚事

他们在厮打，你拼我杀，打得真可怕！
两人彼此的坐骑早已是两匹死马。
只有他们两个人留在罗讷河①岛上。
河里湍急的黄色波浪哗哗地直淌，
风在呼啸，把水草深深地没入水波。
天使长圣米迦勒②即使迎战阿波罗③，
也不会发出如此古怪凄厉的声响。
黎明前，他们已在黑暗中动刀动枪。
谁要是夜里看到这些爵爷在穿衣，
只要脸甲还没有把他们的脸遮蔽，
会看到两名脸像少女的金发侍从，
昨天在家里还是两个嬉笑的孩童，
漂亮可爱；今天却正在沙场上交手，
这是场两个钢铁鬼魂的可怕决斗，
两个幽灵从魔鬼那儿借来了灵魂，

---

① 罗讷河，法国大河之一，由北向南注入地中海。
② 圣米迦勒在《圣经》传说中是天国卫队长。
③ 阿波罗本是希腊神话中的太阳神，中世纪时被认为是异教徒的崇拜对象。

两个面罩窟窿里闪出火样的眼神。

两个人凶打狠斗,静静地彼此厮杀。

载他们来的船夫当然都感到害怕,

想一想,也就当然纷纷地逃回平原,

几乎不敢看他们,即使是躲得很远,

因为,大家颤抖着观看的两个小孩,

一个名字叫罗兰①,一个叫奥利维埃②。

从他们苦斗以来,既凶狠,也很可怕,

他们两个人嘴里同样是一言不发。

奥利维埃是伯爵,维埃纳城③的贵族,

热拉尔是他父亲,而加兰是他祖父。

他今天出征之前,由父亲披上战袍。

他的盾牌上雕着酒神巴克斯④征讨

诺曼底,醉鬼罗隆⑤和鲁昂⑥都被降伏,

酒神还笑嘻嘻地驾驭着几头老虎,

喝着葡萄酒驱赶爱喝苹果酒⑦的人。

水怪翅膀把他的头盔掩盖得很深⑧,

① 罗兰,法国史诗《罗兰之歌》的英雄,以骁勇著称。他和奥利维埃是同生共死的忠实伙伴。

② 奥利维埃,《罗兰之歌》里的另一位英勇骑士,以机智闻名。

③ 维埃纳,法国古城,在罗讷河中游。

④ 巴克斯,罗马神话中的酒神。

⑤ 罗隆(886—911),诺曼底人首领,其出生年代应晚于诗中的情节。

⑥ 鲁昂,诺曼底首府,是罗隆盘踞的地方。

⑦ 诺曼底所产的苹果酒久负盛名。

⑧ 头盔的鸡冠状盔顶常作怪兽状。头盔被遮,可见盔顶之大。

他的锁子甲当年是所罗门①的戎装，
他剑的尖头就像魔鬼眼睛在闪光，
盾牌上刻下名字，是要后人不忘掉
在他出战的时候，维埃纳的大主教
祝福过封建君主头盔顶上的盔尖。

罗兰只有铁甲和杜朗达尔②这柄剑。

他们咕哝着交锋，近得都挨在一起，
连盔甲都印上了他们粗浊的热气。
四只脚你跺我踩，看到他们在恶斗，
刀和剑你追我赶，小岛在远处发抖。
锁子甲和头盔上掉下的碎片常常
飞进草丛与河里，谁也不放在心上。
臂铠上一条条的血流是又长又红，
血从头顶上流出，流进他们的眼中。
奥利维埃的面罩被猛然一下揭开，
看到宝剑和头盔同时掉落了下来。
手里、头上都已空，罗兰又两眼冒火！
孩子在思念父亲，想起上帝和天国。
杜朗达尔在头上闪光。他完全绝望！
"唔！"罗兰说，"我伯父是法兰西的国王，
我的作为应当像一个高贵的王侄，

① 所罗门，古代以色列国王，当时锁子甲可能还未发明。
② 杜朗达尔，罗兰的宝剑名。

当我面前的敌人一旦把武器丢失，
我就住手。那你就再去找一把宝剑，
这一回要找的剑应该是千锤百炼。
另外，你还要叫人拿点喝的东西来，
我渴了。"

"朋友，谢谢。"奥利维埃说。

"要快。"

罗兰说，"我就等着。"

奥利维埃叫船夫，
这船夫躲在教堂后面，以此作掩护。

"快快跑到城里去，去告诉我的父亲，
我们有人要把剑，天热得一言难尽。"

这时候两位英雄就坐在荆棘丛里，
相互帮着解开了装有锁环的风衣，
两个人都洗洗脸，又聊了一会儿天。
船夫转眼已回来，他办事毫不拖延。
此人见过老伯爵，带回来新剑一把，
也带了点酒，此酒伟大的庞培①爱它，

---

① 庞培（前106—前48），罗马将军，公元前一世纪曾在该地区打过仗。

此酒本是图尔农①古老山坡的收获，
克洛扎蒙②这剑是珍贵骄傲的杰作，
这就是有时人称奥特克雷的武器。
来人退下。这两位英雄很客客气气
谈完了话，头上的天空里云彩缤纷，
奥利维埃给罗兰斟酒，然后这两人
彼此迎面走上来，重新又开始决战。
两个人你斗我打，真打得天昏地暗，
渐渐地打得性起，这时两人的心里，
只想着一比高低，其他事完全忘记，
钢盔铁甲砍不破，两个人越战越狂，
不分眼中的火星，还是剑上的火光。

他们在战斗，鲜血一股一股往下流。
整整一天就这样度过。现在是白昼
的阳光已经西沉。黑夜又来临。

　　　　　　　　　"伙伴，
我感到身体不好。"说这话的是罗兰，
"我再也无法支持，我想大概是需要
休息一下。"

　　　　"我希望，"嘴角上挂着微笑，

~~~~~~~~~~~

① 图尔农，罗讷河畔城市，产名酒。
② 克洛扎蒙，中世纪武功歌里的国王，拥有名剑奥特克雷。

294

英俊的奥利维埃说道，"有上帝帮助，
靠刀剑，不靠生病来决定我赢你输。
你在青草上睡吧，罗兰啊，半夜三更，
我会用我头盔的翎毛来给你扇风。
你就躺下来睡吧。"

　　　　　"好汉，你心肠真好，
我刚才在笑，我在考验你。"罗兰说道，
"我可以无须停战，我可以无须休息，
我接连再战四天和四夜，也没关系。"

决斗再度开始。死神在笑。鲜血在淌。
杜朗达尔对克洛扎蒙是紧追不放，
刀剑叮当相击处，处处有火星直冒。
他们的四周森森阴光一道又一道。
他们还在打，雾霭从河面冉冉升起，
过往行人很害怕，都以为透过雾气，
看到正在黑夜里砍柴的古怪樵夫。

白昼已降临，乒乒乓乓，还不分胜负。
淡淡的暮色又起，他们继续在战斗。
天边又出现曙光，他们仍然在交手。
根本不休息。只是到了第三天晚上，
两人靠着树坐下，一边又聊聊家常，
然后再打。

年迈的热拉尔十分挂牵，
在维埃纳等儿子归来，已等了三天。
他派了个占卜者去塔楼顶上观看。
占卜者说道："大王，他们还没有打完。"
小岛及河岸待到四天过去的时候，
还在这狠斗恶打声中不停地颤抖。
两人你来我往，从不疲倦，从不畏惧，
刀剑和刀剑相击，沟壑上跳来跳去，
他们经过时，荆棘倒伏得弯而又弯，
仿佛是旋风两股，仿佛是黑云两团。
多可怕的搏斗啊！骇人的剑影刀光！
到最后，奥利维埃紧抱住罗兰不放，
他一边战斗，一边以自己的血解渴，
一挥手，杜朗达尔被打翻，掉进了河。

"现在可轮到了我，这下我又要派遣，"
奥利维埃说，"家人为你找一把新剑。
维埃纳有西纳戈①巨人的钢刀一口。
你除了杜朗达尔，只有此刀才称手。
我父亲打败他时，刀被我父亲收缴。
收下吧。"

"我有这根棍棒，"罗兰笑一笑，
"已经足够。"他说着连根拔起棵橡树。

---

① 西纳戈，在武功歌里是传说中的阿拉伯国王。

奥利维埃从地上把一棵榆树拔出，
并随手扔掉宝剑，罗兰这下很苦恼，
只好进击。他讨厌别人也姿态很高，
紧接他之后，做出豁达大度的行为。

两人手中没有剑，头上也没有头盔。
现在他们厮打得直喘气，一声不响，
都抡起树干挥舞，像两个巨人一样。

黑夜已经第五次在地上投下黑影。
奥利维埃，这眼睛像是鸽子的雄鹰，
突然停下说："罗兰，这样永远打不完。
只要我们的手中还剩下树木一段，
我们还会打下去，就像狮子和虎豹。
让我们兄弟相称，这样岂不是更好？
你听着，我的妹妹奥德①有玉臂一双。
你娶她吧。"

      罗兰答："好极了！合我希望。
那现在就干杯吧，这件事可真离奇。"
所以，罗兰这就娶美丽的奥德为妻。

---

① 奥德，在《罗兰之歌》里被称为"美丽的奥德"，奥利维埃的妹妹，罗兰的
未婚妻。罗兰阵亡，奥德闻讯悲恸而死。

[题解] 本诗并不取材于一八三七年首次发表的法国史诗《罗兰之歌》,而是取材于一八四六年十一月一日《星期天日报》上刊载的一篇介绍法国古代武功歌的文章。罗兰是中世纪传奇式的英雄人物。中世纪题材是浪漫主义文学的特色之一。《罗兰的婚事》营造了浓浓的传奇气氛,着力渲染中世纪骑士尚武的精神和豁达的风度。雨果自己认为《历代传说集》是"小史诗",《罗兰的婚事》即是一例。本诗约成稿于一八四六年和一八五五年间,即是在《历代传说集》总体构思之前完成的。

让·朱安*

白军①溃逃,蓝军在扫射林中的空地。

在这片平原之上有一座山丘耸起,
光秃的山岗既无树木,也不长青草,
但背后的地平线上森林又密又高。

小丘是安全地带,像是幽暗的堡垒。
白军在后面集合,清点自己的小队,
让·朱安这就出现,长发在随风飘扬。
"好哇! 人人都活着,只要头头没倒下!"
他们说道。让·朱安听着扫射的声音。
"我们少了什么人?""不少。""那我们前进!
大家逃跑吧!"——儿童和妇女胆战心惊,
都绝望地围着他。"躲进树林里才行。

---

* 让·朱安,是让·科特罗(1757—1794)的绰号。法国大革命时期,贵族
　　在西部地区煽动农民发动反革命叛乱,让·朱安兄弟是叛乱的为首分
　　子。"朱安"原意为一种猫头鹰,因叛乱首领常在深更半夜猫头鹰啼叫
　　时集合队伍,朱安党的叛乱即肇名于此。
① 法国大革命时,白军是反革命的保王军,蓝军指革命的共和军。

孩子们，大家散开！"一个个像是轻燕，
振翅一飞，逃脱了暴风骤雨的危险，
很快消失在烟雾弥漫的荆棘丛中。
他们奔跑，勇士害怕时也跑得匆匆。
踉跄的老人年迈，吃奶的孩子很小，
拥挤在一起逃命，混乱得不可开交。
大家都怕被打死，也怕抓去当俘虏！
让·朱安独自走在最后面，慢慢移步，
不时回头来看看，一边还要做祈祷。

忽然，从林中空地传过来一声哭叫，
走出个女人，子弹横飞，呼啸声频频。
这时候，一大堆人已经走进了森林，
让·朱安留在外面，他停下步来张望，
一个怀孕的妇女在奔跑，神色惊慌，
脸色苍白，灌木丛割破了她的光脚。
她孤零零，"还有我，乡亲们！"她在喊叫。
让·朱安愣了一下："是让娜-玛德莱娜①。"
她在平地的正中，成了射击的枪靶；
扫射的子弹十分猛烈地朝她飞来。
除非是上帝光临，想亲自加以关怀，
拉她一把，用翅膀好好地把她保护，
可怕的死亡在威胁着她，危机四伏。
她算是完了。"哎呀！"她喊道，"救命！救命！"

---

① 让娜-玛德莱娜，让·朱安的弟媳妇。

可小树林在战栗,逃命的人听不清。
子弹向着可怜人雨点般纷纷落下。

让·朱安一跃而起,高傲得无以复加,
站在山坡的顶上,俯视着这片荒原。
他站起来高呼道:"是我,我就是让·朱安!"
蓝军说道:"他就是头头!"这一颗脑袋
不怕全部的霹雳和风暴一齐飞来,
死神改变了目标。"你快逃吧! 你快逃!"
他喊道,"快逃,弟妇!"让娜可慌了手脚,
加快脚步急忙向幽深的森林逃去。
让·朱安好像对死亡有着浓厚兴趣,
他像海上的桅杆,又像雪中的青松,
高高站立,只有他出现在蓝军眼中。
"女儿,快走吧! 要站多久,我就站多久。
去吧,欢乐的心情你在家里还会有,
你会把朵朵鲜花插上自己的胸衣!"
他这样喊道。现在,阵阵猛烈的射击
完全瞄准他,瞄准他那高大的身躯。
他眼看即将取得战斗胜利的结局,
他对嗖嗖的子弹,鄙夷不屑地一看,
他脸带笑容,拔出闪亮的战刀……猛然,
他感到一颗子弹打穿了他的腹腔,
好像洞穴里的熊被击倒时候一样。

他没有倒下,说道:"好吧。玛利亚,万福①!"
接着,他摇摇晃晃,转身向树林高呼:
"朋友们呀! 朋友们! 让娜可到了没有?"
森林里阵阵声音在回答:"已经得救!"
让·朱安喃喃说道:"好了!"就倒下死去。

农民们②! 农民们! 唉! 你们是咎由自取,
但怀念你们并不有负我法兰西;
你们无知透顶时,仍然是可歌可泣;
你们的国王、神甫、狼和成堆荆棘,
使你们沦为强盗,但你们仍讲义气;
套的枷锁很可怕,犯的过错很荒唐,
可你们的灵魂曾有过神秘的闪光;
你们的盲从仍迸射出夺目的光彩;
致敬! 我是流亡者③,对你们宽大为怀;
流放可使人理解贫穷的茅屋乡村;
我们是被放逐者,而你们成了幽魂;
兄弟们,我们都曾战斗;我们要的是
未来;你们要的是过去,倔强的雄狮;
我们是为了攀登顶峰而任劳任怨,
唉! 你们任劳任怨为的是重坠深渊;
我们都曾经斗争,大家都没有野心,

~~~~~~~~~

① 这是祈祷用的《圣母经》经文的首句。
② 泛指法国大革命时期一七九三年后西部各省参加反革命叛乱的农民。
③ "流放"(banni)的词源意义可解释为"强盗"(bandit)。所以,雨果将自己流亡者的身份和叛乱农民的"强盗"身份相提并论。

也不后悔,是烈士却有不同的原因:

我们为关闭地狱,你们为重开坟墓;

但是,你们额头上刻印着清白无辜,

正是出于兄弟间崇高的手足之情,

光明的子孙要把黑暗的子孙接应,

我这黎明的战士,为你黑夜的英雄,

哭着把这支深情伤心的颂歌吟咏。

一八七六年十二月十四日

[题解]《让·朱安》是《历代传说集》第四十九篇"当代"中的一篇,取材于《关于朱安党起源的书信》。

法国农民和法国大革命的关系一直是雨果关心的问题。诗人一八五七年曾有创作"大革命的巨幅史诗"的打算,同年开始动笔的《让·朱安》即是其中一篇。但"巨幅史诗"的计划最后变成了二十六年后出版的长篇小说《九三年》。而《让·朱安》经过一八七三年的修改,直到一八七六年才最后成稿。可见,此诗和《九三年》在创作时间上是平行的,主题和内容是互为印证、互为补充的。

本诗分前后两部分。前一半是对让·朱安被打死经过的绘声绘色的描写,后一半是对农民参加反革命叛乱的理性结论。雨果早年是坚定的保王党人,中年后转变为坚定的共和党人。他虽然在理智上清算了旧立场,但在感情上对保王党的"英雄"人物仍充满敬意。这反映了雨果思想中复杂的一面。

让·朱安在历史上其实只是个并不足道的走私犯和冒险分子。诗中让·朱安被打死的不少细节大半也只是出于诗人的想象,并无史实根据。

大 战 以 后

我父亲,一个脸上总笑眯眯的英雄。
他外出仅仅带上一个作战时英勇、
个子高大而为他喜欢的骑兵战士,
他在大战之后的晚上,骑马在巡视
尸横遍野的战场,这时黑夜已降临。
他仿佛听到暗中有个微弱的声音。
这是西班牙军队一个溃散的士兵,
他淌着血在大路边上艰难地爬行,
他哼哼唧唧,奄奄一息,已脸无人色,
他说道:"可怜可怜,给点水,给点水喝!"
我父亲随身带着甜酒,他很是感动,
把马鞍边的酒壶递给忠实的随从,
说道:"拿着,给这个可怜的伤兵喝吧。"
突然间,正当随从对着伤兵的嘴巴
俯下身子,这家伙,像摩尔人①的模样,
一把抓住他死死不肯松手的手枪,
瞄准我父亲的脸,并且咒骂道:"狗屁!"

---

① 西班牙曾被阿拉伯人占领。摩尔人是阿拉伯人在北非的一支。

子弹贴脸擦过去，把帽子打翻在地，

吓得我父亲的马向后闪一下想跑。

"酒还是给他喝吧。"我父亲这样说道。

一八五〇年六月十八日

[**题解**] 雨果父亲一八〇八年至一八一三年在西班牙作战。诗中所说的大战是哪一次战役，在雨果将军本人的《回忆录》及《雨果夫人见证录》中均未提及。雨果把自己父亲写成史诗式的英雄人物，主要反映其虔诚的孝心。这首小诗历来广为传诵。

穷 苦 人

I

夜晚,可怜的棚屋已经是大门紧闭。
屋子里黑乎乎的,但感到有些东西
透过浓浓的暮色,在暗中闪闪发光。
屋里的墙上挂着几张打鱼的渔网。
屋子尽头的一角,几只简陋的碗碟,
在碗橱的木板上好像是若明若灭,
看得见木床上有长长的床帷遮掩。
旁边的旧板凳上还搁着一条床垫,
五个小孩,这一窝宝贝在上面沉睡。
高高的壁炉里面还有火光的余辉,
照红了这昏暗的天花板,一个女人
正跪在床前祈祷,脸色苍白在出神。
母亲是独自一人。门外,阴森的大海,
口吐白沫,向天上,向狂风和向阴霾,
向黑夜和向礁石发出不祥的鸣咽。

Ⅱ

男人已出海打鱼。他从小捕鱼为业，
对于危险的命运展开艰巨的搏斗，
不论风狂或雨骤，他都要出海一走，
因为，一群孩子在挨饿。他晚上出发，
正当滔滔的海水涨上海堤的堤坝。
他独自驾驶自己四帆的小船一艘。
妻子待在屋子里，她是在准备鱼钩，
缝补帆篷，把渔网修补得严严密密，
然后，等五个孩子睡了，就祈求上帝，
同时，她还要当心炉子上滚的鱼汤。
而他，独自经受着不断袭来的海浪，
他出发进入深渊，他出发进入黑夜。
多苦的劳动！漆黑一片，而寒风凛冽。
在汹涌澎湃、冲击礁石的浪花中间，
茫茫大海上，只有那么一个个小点：
喜欢来这儿的鱼长的鳍闪着银光，
这儿又暗又变幻莫测，但适合下网，
这儿有两间房间大小，但千变万化。
十二月浓雾迷漫，到夜间阵雨哗哗，
在流动的沙漠里要找到这一点，
计算海潮和海风需要多么地熟练！
驾驭操纵的本领需要多么地高明！
波浪是绿色水蛇，顺着船舷在滑行，

无底深渊在翻滚,惊涛骇浪在乱搅,
船上受惊的帆索都在恐怖地嘶叫。
他在冰冷的海上思念着他的燕妮,
而燕妮流着眼泪在叫他,两人一起,
思念之心在夜里像神鸟一般相逢。

III

她正在祈祷,海鸥嘶哑嘲弄的叫声
使她烦恼,而礁石犹如一堆堆瓦砾,
海洋使她很害怕,此时在她的心里,
掠过一阵阵阴影:大海,那么多水手,
他们都被盛怒的波涛一个个卷走。
冷静的时钟正在钟罩里当当敲响,
点点滴滴,如同是血管里的血一样,
神秘地敲走时光,敲走春夏和秋冬,
钟声每一次敲响,在浩浩宇宙之中,
就向芸芸的众生,秃鹫和白鸽不分,
这一边放进摇篮,那一边又立新坟。

生活是多么贫穷! 她在左思和右想。
儿女们光脚行走,严冬和盛夏一样。
吃不上精白面粉,只好吃大麦面包。
"上帝啊! 风声像是铁匠的风箱怒号,
海岸发出铁砧的声音,似乎能看见
黑压压的飓风里喷溅出繁星点点,

如同炉膛里飞出一阵一阵的火星。
这时分,子夜这个舞迷亮亮的眼睛,
带着黑绸的半截面具在尽情嬉笑,
也是这时分,子夜这个神秘的强盗,
以阴雨作为掩护,夹带着北风呼呼,
抓住颤抖的可怜水手,借突然冒出
的狰狞巉岩,把他在石上砸个稀烂。"
可怕!波浪淹没了水手恐怖的叫喊,
他感到下沉的船在溶化,沉向海底,
感到身下张开了无底深渊,他想起
阳光灿烂的码头,系船的古老铁环!

这些凄惨的景象使她的心里很乱,
她昏昏沉沉,哭得直抖。

IV

渔妇太可怜!
她们想想真可怕:亲人一个个不见,
我最亲爱的父亲、情人、儿子和兄弟,
我的血肉和心肝!全在海里!在水里!
天哪!受波浪折磨,完全就像喂野兽。
啊!想想当船主的丈夫,幼年当水手,
大海拿着戏耍的就是他们的头颅;
狂风像喇叭,野性难驯,在发泄愤怒,
在他们头上解开长辫,便散发披头,

也许他们这时候正在遇难和呼救；
从来就无人知晓他们最后的状态，
他们为了能对付深不可测的大海，
对不见星光的无底深渊也能应付，
仅有一小块木板，加上一小角帆布！
忧心如焚！人们在海边卵石上飞奔，
对涨潮的海浪喊："啊！把人还给我们！"
可是，翻滚不已的大海，唉！叫人害怕，
能指望它对忡忡忧心作什么回答？

燕妮却更加担忧，她丈夫独自一人！
独自在茫茫黑夜！独自面对着死神！
无人帮助。孩子们都还太小。——啊，母亲！
你说："孩子快长大！好帮助父亲！"——痴心！
以后出海时，他们随父亲一起出发，
你又流着眼泪说："啊！孩子不要长大！"

V

她提着灯，戴上了风帽。——这时候理应
看看他是否回来？海面上是否平静？
天色是否已破晓？桅顶上是否有旗？
去吧！——她这就出门。清晨，风儿在休息，
还没有刮起。一无所见。远远的天边，
滚滚的浊浪之上见不到一条白线。
天在下雨。世界上清晨的雨最忧伤，

似乎白昼在发抖,它又迟疑,又惆怅,
而黎明如同婴孩,一到世上就哭泣。
她去了。每扇窗的灯光都已经吹熄。

忽然,就在她寻找小路的眼睛前面,
一座阴沉衰败的破房子突然出现,
这座房子说不出多凄惨,满面愁容:
没有火,也没有灯,门随风轻轻抖动,
屋顶架在虫蛀的墙上,正摇摇欲坠,
北风把屋顶上的茅草使劲地乱吹,
草又黄又脏,像是江水的浊浪起伏。

"哎呀!我都没想起这家可怜的寡妇。"
她说,"那天我丈夫发现她在床卧病,
独自一人;应该去看一看她的病情。"

她走上去敲敲门,她听听,无人回答。
海风吹过来,燕妮一哆嗦,有些害怕。
"病了!有两个孩子!怎么能填饱肚子!
她只有两个小孩,但是她丈夫已死。"
然后,她又敲敲门,"喂!大婶!"她就叫人。
屋里始终无声音。"哎!上帝!"她在纳闷,
"她睡觉睡得真死,叫醒她要叫多久!"
可是这一下,好像往往在某些时候,
事物常常会受到上天的怜悯关怀,
阴沉的门在暗中一转便自己打开。

VI

她走进去。她的灯使室内有了光明，
黑屋子在咆哮的大海边一片寂静，
天花板就像筛子，有雨水淅淅沥沥。

屋子的尽头躺着什么可怕的东西，
一个发僵的女人，仰着脸躺卧在床，
赤着两只脚，神气吓人，而眼中无光，
一具尸体——母亲从前又结实又高兴——
贫穷死后留下了头发蓬乱的幽灵，
穷人经过长期的搏斗只留下这些。
她向铺在简陋的床上凌乱的麦秸，
垂下冰冷苍白的胳膊，发青的双手，
样子更可怕的是这张张开的大口，
悲惨的灵魂走时曾经从嘴里出逃，
发出的大声喊叫冥冥中才能听到！

和躺着死母亲的木板床紧紧相挨，
正睡着一男一女两个年幼的小孩，
脸上在微笑，睡在同一个摇篮里面。

母亲感到快死去，在她孩子的脚边，
压上她那件披风，身上盖她的大衣，
正是为了在死神前来行凶的夜里，

两个孩子可以有足够的衣服御寒，
让他们在她自己冰凉时感到温暖。

VII

摇晃着的摇篮里，孩子们睡得多香！
他们呼吸很平稳，他们脸上很安详。
似乎没有东西能把这对孤儿唤醒，
即使最后审判的喇叭吹响也不行，
因为，纯洁无辜的孩子不惧怕审判。

门外是瓢泼大雨，真下得天昏地暗。
旧屋顶千疮百孔，狂风又如此嚣张，
不时有一滴雨水掉在死者的脸上，
从她脸颊上滑下，就变成一滴眼泪。
大海的波涛轰鸣，如同一阵阵惊雷。
死者莫名其妙地听着黑夜的声响。
因为，当尸体一旦失去光明的思想，
就像在呼唤天使，就像在寻找灵魂，
人们仿佛听到了在那苍白的嘴唇
和忧伤的眼睛间进行的奇异交谈：
"你为什么不呼吸？""你又为什么不看？"

唉！相爱吧！生活吧！摘取报春的鲜花，
跳跳舞，畅饮美酒，又欢笑，叙叙情话。
如同天下的溪水流归黑暗的大海，

是宴会，还是摇篮，还是美好的恋爱，
是母亲对如花的孩子们百般温存，
是使人心灵感到销魂的每个亲吻，
是歌声，还是微笑，命运安排的归宿，
都是凄凄惨惨的冰冷冰冷的坟墓！

VIII

燕妮在死者家里做了些什么事情？
她正把什么塞进长披风，战战兢兢？
燕妮出来的时候带走些什么东西？
她为何心儿在跳？她为何如此着急？
她为何在巷子里走路时摇摇晃晃？
她为什么奔跑时都不敢回头张望？
她神色慌慌张张，偷偷摸摸地藏了
什么东西在床上？她到底偷了什么？

IX

等她回到了家里，海边悬崖的巅峰
慢慢在发白，燕妮把椅子放到床边，
脸色苍白地坐下。看来是一点不假，
她心中正在后悔，头向着床头垂下，
正当远处怒吼的大海很令人畏惧，
她嘴里断断续续，不时在自言自语：

"可怜的丈夫！哎呀！老天！他怎么想法？
他忧虑已经不少！我干的事情真傻！
肩上有五个孩子！父亲要整天劳动！
他的烦恼还不够,还需要我来加重
他已经有的烦恼！""他来了？""不,他没到。"
"我错了。""他要打我,我就说:你打得好。"
"他的声音？""不。""也好。""好像有人在进来,
大门在动。""没有人。""我呀;我不是现在
怕看见他回到家,可怜人,我真发愁！"
接着,燕妮继续在沉思,身子在发抖,
一步一步深深地陷入内心的烦怨,
她沉浸在忧愁里,好像掉进了深渊,
甚至再也听不见外面有什么声音,
也听不见鸬鹚的凄厉喊叫和呻吟,
也听不见呼啸的狂风,涨潮的大海。

霍然一亮,门哗啦一声突然被打开,
棚屋里射了进来一束白白的阳光,
打鱼人身后拖着那水淋淋的渔网,
在门槛上好高兴:"看,船队返回家门！"

X

"是你啊！"燕妮喊道。她像搂住了情人,
把自己丈夫紧紧搂在自己的怀里,
并且激动万分地亲吻着他的上衣。

这时候渔夫说道："回家了,孩子的娘!"
他脸上被熊熊的炉膛映照得很亮,
被燕妮温暖了的一颗心和蔼可亲。
"我被人抢了,"他说,"大海就像是森林。"
"天气怎么样?""很坏。""鱼打得如何?""很糟,
不过,你瞧,我把你拥抱,我人也很好。
鱼一条也没打到。我渔网也被捅穿。
海风准是着了魔,刮呀刮,刮个没完。
倒霉透顶的一夜! 一片嘈杂的闹声,
有时候,我都以为渔船在翻倒,缆绳
已经断掉。你夜里干什么? 你和我谈谈。"
燕妮暗自在哆嗦,她感到局促不安。
"我呀?"她说,"没什么,天哪! 和平时一样。
我缝缝补补,听着雷鸣一般的海洋,
我害怕——是的,冬天太冷,不过没关系。"
她像干坏事的人一样在颤抖不已,
她又说:"对了,邻居病死了,那个寡妇。
她大概昨天死的,具体也说不清楚,
反正你出门以后,夜里天没有破晓。
她留下两个孩子,年纪又都还太小。
小男孩叫纪尧姆,女孩叫玛德莱娜,
一个还不会走路,一个才开始学话。
这可怜的好女人生活实在太拮据。"

这男人心事重重,便把被狂风暴雨

打湿的囚犯似的便帽①丢弃在一旁。

"见鬼！见鬼！"他抓抓脑袋又大声嚷嚷，

"我们已经有五个，一起是七个小孩。

打不到鱼的季节，有时候出于无奈，

就连晚饭也不吃。往后可怎么生活？

得了！得了！管他呢！这不是我的过错！

是好心上帝的事。其中必定有原因。

上帝干吗要夺走这些娃娃的母亲？

孩子都小得可怜。这种事从何说起！

要好好研究才会明白其中的道理。

孩子这么小，当然不是干活的年龄。

娘子，把他们抱来。孩子俩一旦睡醒，

他们一定会害怕，因为屋里有死人。

你听，是他们母亲在敲我们的家门。

把两个孩子接来，七个人不要分开，

晚上大家都纷纷爬上我们的膝盖。

他们以后是其他五个的兄弟姐妹。

好心的上帝看到除了自己的宝贝，

还要把这个男孩、这个小姑娘养活，

会让我们打鱼时鱼打得更多更多。

我只喝水，不喝酒，加倍干活也可以，

说定了。抱他们来。怎么？你是在生气？

平时你急不可待，早已经迈开双脚。"

"你瞧，"她拉开床帷，"他们俩已经睡觉！"

---

① 渔夫帽和囚犯帽相似，此诗句有寓意。

[题解] 这首著名长诗最初的手稿，被发现写在一张一八五二年八月二十一日的音乐会节目单上。全诗成稿前后曾有一段很长的构思和酝酿时间，于一八五四年二月三日完稿。此诗写成后的第二天，雨果又创作了《春日所见》，也以穷苦人及其孩子为主题，收在一八五六年出版的《静观集》。雨果把一则穷人感人的故事写成长诗，收入《历代传说集》，单列一章，将穷苦人的日常生活提高到史诗的高度，是寓有深意的。

《林 园 集》

（1865）

播种季节的黄昏

这时候,已是夕阳低垂。
我坐着,头上有座门洞,
我赞美这片落日余晖,
照亮最后一刻的劳动。

一个衣衫褴褛的老人,
将收获大把撒向田垄,
此时,大地上夜色深沉,
我静静注视,心情激动。

精耕细作的田里升起
他高大而黑黑的身影。
我们感到,他毫不怀疑:
时光带来丰收的前景。

他在这片旷野上走动,
手撒了又撒,反反复复,
走去走来,向远处播种。
黄昏张开了重重夜幕,

夜籁声起，黄昏的黑影
使播种者的庄严风姿
似乎更高大，直逼星星，
我这无名过客在沉思。

[**题解**] 这是雨果著名的短诗之一。原稿注明成诗于九月二日，专家估计写于一八六五年。一八五〇年，画家米勒发表《播种者》，轰动一时，成为描绘乡村生活的经典作品。雨果的诗有可能受到这幅画的启发。

北风对我呼喊

北风对我呼喊:"滚蛋,
现在该由我来歌唱。"
我的歌心惊又胆战,
当然不敢有所违抗。

面对风神狂号怒吼,
我的歌真狼狈不堪,
慌慌张张,吓得发抖,
听任这个泼妇①驱散。

雨在下,处处把我赶,
语调或凶狠,或温柔。
好,戏既然已经演完,
燕子们,让我们就走。

冰雹挟着大风,树冠
扭动着瘦削的光手;

---

① "北风"在法语中是阴性名词,故称"泼妇"。

远处,空中又灰又暗,
一缕白烟轻轻在溜。

层层又叠叠的寒山,
被薄光染成了浅黄。
冷风从我门缝里灌,
嗖嗖吹到我的手上。

一八六五年十月三日

[题解] 雨果在《惩罚集》《静观集》和《历代传说集》之后,转而改写轻松的、充满生活情趣的抒情小诗。寒冬雪月,北风呼号,大自然一片萧瑟的景象。但最后两句诗告诉我们,诗中描写的事物仅仅是诗人坐在室中隔窗所见的景象。雨果很少为写景而写景,诗中把"我的歌"拟人化变成诗人自己,所以诗中的"北风"应该是有象征意义的。这六音节的小诗短而轻巧,生动活泼,一般认为,这是雨果受戈蒂耶的诗集《珐琅与雕玉》(1852 年)的影响而作。

《凶 年 集》

(1872)

巴黎被围

巴黎城啊！你将会使历史跪下双膝。
流血是你的美丽，死去是你的胜利。
噢，不，你不会死去，血在流，但谁看到
恺撒①在你懒散的双臂中哈哈大笑，
会大吃一惊：你在穿越赎罪的烈火，
巴黎，你得到的比失去的东西更多，
你将会赢得光荣和全世界的尊敬。
哀伤的城市，谁来围攻，就叫谁送命。
卑下虚假的繁荣只是慢性的死亡；
你软绵绵时倒下，你血淋淋时强壮。
致人死命的帝国曾使你昏昏欲睡，
你醒来时是女神，驱赶贪馋的色鬼。
你从令人作呕的渺小幸福中出来，
如今你成为烈士，恢复了英雄气概；
当你的一边死去，另一边才能新生，

---

① "恺撒"原指古罗马皇帝，此处指普鲁士国王，以后的德国皇帝的名号也
叫"恺撒"（Kaiser）。

才有荣誉、真善美,才有高尚的民风。

(手稿:一八七〇年十一月)

[**题解**] 一八七〇年九月一日色当一役,拿破仑三世率军投降。法军节节败退。十月二十七日,法国巴赞元帅在梅斯的十万精兵不战而降。普鲁士军队猛扑巴黎,围困首都。雨果谴责第二帝国表面繁荣的同时,对国家前途寄予无限希望。

见塞纳河上漂着普鲁士人的尸体有感

不错,你们是来了,你们已经在安睡;
你们头枕着又软又深的温柔河水,
或侧身,被人抚摩,或仰卧,亲了又亲;
你们都拥着波浪——又冷又湿的寒衾;
是你们,北国之子,蓝眼睛已经闭上,
赤条条躺在水上,被来回轻轻摇晃!
你们说过:"我们去! 去敲妓女的房门。
巴比伦惯于接受来自世界的亲吻,
巴比伦就在前面,充满笑声和歌声;
撒克逊人! 去那儿寻欢作乐才可能,
日耳曼人! 让我们斜着眼向南望去,
快! 快! 冲向法兰西! 巴黎城是个妓女,
她正在为外国人涂脂抹粉地梳妆,
向我们张开双臂……"——塞纳河是她的床。

[**题解**] 雨果曾呼吁法德民族和解,无效。于是,诗人和巴黎军民同仇敌忾,投入抗击侵略者的爱国斗争。诗中以近乎刻薄的语言,鞭笞侵略者的尸体。

致维克多·雨果号大炮

听我说,听你说的时候即将会来到。
令人畏惧的战士!啊,惊雷啊!啊,大炮!
仇恨满腔的愤怒巨龙,你张开大嘴
发出的吼叫,还有可怕的火光伴随,
你沉甸甸的巨人,全身都电光闪闪,
将把盲目的死亡在空中到处扩散,
我祝福你。你要为保卫巴黎去厮杀。
大炮啊,在内战中你可要一言不发,
但是,要对国境的那一边提高警惕。
昨天离开铸造厂,你又威武,又神气;
妇女们跟在后面,对你说:"多么漂亮!"
眼前的辛布里人①获胜后得意扬扬。
这可实在是耻辱,而巴黎这座古城
遥向君王们示意,请各国人民做证。
斗争在等着我们;来,我钢铁的儿子,
啊,黑色的复仇者,威风凛凛的斗士,
我们要相互补充和交换,我的肉身

---

① 辛布里人,古日耳曼人,曾入侵过古代法国的高卢。

要你的铁骨,你的铜胎要我的灵魂。

大炮呀,不久你将站立在城墙之上。
四周欢呼的人群将会拍手和鼓掌,
后面跟着辎重车,里面盛满了炮弹,
你由八匹马拉着,在路上走得不慢,
在摇摇欲坠、破破烂烂的房子中间,
你将要去雄踞在高大的炮眼旁边,
下面是紧握砍刀、愤然而起的巴黎。
到那里,永远不要睡觉,也不要休息。
再说,既然我这人在世界各地曾经
试以庄严的宽容治愈一切的疾病,
既然只要我看见人间无穷的征讨,
就从公众的讲坛,也从流亡的孤岛,
在喧嚣的人群间播下和平的种子,
既然我或喜或忧,总对上帝的仁慈
指引我们的伟大目标,高举起指头。
既然我多次痛失亲人,真不堪回首,
爱情是我的《福音》,团结是我的《圣经》,
怪物,你可要凶恶,以我的名字命名!
因为,面对着罪恶,爱情就变成仇恨,
有灵性的人不能忍受有兽性的人;
因为,法兰西不能忍受野蛮的战火;
因为,崇高的理想就是伟大的祖国;
现在这责任已经再也不允许推诿,
一定要挡住泛滥成灾的滚滚祸水,

要把巴黎，被巴黎改变模样的欧洲，
把各国人民，一一保护，要严加防守；
因为，如果不能去惩罚这条顿国王①，
那么人间的进步、怜悯、博爱和希望，
会一一逃离地球，而使人非常痛苦；
因为，恺撒是老虎，而人民只是猎物，
谁要进攻法兰西，就是向未来攻击；
因为，只要我们在阴森可怖的夜里，
听到阿提拉②的马在嘶叫，我们就将
围绕人心去建造一大座铁壁铜墙，
为拯救我们宇宙免于完全的沉沦，
罗马应成为女神，巴黎应成为巨人！

这也就是为什么温柔蔚蓝的诗稿，
以及诗琴产生的一尊又一尊大炮，
张开大嘴，应该在战壕上瞄准对方；
这也就是为什么战栗的哲人应当
被迫地使用光明对付阴森的事物；
面对国王，面对恶及其忠实的信徒，
面对世界伟大的需要：要得到拯救，
他知道，经过沉思，现在是需要战斗；
他知道必须打击，需要歼灭和胜利，
他借用一线曙光去制造一声霹雳。

---

① 条顿国王指普鲁士国王威廉一世。
② 阿提拉（406—453），五世纪中叶大举入侵欧洲的匈奴国王。

[**题解**] 老诗人以普通公民的身份参加保家卫国的斗争。雨果一八七〇年十月三十日日记:"我收到作家协会来信,要求我同意举行一次《惩罚集》的公开朗诵会,其收入为巴黎买一门大炮,并将命名为'维克多·雨果号'。我同意了。"十一月二十二日,政府通过协议:用《惩罚集》的收入铸造两门大炮,其中一门后来被命名为"维克多·雨果号"。

国　殇

他们已经长眠在恐怖、孤独的战场。

他们流淌下的血一摊摊，积在地上；

凶恶的秃鹫搜索他们剖开的肚皮；

他们冰冷的尸体在草中狼藉满地，

扭曲的身子发黑，很可怕，他们死亡

后和遭电击的人一样是奇形怪状；

他们的头颅很像不长眼睛的石头；

白雪展开的尸布，铺在他们的四周；

他们伸出来的手，凄凉、蜷曲而枯干，

仿佛还想要挥剑，好把什么人驱赶；

他们嘴里无话语，他们眼中无目光；

沉沉黑夜里，他们睡的神气很惊慌，

却一动不动；他们受的打击和伤口

多于关在铁笼里游街示众的死囚；

他们身底下爬着蚂蚁和各种小虫，

他们的身子一半已经埋进了土中，

好像一艘沉没在深水之中的船只；

他们的堆堆白骨，没有烂尽的腐尸，

如同当年以西结①与之谈话的尸身；
他们的全身上下都是可怕的弹痕，
砍刀留下的刀伤，长矛戳出的窟窿；
阵阵寒冷的野风在这寂静中吹动；
天阴雨湿，他们赤身露体，斑斑血渍。

为国捐躯的人啊，我对你们好妒忌。

[**题解**] 国防政府无能，前线节节败退。十一月二十九日，法军十万人从巴黎东南郊的尚皮尼突围，至十二月二日，以失败告终，折兵逾万。是年冬天，巴黎奇寒，冰天雪地。诗人用近乎自然主义的白描手法，描写战场上殉难的士兵。诗人年迈，但报国之心殷切。

---

① 以西结，《圣经》中继摩西、约书亚以后的犹太人先知，上帝曾命他在堆满白骨的山谷里讲话。

致某妇人的信

（一月十日用气球寄出）

可怕、快活的巴黎在战斗。您好，夫人。

大家是人民，是一个世界，一个灵魂。

没有人只想自己，每个人为了大家。

我们没有太阳和支援，也没有害怕。

只要大家不睡觉，一切事情会好办。

施米兹①写大战的公报可写得平淡；

像布吕穆瓦神甫②翻译埃斯库罗斯③。

我花十五法郎买四个鲜蛋，这不是

为我，而是为我的小乔治和小让娜④。

我们吃老鼠和熊，我们吃驴子和马。

巴黎被紧紧围住，被围得滴水不漏，

我们的肚子已经成了挪亚的方舟⑤；

---

① 施米兹（1820—1892），法国将军，普法战争时是巴黎军参谋部的参谋长。

② 布吕穆瓦神甫（1688—1742），曾翻译许多古希腊文学作品。

③ 埃斯库罗斯（前 525—前 456），古希腊悲剧作家。

④ 乔治和让娜是雨果的孙子和孙女。当时乔治两岁半，让娜一岁半。

⑤ 挪亚建造方舟躲避洪水的故事，见《旧约·创世记》。上帝命挪亚把每种动物一公一母带进方舟，以便洪水退后保存物种。

百兽涌进我们的腹部,有狗也有猫,

不论巨大和渺小,名声有坏也有好,

什么都能闯进来,耗子和大象相遇。

树木已经被砍的砍,劈的劈,锯的锯;

巴黎把香榭丽舍①送进壁炉的柴筐。

手上生起了冻疮,窗上积满了白霜。

没有东西生火把洗好的衣服烘干,

现在,衬衣就只好不换。而每到夜晚,

嘈杂阴沉的低语充满大街和小巷,

人来人往,有时是粗声粗气的叫嚷,

有时是歌唱,有时却是号召去战斗。

塞纳河上一堆堆冰块在慢慢漂流,

沉重的冰块走走停停,河上的炮艇

拖着泡沫翻滚的尾巴在向前航行。

没有东西吃,就什么都吃,也很快乐。

光光的桌上等着我们的只有饥饿,

从地窖请出一个土豆是孤家寡人,

洋葱如同在埃及,现在已尊为天神②。

我们虽然没有煤,但有乌黑的面包。

没有煤气;巴黎在大熄灯罩下睡觉;

晚上六点钟一片漆黑。像雨点一样,

炮弹在我们头上发出可怕的声响。

我的墨水瓶就是一块漂亮的弹片。

① 香榭丽舍大街,巴黎一条繁华的林荫大道。

② 埃及盛产洋葱,据说许多城市有崇拜洋葱的习俗。

巴黎在被人谋害,却不屑发出怨言。
市民们都在城墙四周站岗和放哨;
裹着厚呢的大衣,而头上戴着军帽,
父亲、丈夫和兄弟不惜生命的代价
在监视敌人,累了就在板凳上躺下。
好! 毛奇①炮击我们,俾斯麦②饿死我们。
巴黎可是个英雄,巴黎可是个女人;
巴黎勇敢又可爱,仰视深邃的天顶,
张开了一双沉思而笑眯眯的眼睛,
先望望鸽子飞回,又望望气球出发③。
这多美:轻松之中有不平凡的伟大!
我呢,看到没有人屈服,我兴高采烈,
对大家说:要斗争,要爱,要忘却一切,
除敌人以外不再有敌人;我大声说:
我忘却我的名字,我现在名叫祖国!
至于此刻的妇女,您可以为之骄傲,
一切都动荡不定,但她们志气很高。
像当年古罗马的妇女们,美就美在
她们贤惠的品质,她们简朴的住宅,
十个指头被粗毛磨蚀得又黑又硬,
汉尼拔兵临城下,她们少睡却镇静,
她们的丈夫个个站在科利那④城楼。

---

① 毛奇(1800—1891),普鲁士陆军统帅,一八七〇年指挥普军进攻法国。
② 俾斯麦(1815—1898),当时的普鲁士首相。
③ 鸽子和气球都是巴黎被围时对外联系的手段。
④ 科利那,古罗马的城门之一。

这时代又回来了。普鲁士这只野兽，
这只老虎，攫住了巴黎，它正在撕咬
世界伟大的心脏，虽已半死，还在跳。
好哇，巴黎被无情卡住，在这座都城，
男人只是法国人，女人有罗马遗风。
这些巴黎的妇女什么事都能忍受：
壁炉灭了火，双脚被冰霜冻裂了口，
夜里等候在肉铺黝黑的门口排队，
严寒的风霜雨雪拼命地滥施淫威，
饥饿、恐怖加战斗，她们都已经忘我，
只剩伟大的责任，只剩伟大的祖国；
尤维那利斯九泉之下会含笑满意。
炮击能使我们的城堡群吼叫不已。
天色微明，战鼓和喇叭就遥相呼应；
清晨有凉风习习，嘟嘟的晨号唤醒
脸色苍白的大城，并在朦胧中显露；
模模糊糊的军乐在街上此起彼伏。
大家兄弟般相亲，我们渴望有捷报，
把赤心献给祖国，把头颅交给大炮。
这座城市有幸被光荣和苦难选中，
看到可怕的日子到来，反而很激动。
好吧，我们会挨冻！好吧，我们会挨饿！
怎么样？这是黑夜。黑夜以后是什么？
是黎明。我们受苦，但我们充满确信。
巴黎充满冲破普鲁士牢狱的决心。
鼓起勇气！大家要鼓起古代的勇气，

一个月以内定要把普军赶出巴黎。

然后嘛，我和两个儿子打算到乡下

来生活，到您身边来和您一起安家，

夫人，如果我们在二月份不被打死，

三月份就来找您谈谈我们的意思。

（手稿：一八七一年一月十日）

[**题解**] 巴黎被围，前后共一百三十天。一八七〇年一月十日，第一个邮政气球升空，把四百公斤信件运出巴黎。是年大寒，天灾人祸，巴黎人经受了严峻的考验。雨果的这首"诗简"既不隐瞒难以置信的困难，又表现出压倒一切的乐观精神。诗中对巴黎妇女的歌颂，可与《惩罚集》的许多篇章媲美。诗集出版时，本诗引起读者兴奋的共鸣。

突　围

黎明时寒冷，灰白，天色蒙蒙地发亮。
一群人整整齐齐走在大街的中央；
他们向前迈进时铿然有声的步伐，
把我吸引了过去，我跟着他们出发。
他们是奔赴前线、投入战斗的公民。
高贵的战士！孩子也在行列里行进，
身材虽比大人矮小，志气能和大人比高，
紧紧握住父亲的大手，他好不骄傲，
妇女扛着丈夫的步枪也行走匆匆。
古代高卢的妇女就有这样的传统：
不论抵御阿提拉，也不论蔑视恺撒，①
妇女们都会在场，帮男人拿着盔甲。
现在情况会如何？孩子们发出笑声，
女人不哭。巴黎在忍受无耻的战争；
巴黎的每个居民都同意这些事情：
一个民族只会被耻辱蒙住眼睛，

---

① 高卢是法国古称。恺撒于公元前五十八年入侵高卢，高卢人民曾进行
武装抵抗。

列祖列宗会满意,不论会发生何事;
为了法兰西活着,巴黎城可以去死。
我们要保住荣誉,其他都可以奉送。
队伍前进。愤怒的目光,苍白的面容,
在他们脸上看到:信心、勇气和饥饿。
队伍穿过的十字街头一个又一个,
昂起头,举着军旗这块神圣的破布;
全家老小紧紧地跟着战士的脚步;
只有走到城门边,大家才彼此离分。
这些感动的男子和雄赳赳的女人
在歌唱;巴黎正在捍卫人类的权利。
有辆救护车一旁驶过,大家会想起
是这些国王一时心血来潮,才使得
担架后面的路上鲜血流成了长河。
突围的时刻已经临近,这时在远郊,
为了队伍的行进,鼓手们不停地敲;
大家快步走。谁要围困我们谁倒霉!
他们毫不把陷阱放心上,这是因为
勇士们在前进的时候遭遇上陷阱,
失败者无比骄傲,胜利者无耻透顶。
他们和部队会合,来到了城墙脚边。
突然间,风吹过来一缕轻轻的黑烟;
停步!大家第一次看到了炮击。前进!
一阵久久的战栗掠过战士们的心,
这时刻已经到来,一扇扇城门打开,
吹响吧,军号! 前面就是这平原地带,

就是有看不见的敌人匍匐的树林，
而变节的地平线已静悄悄地入寝，
一动也不动，可又充满火光和雷电，
听到有人说："娘子，把枪给我们！""再见！"
妇女们黯然心伤，脸上则神色安详，
她们吻了吻武器，递过丈夫的步枪。

[题解] 巴黎被围后，爱国力量不断要求突围。先后三次努力，均以失败告终。《突围》指投降前的最后一次突围。一月十九日在比藏瓦尔组织突围，凌晨取得局部胜利，不久被普军炮火压住，被迫于傍晚撤回。诗中描写由市民组成的国民自卫军战士于拂晓时出城的动人情景。雨果于一八七〇年十月七日曾为自己购买国民自卫军军帽，一直以一名普通战士自居。

投　降

这样，连最伟大的民族也无法拯救！
你的丰功和伟绩最后都付之东流，
人民啊！你说:什么！我们就仅仅为此
才登上高高城楼，通宵地出生入死！
仅仅为此我们才勇敢，才气冲云霄，
才充当普鲁士的靶子和射击目标；
就仅仅为此我们才是英雄和烈士；
仅仅为此才顽强战斗，胜过了历史
上的提尔①、萨贡特②、科林斯③和拜占庭④；
仅仅为此我们才五个月⑤以来，眼睛
看到神秘的树林立刻就望而生畏，
忍受这些条顿人鬼鬼祟祟的包围！

~~~~~~~~~~~~~~~

① 提尔，古代腓尼基城市，公元前六世纪被敌人长期围困并攻陷。
② 萨贡特，西班牙古城，公元前三世纪被迦太基人围攻，顽强抵抗后被汉尼拔攻占。
③ 科林斯，希腊古城，历史上战乱频繁，常被围攻和洗劫。
④ 拜占庭即东罗马帝国首都君士坦丁堡。一四五三年五月十九日被穆罕默德二世攻占。
⑤ 从一八七〇年九月一日拿破仑三世对普鲁士宣战，至一八七一年一月底，战争已历时五个月。

仅仅为此我们才斗争,才修筑坑道,

才毁坏桥梁,才安插木桩,建造碉堡,

才挖掘壕沟,才不怕饥饿,不怕瘟疫,

法兰西啊,才去用一堆一堆的尸体

塞满坟墓,这战争需要的阴暗粮仓!

才在枪林弹雨下生活而习以为常!

苍天!流血、疲惫而兴奋的伟大巴黎,

经受如许的考验,做出如许的努力,

经过巨大的等待,有过庄严的希望,

宏伟的城市急于把敌人一扫而光,

巴黎十分顽强地冲向敌人的大炮,

似乎像马咬嚼子,把自己城墙在咬,

正当因痛苦加剧而变得更加勇敢,

正当大炮轰轰中孩子在街上游玩,

笑嘻嘻地在街上捡拾弹片和弹壳,

正当全体公民中人人都脸不变色,

正当有三十万人等突围,跃跃欲试,

而这一大堆军人却交出这座城市!

人民!他们借你的忠诚、骄傲和愤怒,

借你的勇气,反而一个个成了懦夫,

人民啊!看到这么巨大的光荣化作

这么巨大的耻辱,历史将气得哆嗦!

一月二十七日于巴黎

[**题解**] 一八七一年一月二十三至二十四日,国防政府和俾斯麦开始谈判。一月二十八日,停战协定正式签字。协定规定:法国向普鲁士

割让阿尔萨斯和洛林的部分领土,赔偿军费五十亿法郎。诗人作为人民的良心,酣畅淋漓地发泄了心中的愤懑。

葬　礼

致敬的旗帜下垂,致敬的鼓声敲响。
从巴士底广场至阴沉的山岗方向①,
这儿旧时代正和新世纪面面相对,
并在不起风的森森柏树下沉睡,
人民都手持武器,在沉思,也在悲伤;
人民浩大的队伍静静地站列两旁。

死去的儿子以及渴求长眠的父亲
在行进,儿子昨天还勇敢,漂亮,有劲,
父亲已年迈,藏起脸上的眼泪盈盈,
他们经过时,每支队伍向他们致敬。

人民啊! 你无限的温柔多崇高伟大!
巴黎你这太阳城,入侵之敌的攻打
没能征服你,但你被鲜血染得通红,
有一天,看到你在极乐的狂欢之中,

① 指拉雪兹神甫公墓。公墓里有雨果的家墓,雨果的长子夏尔也埋葬于
此。

光彩夺目地出现,像骑士威风凛凛,
你对一人的悲哀,名城啊!如此关心,
巴黎心地之高贵,可真是闻所未闻。
罗马城有颗赤心,斯巴达有个灵魂,
这一切可敬可佩;而巴黎制服世界,
所使用的力量和仁爱并没有区别。
巴黎人民是英雄。巴黎人民讲正义,
不仅要取胜,更要爱人。

　　　　　　　　　庄严的巴黎,
今天一切在颤抖,而革命正在怒吼,
在革命的烟雾里,视线把阳光穿透,
你看到深渊重又裂开在你的面前,
有时候,深渊会对伟大的人民出现;
跟着儿子灵柩的那老人对你称赞,
你呢,你准备接受一切勇敢的挑战,
你自己不幸,却使全人类得到繁荣;
你感到既是儿子,又是父亲,很沉重,
想到你时是儿子,想到他时是父亲。

*

这位年轻、杰出的斗士有赤胆忠心,
如今先我们而去,消失在九泉之下,
愿你伟大的灵魂,人民啊,永远陪他!
当此最后的诀别,你给他你的灵魂。
他现在拿的武器,人人都无法辨认,

愿他在蓝天之上享受可贵的自由，
参加这场尽责的斗争，要无止无休。
权利并不仅仅在尘世间才能有份；
死者也应是参加我们战斗的活人，
他们以善或以恶作为进攻的目标；
有时，我们会感到他们无形的飞镖。
其实他们也在场，我们却以为不在，
他们从地下、洞中以及时间里出来；
坟墓其实是生命极为崇高的延续。
他们发现入墓是上升，而不是下去。
如同飞燕向一重一重的蓝天奔赴，
承担更大的责任，他们会更加幸福；
他们看到有益的事情和正义相仿，
他们失去了影子，他们却有了翅膀。
好孩子啊！请你在我们称之为上帝
的爱的深渊中为法兰西尽忠效力；
死亡不是要长眠不起，不是，而是要
将尘世做的事情搬上九天和重霄；
为了把事情做好，为了把事情做完。
我们只能有目的，天上才能有手段。
死亡是一种过渡，使一切变得伟大；
在地上曾是好汉，成天使不在话下；
在尘世受到限制，在尘世遭到放逐，
我们到天上成长，并且无拘又无束；
灵魂在天上才能迅速把帆篷张开；
只有丢弃掉躯体，才恢复原来丰采。

你去吧，孩子！去吧，幽魂！做一把火炬，

大放光芒。展翅向茫茫的坟墓飞去！

为法国效力。因为，法国有主的秘密，

因为，你现在知道地上不知的东西，

因为，永恒照耀处，有真理光彩烨烨，

因为，你看到光明，我们只看到黑夜。

三月十八日于巴黎

[题解] 一八七一年三月十八日是巴黎公社武装起义的第一天。上午八时半，红旗插上市政厅的钟楼。三月十三日，雨果长子夏尔在波尔多因心脏病猝发逝世。诗人在其《见闻录》中有记载："中午，我们向拉雪兹神甫公墓出发……到巴士底广场，路过的国民自卫军战士枪朝下，自发地为枢车组成了一支仪仗队……人民等着我经过，静静地站立着，然后高呼：'共和国万岁！'"

打击和丧事不断

打击和丧事不断。唉！好可怕的考验。
好吧！沉思者接受考验，将脸色不变。
当然，某些人遭到这样的待遇也好。
既然顽强的战士、护民官、使徒、向导
已为正义的事业献出自己的生命，
他们在痛苦之中挺立着又坚又硬。
根西岛，这你知晓，卡普里①，这你知晓。

他的良心很坚定，不会有任何动摇。
因为，深刻的原则不会在心里晃动，
不论在火焰之上吹的风是西是东；
因为，原则镇静的火在无穷中照耀；
因为，向黑夜猛然袭来的风狂雨暴，
可以动摇空中的沉沉的夜幕和黑影，
但在夜幕的缝隙之中吹不动星星。

一八七一年三月

~~~~~~~~

① 卡普里，意大利撒丁岛北岸的小岛，因雨果的挚友、意大利爱国志士加
　里波第在此居留而闻名于世。

[题解] 一八六八年,年仅一岁的孙子乔治夭折,同年雨果夫人病故。一八七一年三月,长子夏尔在波尔多遽然去世。亲人的相继去世,使雨果陷入了极大的痛苦之中;再加上国难当前,普鲁士军队入侵,巴黎被围,在波尔多议会开会期间,雨果因议会歧视加里波第而愤然辞去议员之职。年近古稀的诗人内外交困,感到心力交瘁,但始终坚持自己信奉的原则,绝不动摇,由此表现出他那决不向逆境低头的品格。

布鲁塞尔的一夜

习惯习惯小小的意外事故很必要。
昨天有人想到我家里，要把我干掉。
我在这儿的过错是相信有权庇护。
不知道是哪一伙可怜巴巴的废物，
夜里突然向我的住宅猛烈地攻击。
大广场上的树木也因此颤抖不已，
但居民谁也不动。有人在翻墙越顶，
穷凶极恶没有完，让娜①当时在生病。
应该承认，为了她，我可真有点害怕。
我，加上四个妇女，加上乔治和让娜，
这就是我们这座堡垒的全部驻军。
没有人前来解除这座房子的厄运。
警察局既然别有公务，就作哑装聋。
让娜在哭，几乎被锋利的碎石击中。
这是凶恶的盗匪在黑森林②里攻击。
他们喊道：搬梯子！找大梁！欢呼胜利！

① 当时雨果身边的孙子乔治三岁，孙女让娜才两岁。
② 黑森林，德国西部山地，古时多森林，常有盗贼出没。

喧闹淹没了我们百叫不应的呼吁。

有两名暴徒已经去到附近的地区，

去抬一根从某个工地偷来的大梁。

暴徒的进攻稍停，因为天已经快亮，

接着又开始，他们声嘶力竭地号叫。

侥幸的是这大梁并没有及时赶到。

"杀人犯！"——那是我。"我们非得让你死！"

"强盗！匪徒！"这样闹足足有两个小时。

乔治拉住让娜的小手，好使她安心。

阴森森的喧嚣中听不到人的声音；

我沉思，让祈祷的妇女们安下心来，

而我家的玻璃窗已经被乱石砸开。

就差没有听到喊"皇帝万岁！"的喊叫。

这扇大门顶住了这场疯狂的围剿。

五十名武装分子显示了这番勇气。

我的名字在狂呼乱叫中时高时低：

处死他！要他的命！把他吊死在空中！

有时候，他们为了要酝酿新的进攻，

这一大帮的暴徒似乎在喘一口气；

稍停片刻；在放肆侵犯住宅的间隙，

出现一阵异样的充满敌意的安静；

我听到远处正有一只歌唱的夜莺。

五月二十九日于布鲁塞尔

[题解] 五月二十五日，比利时外交部长宣布不准巴黎公社社员进入比利时避难。二十七日，雨果在《比利时独立报》发表声明，"这个比

利时政府拒绝给予失败者的庇护权,我提供",表示将敞开他在街垒广场四号的家门。是夜发生暴徒袭击雨果住宅的事件。本诗写成的二十九日,正是最后一批公社社员据守的万塞讷要塞失守,正是巴黎公社最后失败的日子。

他们庆贺我仁慈,唱了一支小夜曲

他们庆贺我仁慈,唱了一支小夜曲。
打死他!是甜蜜的浪漫曲里的叠句。
报纸发出可怕的叫嚷,就像是神甫。
——此人竟敢为一个潜逃的敌人辩护!
他以为我们老实!狂妄得胆大包天!
主子们火冒三丈,奴才们唾沫四溅。
一大群善男信女,一大群乡绅地主。
砸碎我玻璃窗的可是愤怒的香炉;
出自一件件圣器,出自一声声祈祷,
圣水掉在我身上,竟是石头的冰雹;
他们想要害死我,是祓除我的妖魔。
总之,要感谢上帝,才把我驱逐出国。
——滚蛋!——乱石飞过来,算得上蔚为大观。
这么多石头,使我都看得眼花缭乱。
他们在我的名字上面把警钟狠敲。
——杀人犯!你这凶手!纵火犯!你这强盗!——
经过这一场决斗,我们都不改本色;
他们白得像乌鸦,我呢,黑得像天鹅。

(手稿:七月三日)

[**题解**] 雨果离开比利时,暂时避居卢森堡。由于诗人挺身而出,救援巴黎公社社员,遭到资产阶级舆论的猛烈攻击,一时几乎"威信扫地"。本诗写成的前一天,巴黎举行补额选举,雨果并未参加竞选。结果雨果得票不足六万而落选。对比之下,二月份的议会选举,雨果得票超过二十一万当选。

一位妇女对我讲:——我这就跑了出来

一位妇女对我讲:——我这就跑了出来。
我怀里抱着我的很小很小的女孩,
孩子在哭,我就怕别人会听见哭声。
请想想,两个月前,孩子才刚刚出生;
她力气小得可怜,还不如一只苍蝇。
我想让孩子安静,我对她吻个不停,
她老是哭叫,哎呀! 她哭得叫人心碎。
孩子是想要吃奶,但我已没有奶水。
我们三人就这样度过了整整一夜。
我躲在一扇门后,门的前面是小街,
看到步枪的反光在闪动,我就哭泣。
他们在找我丈夫,要把他拉去枪毙。
突然到早上,在这该死的门下待着,
孩子不哭了。先生,孩子她已经死了。
我摸摸孩子,先生,她已经全身冰凉。
于是,打不打死我,对我反正也一样;
我抱了女儿出来,我疯了,跌跌爬爬,
我跑了起来,有些行人在对我讲话,
我东逃西逃,再也不知道何去何从,

我在野地里用手挖好了一个窟窿,

在一棵树下,靠着一座孤墙的角落;

我让睡着的天使睡进地里的小窝;

埋葬吃奶的孩子,这可是多么伤心!

站立在一边开始哭泣的是她父亲。

[**题解**] 在这首语言朴素的小诗中,一个公社社员的年轻妻子借诗人的笔讲述她不幸的故事。根据雨果一八七一年八月十三日的手记,诗中的内容是拉塞西利亚夫人讲给他听的。拉塞西利亚是指挥巴黎公社第二军的将军。他们夫妇两人于七月二十八日从日内瓦来到卢森堡,和雨果会见。

在一座街垒上面，在铺路石的中间

在一座街垒上面，在铺路石的中间，
此地被脏血玷污，此地用热血洗遍，
有十二岁的男孩和大人一起被俘。
"你是他们一伙的？"孩子答："同一队伍。"
"那可好哇，"军官说，"我们要把你枪毙。
你就等着吧。"孩子望着高大的墙壁，
火光一闪又一闪，伙伴们纷纷倒下。
这男孩对军官说："你能否让我回家？
我回家去把这表交还给我的母亲。"
"你想溜？""我就回来。""你的家是远是近？
这些流氓都害怕。""住前面，水池旁边。
我马上回来，队长先生。"他许下诺言。
"滚，太可笑了！"孩子走了。"这也算花招！"
士兵和他们军官都一起哈哈大笑，
这笑声和死者的咽气声同时传来；
可笑声停了，因为脸色苍白的小孩
突然又出现，他像维阿拉①一样骄傲，

---

① 维阿拉(1780—1793)，法国大革命时期的少年英雄，为保卫共和国和保
王党作战时牺牲。

他走来背靠着墙,对他们说:"我已到。"

死神也感到羞愧,军官免了他一死。

这场风暴把一切都已经搅乱,孩子,
善和恶难以区分,也难分英雄强盗,
你为何投入这场战斗,我并不知道,
但你无知的心灵就是崇高的心灵。
你又善良,又勇敢,你向深渊的绝境
走了两步:一步向母亲,一步向死亡;
孩子有的是天真,大人则后悔难当,
别人要你做的事,责任不由你承担;
这孩子神气、英勇,他宁可不要平安,
不要生命和游戏,不要春天和朝阳,
只要一座朋友们死去的阴暗高墙。
你呀,你这么年轻! 光荣吻你的额头,
连斯特西科罗斯①在古希腊,小朋友,
也会请你去守卫阿尔戈斯②的城门;
西内日尔③对你说:"我们俩秋色平分!"
提尔泰④在麦西尼⑤,以及埃斯库罗斯

---

① 斯特西科罗斯(前630—前555),古希腊抒情诗人,常咏唱英雄故事。
② 阿尔戈斯,希腊古代的港口城市,曾受到斯巴达的围攻。
③ 西内日尔,希腊悲剧诗人埃斯库罗斯的弟弟,曾参加马拉松战役,以英勇闻名。
④ 提尔泰,公元前七世纪古希腊抒情诗人,曾写有激励斗志的诗篇。
⑤ 麦西尼,希腊地名。

在底比斯①也都会承认你少年英姿。

你的名字也会被刻上青铜的圆盘②；

你也会如同那些俊美的青年一般，

晴天如果向柳荫覆盖的井边走去，

在肩上扛着一罐清水的年轻少女，

她前来汲水要喂气喘吁吁的水牛，

她会低下头沉思，并转身凝视良久。

（手稿：六月二十七日于菲安登）

[**题解**] 本诗是雨果写巴黎公社的名篇之一。一八七一年六月三日的《费加罗报》曾记述过这位小英雄的事迹。利萨加雷的《巴黎公社史》在第三十一章有比较详细的记载，内容和本诗相符。

---

① 底比斯，又译忒拜、锡韦，希腊中部地名，古代曾繁荣一时。

② 古希腊将英雄的名字刻于圆形的铜盘上，置于寺庙内或公共建筑物上，以示铭记不忘。

在菲安登[*]

他在沉思。他坐在一棵枫树下默想。
他可听见古老的森林在低声作响？
他可是在看鲜花？他可是在看蓝天？
他在沉思。大自然露出神秘的笑脸，
正在施展出全副本领，给人们安慰。
山坡上长满葡萄，果园里苹果累累，
到处是蜜蜂飞去又飞来，鸟儿轻轻
在水面之上掠过它们小巧的身影。
磨坊为了汲水，就把流水拦腰切断。
池塘是一方镜子，水中青翠的峰峦
都是倒影，变幻出莫名其妙的景象。
深处的一切事物都有自己的设想，
微小之物都有任务，一切都在颤抖，
连田沟里的种子，连洞穴里的野兽，
都有个目的；物质只对吸引力服从；
无边无际的茫茫野草似万头攒动；

---

* 菲安登，卢森堡东部靠近德国的城市。雨果从一八七一年五月到九月
避居于此。《凶年集》后半部的诗大多在此创作。

凡是在萌动、生长、往上、往下的东西，
在星星上，鸟窝里，在牧羊狗的身体，
处处是运动，没完没了，也无穷无尽；
整个水面在安寝，寂静得无边无垠，
水面下都在活动，水面上都在瞌睡。
好像漆黑的广宇射出红红的光辉，
为了哄海鸟入睡，正在摇晃着大海，
我们称为生命的造化是多么可爱，
神情像假装入睡，又有气无力，并且
在轻抚着宇宙间繁忙工作的一切。
静观的眼睛看到多么奇妙的景象！
从宇宙万物中，从河谷、草地和山梁，
红成一片的天空，层层叠叠的树林，
出现阳光这欢乐，投下和平这浓荫。
现在有一个女孩，长着天使的眼睛，
普拉西泰勒①羡慕的光脚多么轻盈，
当跨山越涧、款款而来的牧羊姑娘，
用新嫩的葡萄枝拍打着她的山羊，
却有如下的思想闪过流浪者②心中：
唉！一切未曾了结，一切也没有告终，
因为，有一个长官指定了一垛高墙，
把一些穷人拉到墙前，就放起排枪，
因为，有人在街上挖掘了一个墓穴，

---

① 普拉西泰勒，又译普拉克西特列斯，公元前四世纪古希腊雕刻家，以雕
塑体态优美的女像著称。
② 指被逐出比利时、暂时避居卢森堡的诗人自己。

因为,有人在马马虎虎地随便处决,

不加选择,或者是枪毙,或者是乱扫,

处决父亲和母亲、疯子、病人及强盗,

因为,有人用石灰还在匆匆地掩埋

大人血污的尸体,还热乎乎的小孩!

一八七一年六月八日

[题解] 雨果一八七一年五月离开比利时,暂时避居卢森堡的菲安登。此地山川秀美,风光宜人,一派宁静的田园生活。但是,诗人无心留恋和欣赏大自然迷人的景色,诗人心中充满了人间的苦难和不幸。时值初夏六月,正是凡尔赛政府血腥镇压公社社员的高潮之时。诗中虽无具体的描写,但穷人被屠杀,身体尚温还没完全死去的孩子被匆匆用石灰掩埋,这些惨不忍睹、令人发指的细节,告诉我们这场资产阶级对无产阶级的报复有多么野蛮。

向革命起诉

法官们，现在你们传革命到庭受审，
革命曾经是多么严酷、野蛮和残忍，
革命竟猖狂透顶，敢把猫头鹰赶走；
革命这群异教徒毫无顾忌地痛揍
教会的神职人员，只要看他们一眼，
吓得耶稣会教士和神甫不敢露脸，
所以，你们在发怒。

       对，正是这样，可是
称王和称神的人，这些高大的僵尸，
已经消失，好战的幽灵和魑魅魍魉；
有神秘的风吹过这些惨白的脸上；
所以，你们这法庭，你们就大发雷霆。
多么伤心！漆黑的荆棘丛泪水盈盈，
夜里狼吞虎咽的庆宴现在已结束；
罪恶世界在咽气；多少人临终抽搐！
天亮了，这多可怕！蝙蝠的两眼已瞎，
石貂在游荡，一边喊叫得声音嘶哑；
小虫已原形毕露；哎呀，狐狸在哭泣，

晚上觅食的野兽,那时小鸟已休息,

现在被逼得走投无路,陷入了绝境;

树林子里充斥着狼群的阵阵悲鸣;

受到压制的鬼魂不知道如何是好;

如果总这样下去,如果这阳光普照,

非要叫那些海雕和乌鸦难受不可,

吸血鬼在坟墓里一定会死于饥饿;

阳光无情,把黑暗抓住,并吞吃干净……——

法官们呀,你们在审判曙光的罪行。

（手稿:一八七一年十一月十一日）

[题解] 在雨果的手稿中,本诗最初题为《听一份公诉状有感》。我们没有找到和这份公诉状相关的线索。手稿的创作日期表明,这是《凶年集》中写巴黎公社的最后第二首诗。雨果从九月二十五日返回巴黎,至十一月十一日之间,曾四处奔走,搭救被凡尔赛政府监禁、可能流放或被判死刑的多位巴黎公社活动家,如罗什福尔、青年诗人马洛托和"红色圣女"路易丝·米歇尔。

《祖 父 乐》

(1877)

打 开 窗 子

——晨睡未起

我听到有人说话。眼睑透进了亮光。
当当当是圣彼得①教堂的钟在摇晃。
游泳的声音。近了！远了！越来越大！
不！越来越小！小鸟，让娜，都叽叽喳喳。
乔治在喊她。公鸡打鸣。有一把馒刀
刮屋顶。蹄声嘚嘚，几匹马在街上跑。
嚓嚓嚓，一把长柄镰刀在整修草丛。
砰。乱哄哄。屋顶上有屋面工在行动。
海港的声音。机器发动，并尖声鸣叫。
军乐队的音乐声不时一阵阵轻飘。
码头上熙熙攘攘。有人讲法语。再会。
你好啊！谢谢。时间已肯定不早，因为
我的红喉雀已到我身边放声歌唱。
远处打铁铺里的铁锤敲响：当当当。
水声噼啪。听得到一艘汽船在喘气。
飞进来一只苍蝇。茫茫大海在呼吸。

---

① 圣彼得是雨果当时的流亡地根西岛的首府。

[题解] 这首小诗写于雨果流亡生活的末期,估计在一八七〇年七月间。当时诗人住在根西岛的宅邸"高城居"。诗人"晨睡未起",通过敏锐的听觉,听到二十多种动态的声音,给我们描绘了一幅盛夏时节小海港清晨繁忙的景象。这是一首富于现代风格的印象派小诗。

让娜坐在草地上遐想，严肃的神气

让娜坐在草地上遐想，严肃的神气；
我走近她："你说说，要不要什么东西，
让娜？"因为，我服从这些可爱的家伙，
我偷偷注视他们，能有什么事闪过，
我总是想要明白，这些神圣的头颅？
红脸蛋的让娜说："我想要看看动物。"
于是，我指给她看草里的一只蚂蚁。
"你看哪！"可是让娜并没有完全满意。
"我不要，动物很大。"她却说。

                            孩子的梦，
是大梦。大海吸引孩子来沙滩相逢，
以嘶哑的歌安慰孩子，使他们迷惑，
靠的是黑暗，也靠海风的呼啸而过，
孩子们喜欢害怕，他们也需要奇迹。
我回答说："我没有一头大象在手里。
你可要别的东西？让娜啊，一定依从！
说吧。"于是让娜的小手指了指天空，
她说："要那个。"此时，夜幕正开始下降。

我看到天边突然升起巨大的月亮。

[**题解**] 让娜是雨果长子夏尔的女儿。诗人晚年妻子儿女相继去
世,寂寞的老人和孙子孙女相依为命。老诗人熟悉童心,能写出孩子心
灵深处的梦。

让娜在黑屋子里被罚吃干的面包

让娜在黑屋子里被罚吃干的面包，
反正犯了什么罪。我责任没有尽到，
我这是犯渎职罪，去看流放的女犯，
并且，我暗中偷偷塞给她蜜饯一罐，
这可是违法行为。于是在我的城里，
全社会安危赖以维系的大小官吏，
都感到义愤填膺，让娜说得很柔顺：
"我再不用大拇指按鼻子嘲弄大人；
我再也不让小猫把我的皮肤抓破。"
可是大家嚷嚷道："孩子知道你软弱，
她很了解你，你是懦夫，这她也知晓。
别人生气时，她却看到你反而在笑。
还能不能有什么政府？每刻和每时，
你都在扰乱秩序；权力变得很松弛；
没有了规章制度，孩子可就会胡来。
是你破坏了一切。"我只好低下脑袋，
我说："对此我无法否认，这不能原谅，
我是错了。对，老是这样的宽宏大量，
这样，这会让各国人民害苦了自己。

罚我吃干面包吧。""我们要这样罚你，
当然，你活该。"让娜待在黑暗的角落，
抬起她那美丽的眼睛对我轻轻说，
那眼睛里充满了温柔女人的威严：
"好吧，我呢，我一定会来给你送蜜饯。"

[**题解**] 小诗写于一八七六年十月二十一日。雨果在写孩子日常
生活的诗里，出人意料地插进政治生活的重大主题。一八七六年五月，
雨果在元老院发言，呼吁大赦巴黎公社社员，为此受到资产阶级社会的
指责和攻击。诗人通过这首小诗的特殊方式，为巴黎公社社员的大赦
制造舆论。

跌碎的花瓶

老天哪！整个"中国"①在地上跌得粉碎！

这花瓶又白又细，像一滴闪光的水，

花瓶上画满花草和虫鸟，妙不可言，

来自蓝色的梦境，有理想依稀可辨，

绝无仅有的花瓶，难得一见的奇迹，

虽然是日中时分，瓶上有月色皎洁，

还有一朵火苗在闪耀，仿佛有生命，

又像是稀奇古怪，又像是有心通灵。

玛丽叶特②在收拾房间，出手不小心，

碰倒了这个瓷瓶，跌碎了这件珍品！

圆圆的花瓶多美，圆得在梦中难找！

瓶上有几头金牛在啃吃瓷的青草。

我真喜欢，码头是我买花瓶的地方，

有时候，对沉思的孩子我大讲特讲。

这是头牦牛③；这是手脚并用的猴子；

这个，是一头笨驴，也许是一个博士；

①　在法语中，"中国"和"瓷器"是同一个词。

②　玛丽叶特是雨果家中的保姆。

③　牦牛，疑是水牛之误。西方人对两者分辨不清。

他在念弥撒,如果不是哼哧地叫喊;

那个,是一个大官,他们也叫作"可汗";

既然他肚子很大,就应该满腹经纶。

这只藏在洞中的老虎,当心要伤人,

猫头鹰躲在洞里,国王在深宫高楼,

魔鬼在地狱,你瞧,他们人人都很丑!

妖怪其实很可爱,这孩子们都知道。

动物的神奇故事让他们手舞足蹈。

花瓶死了。我非常珍惜这一个花瓶。

我赶来时很生气,我马上大发雷霆:

"这是谁干的好事?"我嚷道,来势汹汹!

让娜这下注意到玛丽叶特很惊恐,

先看看她在害怕,又看看我在发火,

于是,像天使一般瞧我一眼说:"是我。"

四月四日

让娜对玛丽叶特还说:"我早就知道,

只要说一声'是我',爸爸①就不了而了。

我一点也不怕他,因为他是我祖父。

你瞧瞧,爸爸想要发火都没有工夫,

他就是不会大发脾气,因为他很爱

去看看鲜花,要是天气热得很厉害,

他就说:'不要光着脑袋在阳光下走,

---

① 让娜在其父一八七一年三月逝世时仅两岁。雨果在孙儿孙女眼中,既是祖父,又是父亲,常被呼作"爸爸"。

不要让什么小虫咬了你们的小手，

你们跑吧，可不要去拉小狗的颈圈，

当心千万别摔跤，上下楼梯要安全，

还有，可不要撞上大理石做的物品。

你们去玩吧。'然后，他就走进了树林。"

四月八日

[题解] 雨果欣赏中国艺术，在英属根西岛的"高城居"及为情人
朱丽叶布置的"中国客厅"里，有很多中国瓷器和其他中国工艺品。

我是树林忠实的主人

我是树林忠实的主人，
又是野生树苗的园丁。
秋天一到，燕子来敲门，
"搬家吧！"对我说得轻轻。

经过霜月，又经过雪月①，
我去看看新嫩的树芽
是否有什么东西欠缺？
森林有何事放心不下？

我对葡萄说："快长，丫头！"
对百里香说："放出馨香。"
我向陡坡旁的花要求：
"折边要卷得漂漂亮亮。"

我半开小门，监视一下

---

① "霜月"和"雪月"是法国共和历的第三、第四两个月，相当于公历十一
月下旬到来年的一月下旬。

山坡上的风什么风向，
风带的东西弄虚作假，
是这骗子常见的现象。

天色一亮，我加快步伐，
去看看春天对付冬天
采取的各项紧急办法，
是否什么也没有改变？

万物有去日，更有来时。
我想知道万象会更新
的秘诀是怎么一回事？
黑夜阻拦是白费苦心。

我爱此起彼伏的荆棘，
爱常春藤，红红的苔藓，
爱太阳为了打扮古迹
创造的新装一件一件。

万紫千红的五月正好
给阴沉沉的古堡上色，
我对这些老笨蛋喊道：
"你让春天打扮就是了！"

[**题解**] 这首诗作于雨果长期流亡生活的后期，反映了诗人热爱生活、热爱生命的感情。

诗人不是大自然中匆匆的过客，也不是大自然的旁观者或鉴赏家。诗人以自然为家，以老爷爷自居，事无巨细，事必躬亲，样样关心，一草一木，一砖一石，都被赋予生命，都是他的野孩子，都是老诗人关怀的对象。

　　诗人不但在社会上是共和国的祖父，不但在家里是慈爱的祖父，连在大自然里也是关怀备至的祖父。诗人襟怀之仁爱宽广，心情之宁静致远，已完全溢于言表。

放　鸟

经过今年的严冬，只剩下一只小鸟，
从前笼子里却有大群的飞禽鸣叫。
在高大的铁笼内只留下一片空虚。
一只温和的山雀以前生活很有趣，
现在是形影相吊，生活是整天回忆。
永远有水，有谷子；有饼干可以充饥，
有的时候能看到一只苍蝇飞进门，
这就是全部幸福。山雀已忍无可忍。
一无所有，金丝雀没有，也没有麻雀。
鸟笼已经够伤心，沙漠如今更凄绝。
伤心的小鸟，独自睡觉，当黎明初照，
山雀独自用小嘴搜索自己的羽毛！
这可怜的小东西已变得野性又起，
所以，总把栖息的空架子转动不息。
有的时候，又似乎自己下定了决心，
在木棍之间没完了地攀登频频，
幽禁者狂飞乱跳，接着又一声不响，
躲在一边，一动也不动，还神色怏怏。
看到它呼吸凄惨，还看到它的眼珠，

看到大白天它的头在翅膀里蜷伏，
猜得到它为亲人伤心，为伴侣失掉，
还为欢乐的百鸟齐鸣消失而苦恼。
今天早晨，我打开铁笼大门的门闩。
我走进去。

　　　　有两根长竿，有一座假山
和小林点缀这喷泉轻泻的牢笼，
冬天就披上一块高大的帷幕过冬。

小鸟看到走进来一个阴沉的巨人，
飞上飞下想逃跑，想找个角落藏身，
惶惶不安中还有无法形容的恐怖。
弱小者的恐惧里充满无力的愤怒。
山雀在我可怕的大手前飞去飞来。
我为了抓住山雀，爬上了一张高台。
它知道完了，发出几声惊恐的尖叫，
它掉进一个角落，我一把逮住小鸟。
唉！小不点儿如何能对付庞然大物？
你又惊慌，又脆弱，被凶神恶煞抓住，
你两手空空，就是再反抗又有何用？
山雀闭上了眼睛，软瘫在我的手中，
张着小嘴，羸弱的脖颈子歪倒一边，
翅膀发硬，嘴无声，眼无神，气息奄奄，
我感到它小小的心却在怦怦跳动。

四月是多么美丽，曙光是多么鲜红；
四月和曙光可是模样相像的兄弟。
四月就像是有人欢笑醒来的神气。
现在可正是阳春四月，我家的草坪，
我和周围的花园，还有无边的远景，
天上地下，一切的一切充满了欢乐，
欢乐使鲜花喷香，使星星光芒四射。
荆豆在张灯结彩，把沟壑染成黄金，
蜜蜂的嗡嗡乃是上天低语的声音；
附身水薄菜上的勿忘草正在品味
一滴又一滴掉在花朵里面的泉水；
小草都十分幸福；寒冬腊月在融化。
大自然万物皆备，有阳光、歌唱、香花，
因此感到很高兴，待人更好客宽容。
造化完满了爱情。

　　　　　　　　我这就走出鸟笼，
但始终握着小鸟。我移步走近阳台，
古老的木阳台上已被常春藤掩盖。
太阳啊！万象更新！万物在跳动颤抖，
万物是光明。我就松手说："还你自由！"

小鸟马上躲进了飘摇的枝条中间，
躲进了茫茫无边、光辉灿烂的春天。
我看到小小灵魂飞离得很远很远，
飞进了玫瑰色的光明和光焰一圈，

飞进无穷的森林，飞进深邃的天顶，

迎着爱情的召唤、鸟窝的召唤飞行，

向着其他白色的翅膀发狂地翱翔，

它毫不留恋宫殿，奔向枝杈，还奔向

新绿的树林，奔向鲜花，还奔向波浪，

那副惊讶的神情如同飞进了天堂。

于是，为看它这样飞奔着投入光明，

看着一片透明里被解放了的生命，

看着可怜的小鸟飞进归宿的大门，

我陷入沉思，自忖："我刚才做了死神。"

[题解]《放鸟》一诗是对自由和解放的讴歌。前七十行写放鸟的
经过，后四行又使《放鸟》成为一首寓意诗：肉体是灵魂的羁绊，死亡才
能解脱，才是归宿。本诗作于一八六四年四月二十七日。

《精神四风集》

（1881）

参观苦役犯监狱有感

I

每教好一个孩子，就减少一个败类。
苦役犯的监狱中十分之九的窃贼，
就从来没有进过一次学校的大门，
不会读书和写字，签名时就按指纹。
他们是在黑暗中成为罪犯的一员。
无知是漫漫黑夜，黑夜连接着深渊。
真理卑躬屈膝处，诚实会奄奄一息。

一切著作，第一个作者永远是上帝。
他在凡人皆沉醉不醒的这个世上，
在每一页书本里放下思想的翅膀。
人人一打开书本，便能把翅膀找到，
并在自由的灵魂翱翔的空中逍遥。
学校和教堂一样，同样是一座圣殿。
在儿童扳着手指拼读的字母中间，
每个字母下藏着一种美好的思想；

人心借这微弱的灯光把自己照亮。
所以，请把小书本送给小孩作礼品。
请拿一盏灯前走，让孩子跟你前进。
黑夜会产生谬误，谬误会使人动刀。
缺乏教育，会使得并不健全的头脑，
会使得两眼一片漆黑的可悲本能，
这些好似幽灵的瞎子，都面目可憎，
在道德的世界里行走时瞎摸一气，
会使他们陷入于人兽不分的境地。
让我们点燃思想，这是首要的法令，
让我们把低劣的羊脂也化成光明。
智慧在这个世上也要求得到启发；
嫩芽有权要开花；谁不在思考观察，
就不在生活。这些窃贼有生的权利。
学校能点铁成金，我们可不要忘记，
而无知却把黄金蜕变为烂铁废铜。

我要说，这些窃贼也拥有财富一种：
他们必然会有的不灭而尊严的思想；
我要说，他们都在贫困生活里遭殃，
有权向阳光之下幸福的你们伸手，
有权向你们结算他们思想的报酬；
他们本是人，却被人变成畜生一伙；
我要说，我怪我们，我同情他们堕落；
我要说，正是他们才被人抢劫一空；
我要说，他们犯的罪行又大又严重，

但第一步可不是他们自己的错误；

他们被夺走火炬，还能看得清前途？

第一件罪行先在他们的身上犯下，

别人扑灭了他们身上思想的火把；

而社会又偷走了他们身上的灵魂。

他们都是不幸者，他们并不是敌人。

II

古老不变的监狱！你是深渊！你是谜！

多少幽魂已经过这座阴森的墙壁！

此地，奴颜婢膝的愚昧，邪恶和黑暗；

而在这条卑劣的绳索的另外一端，

却是天才，是信仰，却是爱情，是真理，

是发明家，思想家，他受上帝的激励，

是先知扫除谬误，信守宗教的遗训，

是圣约翰①在地窖，但以理身陷狮群，

是伽利略②坐牢房，是哥伦布③作囚徒；

要是一环扣一环向上往古代追溯，

这条横贯大地的令人伤心的铁链，

①　圣约翰，耶稣的门徒，传教时曾被流放和囚禁在希腊的巴特莫斯岛。
②　伽利略（1564—1642），意大利物理学家，于一六三三年被"宗教法庭"
　　判刑。
③　哥伦布（1451—1506），著名航海家，"新大陆"的发现者，曾被西班牙当
　　局革职和拘禁。

391

下自布尔曼①,上和普罗米修斯②相连。

这六千年的历史,上上下下的范围,

无比残忍的链环拴住了整个人类,

这锁链起自土伦③,系在高加索山脉。

世人竟不分光明和黑暗,同等对待;

监狱是地狱,它的坟墓中同时接受

执掌明灯的先驱,持刀杀人的凶手。

谁投出一线阳光,驱散我们的昏黑,

向畏缩的进步说:"前进!"谁就会倒霉!

如果光明能取胜,那谬误就会遭殃。

发现一个世界和杀死一个人一样,

同样的十恶不赦,应负同样的罪名,

同样的罪大恶极,判处同样的重刑。

路济弗尔④是撒旦,雄鹰是妖孽无疑,

谁点亮一座灯塔,谁就是国民公敌。

天使长被绑,竟和杀人犯不加区分!

灵魂套上枷锁,好人坏人,一视同仁!

啊,人和人的法律多么盲目和黑暗!

面对先知和贤哲背着十字架受难,

---

① 布尔曼,法国的苦役犯,因谋杀罪被捕。

② 希腊神话:普罗米修斯因盗天火给人类获罪,被天神宙斯囚禁在高加索
山脉。

③ 法国南方港口,曾设有苦役犯监狱。

④ 路济弗尔原是天使,因反抗上帝,被斥为魔王,即撒旦。

思想怎能不感到震惊？不感到颤抖？

人人在寻找出路，为从生活中逃走，

老天啊，因为我们想到了这些导师，

他们之受到惩罚，因为好事是坏事，

他们能高瞻远瞩，思想家反被抓住，

他们和罪犯一起，被并肩绑上刑柱，

被打得血淋淋的烈士都面带笑容，

因为他们是神明，所以被罚做苦工！

[**题解**] 本诗一八五三年三月六日写于泽西岛。原稿最初题为《免费义务教育》。雨果早在一八五〇年一月十五日，即向当时的立法议会呼吁建立"免费义务教育"制度。

阿弗朗什*附近

漠漠的黑夜正在降临漠漠的水上。
晚风吹起，狂乱地拍击着它的翅膀，
使几点帆影返港，使几只小鸟归巢，
急着越过一座座花岗岩石的海礁。

我注视这个世界，真感到忧心如焚。
啊！大海何其广袤，而脑海何其深沉！
圣米迦勒①浊浪中茕茕孑立的风姿，
这大海的金字塔，西方的凯奥普斯②。

我想起埃及和它不可逾越的沙丘，
想起沙中伟大的孤独者，岁月悠悠，
帝王黑色的帐篷，这一大堆的幽魂
正在死亡阴森的营地里睡得安稳。

* 阿弗朗什，法国在英吉利海峡边上风光秀丽的城市，居高临下，可以眺望海中胜地圣米迦勒山。
① 圣米迦勒山，法国大西洋边的小岛，退潮时可与大陆相通。岛上有建于十二世纪的修道院，教堂塔顶高一百五十二米。
② 凯奥普斯，埃及金字塔中最高最大的一座，又译胡夫金字塔，塔顶高一百四十六米。

上帝才有权严惩,唉,也才有权宽恕,

上帝的浩浩气息在两处沙漠飘忽,

凡人在地平线上建造得高而又高,

在那边是座陵寝,而此地是座监牢①。

[**题解**] 此诗作于一八四三年五月。一八四三年,雨果常在诺曼底半岛一带旅行,曾参观访问了法国大西洋中靠近海边的名胜古迹圣米迦勒山,写过游记,并提出保护古迹的具体意见。

<hr />

① 圣米迦勒修道院在十九世纪曾改作关押政治犯的监狱。

刚才一大堆人在沙滩上围着

刚才一大堆人在沙滩上围着，
瞧着地上什么东西。"狗快死了！"
孩子们对我喊。原来事情这样：
他们脚下有条老狗躺在地上。
大海向狗打来阵阵浪花白沫。
"它这样躺着已三天，"有妇女说，
"喊它也没用，它眼睛不肯睁开。"
老人说："它主人是水手，已出海。"
有领航员把头伸出自家门窗，
说："这狗不见主人，才如此绝望。
正好那条船才刚刚返回港口。
主人快要回来，但狗活不长久。"
我在可怜的畜生旁停下脚步，
狗无反应，脑袋不动，身子平伏，
闭着眼睛，似乎死了躺在路上。
傍晚来临时候，主人赶到现场，
他也年迈，匆匆走来，步履艰难，
他把狗的名字低声轻轻呼唤。
于是，狗张开无神憔悴的眼睛，

望着自己主人,为了表示高兴,

最后一次摇摇可怜的老尾巴,

然后死去。这时,蓝色天幕底下,

如深渊升起火炬——金星在闪耀,

我说:"星从何来? 狗往何去?"深奥!

[**题解**] 这首小诗是雨果于一八五五年七月十二日根据泽西岛的一则见闻写成的。

译 后 记

译诗危险,险在容易白费力气,徒使读者失望。译大诗人的诗更加危险,险在有可能使读者对所译的大诗人失望,这就简直是有罪了。

说诗歌不能翻译,可以理解为对译诗困难的强调。诗从一种语言译成另一种语言,不可避免地会受到各种各样的损失。但如果把诗尊重到不敢译的地步,那就是因噎废食了。

应该译诗,应该鼓励译诗,但要小心翼翼地译诗,应该在必须译诗和译诗必然会受到损失这两个必然性之间求得一个适当的平衡。我们希望,抱着尊重原诗、珍爱原诗的感情去译诗,译诗要忠于原诗,从内容到形式忠于原诗,从思想到格律忠于原诗,在构成诗意的各个层次上忠于原诗,力求减少译诗时无法避免的损失。《雨果诗选》就是朝这个方向努力的一个尝试。

由于考虑到一、法语诗是音节诗,即每句有固定的音节数;二、法语诗有韵律,句末押韵;三、法语诗有节律,讲节奏,句中有顿挫;因此,我为雨果诗的翻译设计了一个模式:

一、以固定字数译音节诗。以前的译者有过以一字对一音的成功翻译。今不取。因为,以一字对一音,作为译多音节诗的模式是可行的,如十二个音节译成十二个汉字。但法语格律诗的音节数可从一个音节到十二个音节,音节数不足六者,坚持一字一音会有困难,而一二个音节的诗句译成一二个汉字,也许无法做到。主要为翻译少音节的诗句着想,同时也兼顾到译多音节诗句有一定的回旋余地,今取汉字比原诗音节多两字的办法,即两音节译成四字,十二音节译成十四字,余类推。

二、用韵和原诗同。中国诗和法语诗对韵的理解大致相同,中国诗押韵不会比法语诗更难,所以译诗应该有韵。法语诗基本上两行一韵,四行诗即有两组韵。中国诗四行内可三行押一韵,长诗更可一韵到底。法语诗要使两行相押的韵悦耳动听,讲究韵的质量。所以有富韵、足韵和贫韵之分。我们在译诗中的韵脚除韵腹和韵尾相同外,力求做到韵头也相同;对韵母前的辅音,希望其发音部位相似或相邻,以此体现法语诗对诗韵的质量要求。

三、韵式和顿挫和原诗同。法语诗有两句一韵,间或也有三句一韵,诗句可长短混用,组成各种各样的诗节。原诗的韵式和诗节组成特点在译诗中保持不变。法语十二音节诗译成十四字,原来第六音节后出现的停顿应在译诗的第七字后出现。我们尊重这一特点,但第七字后的停顿既可以是句法上的停顿,也容许有呼吸上的停顿。至于雨果有时使用一句三顿的所谓"浪漫主义诗句",当然不受此限。

关于选题,由于雨果的诗至今被译成汉语的数量很少,目前的这本《雨果诗选》篇幅也不算很大,比之诗人的全部诗作来说,毕竟只是尝鼎一脔而已。因此,我们首先介绍的是雨果生前发表而历来又有定评的代表作。

《凶年集》是唯一的例外。法国出版的雨果诗选对《凶年集》重视不够。由于《凶年集》具有巨大的思想内容和历史价值，特别是整整半集和"巴黎公社"有关，我们从《凶年集》中选出的诗作数量上和《惩罚集》《静观集》及《历代传说集》大体相等。这样，我们的选题既照顾到雨果在法国人民心目中的形象，也照顾到中国读者应有的角度。

我们还需要说明的是，法国诗一般比中国诗要长，雨果尤其诗才纵横，下笔洋洋洒洒，动辄数百行。我们对超过二百行的长诗加以限制，对不少有代表性的名作和好诗只能割爱，如《光影集》中的《诗人的职责》（306行），《惩罚集》中的《赎罪》（386行），《静观集》中的《答一份起诉书》（234行）、《写于一八四六年》（418行）、《黑暗的大口在说话》（786行），《历代传说集》中的《埃维拉特努斯》（1186行），及《海茫茫》《天苍苍》（两诗共722行）等。这是十分遗憾的事情。

我们对所译的诗，根据手头所能找到的一些零星材料，写一个"题解"，附于诗后，或介绍该诗的历史背景和创作环境，或简单分析诗中的思想内容和艺术特色。我们希望"题解"对读者理解雨果的诗会有所帮助。这也是一项尝试性的工作，限于资料之不足和译者的水平，我们只是尽力而为而已。

这本《雨果诗选》选诗不算很多，在诗歌翻译方面又做了一点试验，对于向中国读者介绍雨果这样一位诗人来说，不能不说是抛砖引玉，希望有更多的译者和同好来从事这项有意义的工作，共同努力，共同试验，集思广益，积少成多，使雨果不仅是中国读者熟悉的小说家，也成为中国读者喜爱的诗人。

    我完全意识到,目前的这个选本错误和缺点一定不少,竭诚希望读者和专家批评指正。

译　者

一九八四年十月

"外国文学名著丛书"书目

第 一 辑

书　名	作　者	译　者
伊索寓言	〔古希腊〕伊索	周作人
源氏物语	〔日〕紫式部	丰子恺
堂吉诃德	〔西班牙〕塞万提斯	杨　绛
泰戈尔诗选	〔印度〕泰戈尔	冰　心　石　真
坎特伯雷故事	〔英〕杰弗雷·乔叟	方　重
失乐园	〔英〕约翰·弥尔顿	朱维之
格列佛游记	〔英〕斯威夫特	张　健
傲慢与偏见	〔英〕简·奥斯丁	王科一
雪莱抒情诗选	〔英〕雪莱	查良铮
瓦尔登湖	〔美〕亨利·戴维·梭罗	徐　迟
欧·亨利短篇小说选	〔美〕欧·亨利	王永年
特利斯当与伊瑟	〔法〕贝迪耶	罗新璋
巨人传	〔法〕拉伯雷	鲍文蔚
忏悔录	〔法〕卢梭	范希衡 等
欧也妮·葛朗台 高老头	〔法〕巴尔扎克	傅　雷
雨果诗选	〔法〕雨果	程曾厚
巴黎圣母院	〔法〕雨果	陈敬容
包法利夫人	〔法〕福楼拜	李健吾
叶甫盖尼·奥涅金	〔俄〕普希金	智　量
死魂灵	〔俄〕果戈理	满　涛　许庆道

书　名	作　者	译　者
波斯人信札	〔法〕孟德斯鸠	罗大冈
伏尔泰小说选	〔法〕伏尔泰	傅雷
红与黑	〔法〕司汤达	张冠尧
幻灭	〔法〕巴尔扎克	傅雷
莫泊桑中短篇小说选	〔法〕莫泊桑	张英伦
文字生涯	〔法〕让-保尔·萨特	沈志明
局外人　鼠疫	〔法〕加缪	徐和瑾
契诃夫小说选	〔俄〕契诃夫	汝龙
布宁中短篇小说选	〔俄〕布宁	陈馥
一个人的遭遇	〔苏联〕肖洛霍夫	草婴
少年维特的烦恼	〔德〕歌德	杨武能
德国，一个冬天的童话	〔德〕海涅	冯至
绿衣亨利	〔瑞士〕戈特弗里德·凯勒	田德望
斯特林堡小说戏剧选	〔瑞典〕斯特林堡	李之义
城堡	〔奥地利〕卡夫卡	高年生

第 三 辑

埃斯库罗斯悲剧二种	〔古希腊〕埃斯库罗斯	罗念生
索福克勒斯悲剧二种	〔古希腊〕索福克勒斯	罗念生
欧里庇得斯悲剧二种	〔古希腊〕欧里庇得斯	罗念生
神曲	〔意大利〕但丁	田德望
西班牙流浪汉小说选	〔西班牙〕克维多　等	杨绛　等
阿拉伯古代诗选	〔阿拉伯〕乌姆鲁勒·盖斯　等	仲跻昆
列王纪选	〔波斯〕菲尔多西	张鸿年
蕾莉与马杰农	〔波斯〕内扎米	卢永
莎士比亚喜剧五种	〔英〕威廉·莎士比亚	方平
鲁滨孙飘流记	〔英〕笛福	徐霞村

书　名	作　者	译　者
月亮与六便士	〔英〕威廉·萨默塞特·毛姆	谷启楠
萧伯纳戏剧三种	〔爱尔兰〕萧伯纳	潘家洵　等
红字　七个尖角顶的宅第	〔美〕纳撒尼尔·霍桑	胡允桓
汤姆叔叔的小屋	〔美〕斯陀夫人	王家湘
白鲸	〔美〕赫尔曼·梅尔维尔	成　时
马克·吐温中短篇小说选	〔美〕马克·吐温	叶冬心
老人与海	〔美〕欧内斯特·海明威	陈良廷　等
愤怒的葡萄	〔美〕斯坦贝克	胡仲持
蒙田随笔集	〔法〕蒙田	梁宗岱　黄建华
悲惨世界	〔法〕雨果	李丹　方于
九三年	〔法〕雨果	郑永慧
梅里美中短篇小说选	〔法〕梅里美	张冠尧
情感教育	〔法〕福楼拜	王文融
茶花女	〔法〕小仲马	王振孙
都德小说选	〔法〕都德	刘方　陆秉慧
一生	〔法〕莫泊桑	盛澄华
普希金诗选	〔俄〕普希金	高莽　等
莱蒙托夫诗选	〔俄〕莱蒙托夫	余振　顾蕴璞
罗亭　贵族之家	〔俄〕屠格涅夫	陆蠡　丽尼
日瓦戈医生	〔苏联〕帕斯捷尔纳克	张秉衡
大师和玛格丽特	〔苏联〕布尔加科夫	钱诚
茨威格中短篇小说选	〔奥地利〕斯·茨威格	张玉书　等
玩偶	〔波兰〕普鲁斯	张振辉
万叶集精选	〔日〕大伴家持	钱稻孙
人间失格	〔日〕太宰治	魏大海

第 五 辑